JN067395

飛べない蛍は月を見ている

渡辺 庸子

梅田出版

もくじ

R8

帰りにコンビニで買ってきてほしいものを、母にメールした。

着信音が玄関辺りから聞こえてきた。狭い玄関の靴箱の上には、雪かきで使う軍手がいくつも置いたままになっている。その下で、ガラ携から買い替えたばかりのオレンジ色の母のスマホが鳴っていた。

「……ったく」

家の電話が鳴ったのは、そんなときだった。

居間に戻り、受話器をとった。

「早苗さんのお宅やね。あの、……お母さん、病気？　ならいいんだけど。まさか、と思って……」

母が、職場に着いていていない。連絡がないから心配で、携帯に何度電話しても出ないからと栄養士の女性は言った。母は、老人施設の調理員として働いていた。

家を朝六時頃出たはずだ。僕が起きたときにはすでにいなかった。

車で職場まで十五分くらいだ。いつもは父と僕を送り出してから家を出るのだが、一週間前から雪が降り続き、前の晩に大雪警報となった。渋滞を見込んで、母は早くに家を出たはずだ。

スマホで時刻を確かめる。二時を回っている。すでに八時間が経っていた。

「まさか、と思って」

栄養士の不吉な言葉に、胸騒ぎを覚える。

——まさか、母さん。八号線につかまったのか。

大雪のため、すべての学校が休校になっていた。高三を目前にしての休みを喜んでばかりはいられない。いつもより早く起きたが、誰もいなかった。テーブルに、父の几帳面な字で、家の周りの除雪頼む、とメモが置いてあった。テレビをつけると、朝のワイドショーにテロップが流れた。

「国道八号線の丸岡—芦原間で、千台余りの車が立ち往生」

それを見たとき、母と結び付けて考えもしなかった。

——千台が立ち往生って、どうなるんやろ。

父に電話した。どこかの排雪場に立っているはずの父が、すぐに出た。

「どうした。何があった？」

「母さん、職場に着いてないって、父さん。栄養士さんから電話があった。母さん八号線なんか通らんやろ。なあ、いつも芦原街道行くよな」

八号線の西を走る芦原街道を行くのが母の職場に近い。

「わかった」

父はそれだけ言うと電話を切った。

弁当をひとり茶の間でのんびりテレビを眺めながら食べてから、まだいくらも経っていない。食べたままテーブルにほっておいた弁当箱を流しに運んだ。今朝、母は、何時に起きて三つの弁当つくったんやろ。シンクの桶（おけ）に水を張った。弁当箱のふたを開ける。

「ご飯粒一つ残してないもんねえ。剛（つよし）も父さんも、ほんと気持ちよく食べてくれるから、母さん作りがいがあるよ」

――いつもそう言う、あの、豪傑な母さんのことや、大丈夫や。

弁当箱を水に浸す。いつもはこのままだ。勢いよく湯を出し洗う。洗い終わってから、いつもと違うことをすると縁起の悪い気がして、また弁当箱を水に漬けた。

ドアが開き閉まる音がした。廊下に出ると、父が背中を丸くして靴を脱いでいる。僕に

顔を向け、

「すぐ、支度するぞ」

と言いながら僕の体を押し中に入っていく。何、どこに、と間抜けな声を出した。当然のこと、返事はない。父は流しで手を洗い、台所の隅に置いてある米櫃(こめびつ)のレバーを引き、それを窯に移すと米を研ぎ出した。

「海苔(のり)と梅干どこだ」

と周りを見回す。僕より早く見つけ出し、僕が並べておくと、今度は押入れから一番大きなリュックを取り出している。僕はただ呆然(ぼうぜん)と見ていたが、ハッとして二階の自分の部屋に上がる。スキーウェア、リュック。コミックを二冊手にして、それをまた放り投げ、階段を下りようとしたとき、スマホが鳴った。同級生の琴葉からラインだ。

「窓の外見て。すごいやろ。こんなに降ったの見たことないよね。ところで、剛、勉強、どこまで進んだ？」

琴葉とは、県外の同じ大学に行こうと約束していた。

「それどこじゃないよ。母さんがさ。八号線につかまったみたいで」

「ええっ。おばさんが。仕事行ったの？　今、千五百台になってるみたいやよ」

階段の下で、父の声がした。

「今から父さんと行って見てくる」

「えっ。どこに？　なんで？　なんで剛が行くの」

リュックの外ポケットにスマホを仕舞う。僕もなんで行くんだろうと思う。いや、大体、父さんだって、行っても迷惑なだけだ。

「替えの上下や長袖の下着とか、入れとけや」

テーブルの上に、父のヒートテックの下着や分厚い靴下などが並んでいる。父はそれらをリュックに入れながら、いきなり卵焼きの話をした。

「甘いな」

ん？「何のこと」

「だから、卵焼きだよ。母さんの」

「だからって。何。今、なんで卵焼き。卵焼きがどうしたって」

「甘いだろ。あれ、糖尿病のせいかと思ったこともあったが……、弁当に入れるには、あれくらいが、いいんだ」

僕は嫌な感じがした。不吉な、縁起でもない話をされているようで、母さんが亡くなった後、残された男が二人、ぼそぼそ話しているみたいで、返事をしなかった。父はそれ以上何も言わなかった。確かに、母さんの卵焼きは甘い。

部屋中に甘い香りを放ち、湯気が上がっている焼き立ての卵焼きが毎朝テーブルにある。切り分ける前のかまぼこ型の卵焼きが布巾の上に置いてあるのを見ると、そのまま一本丸ごとかぶりつきたくなる。

「泡立てないように箸でていねいに混ぜるんやよ。それから三回に分けて焼くの。大事なことは、最後まで強火で焼くってこと。弱火にしたくなるんやけど、そうすると、ぐちゃっとした感じになるから」

小学三年生の冬休みに一度だけ、教えてもらったことがあった。父は亭主関白とかというのとはきっと真逆のひとだろうけど、料理だけは一度もしたことがないと思う。

二人は同じ繊維会社に勤めていた。社員旅行の写真だったのか、若い日の父と母が会社の仲間と、どこかの旅館の前で笑っていた。母は僕が小学五年のとき、そこを退職して今の施設の調理員になった。その頃からすでに会社は危なかったのかもしれない。半年前に倒産した。それから父は建設会社に日雇いで働いている。建設現場やその周辺の交通整理要員として、一日中立ちっ放しの仕事だ。

最近、重機を取り扱う資格を取るために、教習所にも通い始めた。家でも、350CCの発泡酒一缶をうまそうに飲み干すと、母がテーブルの上を片付け、拭き終えるのを待って、参考書をテーブルに広げる。それが最初は受験生の僕へのあてつけに思えて苛立(いらだ)った。だが、毎晩黙って本に覆いかぶさるようにして勉強する父の背中を見ているうちに、僕も夕食を済ますとすぐに二階に上がって自然と机に向かうようになった。

父は作り立ての丸いおむすびをラップに包みビニール袋に入れ、タオルやマフラー、着替えなどの詰まったリュックの一番上に置いて口を閉めた。家の中を見回し、リュックを玄関に運ぶ。部屋の真ん中でぽかんと立ったままの僕の後ろに回り、仕事で使っている蛍光塗料のテープをスキーウェアにべたべたと貼る。最後に背中をポンとたたかれ、僕はつけっ放しのテレビを消そうとテーブルの上のリモコンを手にした。すると、いきなりニュースに変わった。国道八号線では現在、千五百台の車が立ち往生している、と緊迫した声でアナウンサーが話した。琴葉の言った通りだった。

両側を雪に閉ざされた国道八号線に、車がどこまでも並んでいる。空からの映像に、もしかしたらと母さんの車を探す。雪をかぶった車が延々と続いているだけで、小さな一台を見つけることなどできるはずがなかった。

三十七年ぶりの大雪だという。

「なあ。父さん。母さんだけじゃないんだぞ。千五百台もみんなつながってるんなら、逆に、母さんだけどうかなるってことないんじゃないか。な、父さん、ちょっと冷静になって考えてみれや」

「バカ。薬だ」

「えっ。ああ。糖尿病の薬か。あれって、一回でも飲まんと危険なんか」

父は長靴に足を入れ、玄関のドアを開け、僕が出てくるのを待っている。午後三時を過ぎ、辺りは暗かった。二時間前に除雪したばかりだが、すでに膝下くらいまで積もっている。父は黙ってどんどん歩いていく。その背に向かって「車じゃないのかよ」と小さな声で言ってみた。朝に夜に雪かきしても、どんどん降り積もっていく。とても車など出せる状況でないのはわかっていた。


昨日の夜も、夕飯を食べ終えるとすぐに三人そろって外に出た。仕事で疲れている親に任せて机に向かっていられるほど、勉強の出来がいいわけではない。それに二、三日前から父は風邪気味なのか、咳(せき)ばかりしていた。

街灯に照らされた雪が白く浮き上がり静かだ。前の家からも隣からも一人二人と出てきて、黙って家の前の雪をスコップやスノウダンプで運んでいる。朝一番に開けていた通学路が、今では雪の捨て場となって二メートル近い雪の山となっている。そこにスロープを作り、また雪を積み上げる。

「剛。車庫の屋根、頼む」

父から声がかかった。シャベルとスノウダンプを持って屋根に上る。僕の胸辺りまで雪がある。父が波板を持ってきて、車庫の屋根に斜めに立て掛けた。そこにスノウダンプでかき上げた雪を滑らせ下に降ろす。父がそれをまた運んでいく。

三人が一時間余りかけて、どうにか家の周囲の除雪を終えた。


父の後ろに続く。とにかく行ける所まで行ってみるしかない。顔に雪が当たる。目を開けているのがつらい。外を歩くひとは誰もいない。見慣れた通りが、魔物に襲われた後のような不気味な静けさに沈んでいた。

廃墟(はいきょ)だ。

片道一車線の道路の真ん中だけ開けて、どうにか車一台通れるようにしていたのが、今はそこさえ車が通った跡がなく、雪は降り積もっていった。

父の横に並ぶ。こんな風に父と肩を並べるのは久しぶりの気がした。

「東北のあのときから、母さんと決めていたんや」

父は僕が横に来るのを待っていたように話し始めた。

「津波が来たとき、家族が別々にいて助けられんかったって話、聞いてさ。昼間は仕事があるし、剛は学校だからしょうがないんやけど、夜はなるべく一緒にいようって、母さんと話したんや。阪神大震災のときは朝早かったから、家族が一緒だったやろうけどな」

父は外へ飲みに行くことなどほとんどない。父と母が別々に旅行に行くこともない。それが特別なことだと思いもしなかった。初めて聞いた話だった。

「母さんな。東北のあの津波、テレビで見てたんやと。津波が押し寄せるその先の方を、軽トラが走っているのを、見たらしい。そしたら、それに父さんが乗ってるような気がしたって言うんだ。早く早く逃げてよって、テレビの前で叫んだんやと」

ああ、それは僕も母さんと一緒に見た。五年生のときだ。津波が押し寄せてくる先に、田んぼの中を走る一台の軽トラがいた。ひどく小さく見えた。父さんの車とダブった。怖くて震えた。両手を握りしめたあの感覚を今でもはっきり覚えている。あの軽トラは逃げきれたんだろうか。

「なあ。千五百台が立ち往生って、いったいどんくらいの距離やろ」

「さあな」

「ガソリンとか、大丈夫やろな」

「ああ。昨日入れといたから」

「父さんが?」

「ああ。母さんが仕事から戻ってきたとき見たら少なくなっていたからな。毛布も入れてあるし、大丈夫やろ」

「それも、父さんが」

「ああ。雪は怖いからな。薬も一回や二回抜いたってたいしたことないやろけど、何日閉じ込められることになるか、わからんしな」

風が雪を巻き込んで、時折、激しく二人に襲いかかってきた。

街中から広い田舎道に出る。雪が見渡す限りを覆いつくしている。何もかもに雪がかぶさる。どこからどこまでが道なのか田んぼなのか見分けがつかない。境目がわからない。


父がいきなり立ち止まった。背中にぶつかった。

「やられたな。こりゃあ、ゼンメツやぞ」

父が遠くを見ている。

ビニールハウスが雪でつぶれていた。かなりの数に見える。十棟余りあるかもしれない。

祖父のビニールハウスを思った。

「……父さん。じいちゃんが生きてたら、つらかったやろな」

「そうだな。じいちゃんのハウスは、きっと一番最初にやられたやろ。だいぶ年数が経っていたからなあ」

祖父は、家から車で二時間くらいの山奥の村に一人で住んでいたが、二年前に亡くなった。畑で倒れているのを近所の人が見つけてくれた。七十になったばかりで、後期高齢者が六割を占めるこの村では、祖父は若い方だった。父がまだ小学生の頃に、祖母は肺の病で亡くなっている。父には四つ年上の兄がいて、祖父は男手一つで二人を育てた。伯父は高校を出るとすぐに県外に就職し、そこで家庭を持った。

祖父はわずかな田畑を耕し、ビニールハウスで菊とトマトをつくり、細々と生きてきた。

「じいちゃん、おまえを一番可愛がっていたなあ。そりゃあそうやな。兄貴のとこは女の子二人だから。男の孫は、おまえだけや。剛に、百姓はいいぞお、って言ってたやろ。自然相手やからな」

僕が農学部を受けようとしていることを、まだ父には話していない。

「……葉物が、まだ、あの、ビニールハウスの下には残っていたやろな。それに、春先から苗植える、ほれ、ミニトマトとか、これから、どうなるやろうなあ。ビニールハウスを建て直すのもたいした金がかかるし。農業も楽じゃないな……」

後の方は独り言のようにつぶやいて、父がリュックから水筒を出し、手渡してくれる。喉は渇いていないが、少しだけ口をつける。

「父さん。まだか」

雪がいっそうひどくなってきた。前がまったく見えない。母さんより僕らの方がヤバくないか、僕はもうずっと前から不安だった。街を離れてから、どこを歩いているのかわからない。歩き始めてから二時間以上経っていた。

琴葉から何度も、大丈夫?今どのへん?と聞いてきた。

どこまで行っても人家がない。心細くて怖かった。

後ろから来た車のライトが、でこぼこの雪道を照らした。二人の体すれすれの所をがくんがくんと車体を上下に揺らして通り過ぎていく。車一台でも通ると安心した。

後には、動くものなど一つもなかった。

父の背中が揺れて、また咳込んだ。大丈夫か、という言葉を何度も飲み込む。

今さらどうしようもない。家を出てきてしまった以上、母さんの所に着くしかない。

二人で母さんに薬を届けるんだ。父の靴跡に僕の足を置こうとすると、歩幅が違いすぎる。父の足跡も僕のも、雪が降り隠す。

黙ったままの父の背中。身長は僕より二十センチも低い。だが、がっちりした体で、いつでもたくましく見えた。それが今は、どこかふらふらして揺れているように見える。母とほぼ同じ身長しかない父のことが、中学くらいまでは恥ずかしかった。

夜になっていた。降り積もった雪で、昼間より妙に辺りが明るい。

父に後ろから声をかけようとする。大事な話をしたいと思うができない。

去年の夏休み以降、父と話したくて、でも面と向かうと照れくさくて、何も言えないできた。

苦い思いが今でも胸の奥にある。謝ることなどできない。謝ればもっと父を傷つける気がする。

夏休み最後の日曜日だった。

僕のジーンズと父の長袖シャツを買いに、母と出かけた。

母と一緒に買い物に行くなど、いつもはあり得ないことだ。だが、その日は、いつになく母は強引だった。一緒に行かないなら絶対に何も買ってやらんからと言い放った。あまりに真剣な口調に僕は圧倒され、仕方ねえなあ、たまにはついていってやるか、と憎まれ口をたたいて車の後部座席に乗り込んだ。

郊外の大型店は混んでいた。前から、中学生くらいに見える女子の集団が、部活の帰りか、固まって歩いてきた。何がおかしいのか、ときどき高い声を上げ、またひそひそと耳打ちし、肩を寄せ合って小物売り場に入っていった。

僕は母と別れて二階のジーンズショップに向かった。いつもと同じものだから、試着もしないで、迷うことなく決めた。また一階に戻り、母を探すと、同じ場所に立っているのが見えた。父のシャツぐらいなんでもいいだろと思うのに、一枚一枚手に取り自分の胸の前にあて、私に似合っても仕方ないよね、と言ったりして、若い店員を笑わせていた。

離れた通路に立って待ちながら、知っている顔がないか、同じ学校の生徒がいないか周囲をぐるりと見回した。

ようやく買い物を終えた母と、広い駐車場を車の置いた場所に向かった。冷房の効いた店の外は、肌を焦がす鋭い日差しが降り注いでいた。思わず顔をうつむけ、車に急いだ。

「あれ、お父さんじゃない」

母が立ち止まった。駐車場に沿った片側二車線の道路に顔を向けていた。両肩からウエストまで黄色の太い線が入ったグレイの制服を着た小柄な男が立っていた。

父だった。

僕は今出てきたばかりの店に向かって走った。ポカリがいいよ、と言う母の声が後ろから聞こえた。父さんに差し入れる冷たい飲み物を買いに戻ったと思ったらしい。店のドアを押し中に入り振り返ると、母はその場に立ったまま父がいる方角を見ていた。僕も隠れるようにして、道路に立つ父を見た。

道の端から真ん中に進み出て、父は赤い誘導棒を振った。速度を落とした車に向かって、棒を両手で掲げるように持ち、深くお辞儀をしていた。大型トラックが向かい側の空き地から出てきて父の横を走り去ると、すぐに父はまた端に退いた。動き出した車に向かってまた頭を下げていた。通り過ぎる車の中は、僕の所からは見えなかったが、誰も父に礼を返す人などいないに違いない、と思った。

母は空を仰ぐように顔を上げ、また父の方を見て、それから、振り向いた。僕は柱の陰に隠れた。無性に腹が立った。買ったばかりのジーンズを袋から乱暴にとり出し、トイレに向かった。着替えて入り口に戻ると、買い物していたときの浮かれたような顔とは違った暗い目で、母が待っていた。

「剛」

僕は足先に視線を落とした。蹴るように足を振り上げイラついた声を出した。

「いつまで、外で、ぼうとしてるんや」

母は一瞬口ごもった。

「何……、剛が、父さんに冷たいものでも買ってきてくれるんかと、待ってったんやないの」

「……何言ってるんや、父さん仕事中やろが。それどころでないよ、ほんとヤバかった」

「……」

「あんなとこに立つの、やめてほしいよな。誰に見られるか。……まじ、ヤバい」

僕は先になって車に向かった。母の足音がいつもと違ってうるさく聞こえた。

「剛。あんた、情けない子やねえ。……」

「……」

家に着いても、母は僕と口を利かなかった。謝るまで口なんか利いてやらん、そんな風に見えた。

——父さんはあんたのために、剛が大学行きたいやろうからって、そのお金を工面するために働いているんじゃない。そんなことも、剛はわからんの。

そんなこと、わかっている。

後になって、もしかしたら僕が逃げ出すところを父は見たかもしれない、と急に不安になった。そう思うと、言い訳をしたくて、居ても立ってもいられない気持ちだった。だが、逃げたのも恥ずかしいと思ったのもホントのことだった。

ただ、僕は父さんを嫌ってなんかいない。

雪が激しく降り出した。長い間、黙って歩いていた。ここがいったいどこら辺りなのか、まるでわからない。顔を上げた。雪で前がはっきり見えない。

「父さん。もうすぐだよな」

父の声が返ってこない。

「父さん」

姿がない。思わず走り、前を急ぐ。どこにもいなかった。

「父さん」

叫んだ。

「父さん、父さん」

どこからか声がしているようだが、吹雪く音に消える。

父の声が、雪の底から聞こえる気がした。辺りを見回す。

「父さん。父さん」

懸命に父を探す。今来た道を戻る。雪山が崩れている所があった。側溝に嵌(はま)ったのか。黒々と大きな穴が開いている。深い底に蛍光塗料が光っていた。一瞬だが、目を奪われた。雪の底には、黒い沼が隠れている。

ハッとしてリュックを下ろし、腹這いになって滑り落ちそうな雪の上から必死に父の体を探る。父はうずくまっているようだ。手を伸ばすが届かない。側溝の両側には二メートルの雪が積もっている。

「父さん、ケガしたんか？」

「いや。剛」

僕はいったん立ち上がり、周りを見る。どこも同じような高さだ。降りていける場所が見つからない。もう一度雪の山にうつぶせになり両手を伸ばす。とても届かない。父が頭を持ち上げた。

「剛まで落ちるなよ」

「父さん。待っててくれ。頑張れや」

尻を雪の上に落とし、下ろした長靴のかかとで蹴る。固い雪の所を探す。蹴って足場をつくる。そこに尻をずり落とし、また雪を蹴る。

手を伸ばすが届かない。また雪を蹴る。手が父のリュックに届いたと思ったとき、その手を父の手が掴んだ。思い切り引き上げた。父の足が雪山を踏んだ。僕の上に父が覆いかぶさって倒れた。

「父さん。父さん」

冷たい雫が垂れている父の体を抱きしめた。涙がこぼれ落ちる。父の胸をたたいた。

「父さん。しっかりしてくれや」

「……剛、ありがとな」

父が僕の頭を抱いた。

「父さん。無理だったんだ。……無理に決まってた」

父は何も言わない。僕は起き上がり、道に出た。父も這って上がると、両手をついて立ち上がろうとしたが、その場によろよろとまた座り込んでしまった。父の横に腰を下ろし、長靴を脱がし、濡れた靴下も脱がす。タオルを差し出すが、父はうなだれたままだ。手を差し出そうともしない。リュックから靴下を出し履かせる間もほとんど動かなくなっていた。父の体が震えていた。恐怖を覚えた。父を待っている母の顔が浮かんだ。

母さん、父さんを助けてくれや。

リュックの内ポケットには、ビニール袋に入った薬がある。母さんに薬を届けないと。父の肩を揺する。

「父さん。母さん助けに行くんやろ」

乾いたタオルで父の首を顔を足をさする。父のリュックを背中に、僕のを左肩にかける。重くてよろけそうになりながら、右手で父の腕を引いて立たせた。

父が僕の肩に腕を回し、二人三脚のように一歩一歩前に進んだ。

――R８へ。前に前に。

それだけを思い、ゴム長の足を運んだ。父は黙ったまま僕の右足の動きに合わせた。ときどきひどい咳をしたが、歩みを止めなかった。どのくらい歩いたか、背中が痛んだ。リュックをいったん降ろして休んでからまた歩き出そう、と考えたときだった。

父が足を止めた。

指を差している。

八号線だ。

目の前に灰色の車の列が延々と続いていた。それを眺めている僕を残して、手前の横に逸(そ)れる道を父は歩き出した。僕も急いで後を追った。

その先に明かりが見えた。

コンビニの駐車場にロータリィ車が出ている。雪を吹き上げている。黄色い明かりに、人があふれていた。

じいちゃんの村の秋祭りのようだ、と妙なことを思った。

「おい。あれ、あれ」

今にも倒れそうだった父が、嘘(うそ)のように大きな声を僕の前で上げた。すぐにまた先になって歩いていく。コンビニ目指し、雪山をかき分けるように両手を振り払い、父が進んでいく。僕はしばし唖然（あぜん）としてその後ろ姿を見ていたが、ゆっくり後に続いた。二つのリュックが肩に食い込む。顔を上げ、前を見た。

僕は立ち止まった。

トイレの前に並んだ列に、母を見つけた。

紅（あか）い合羽（かっぱ）を着た母が、顔の前で両手をこすり足踏みしている。

父が母を呼んだ。僕は父の所から十メートルくらい離れた所で、二つのリュックを降ろした。

「早苗、早苗」

と呼びながら、父が走った。母がその声に振り向いた。父を見つけた。両手で口を覆っている。母が走ってくる。ひとにぶつかり、頭を下げ、転げそうになりながら。父の胸に飛び込んだ。父が背中を撫（な）でている。母がひとり話している。機関銃のようにしゃべっているらしい母に、父は相槌（あいづち）を打っている。いつもと変わらない光景だった。

僕はリュックからスマホを取り出した。

「琴葉。今、着いた」

「父さんが、途中、大変だったんだ」と続ける。

ただ、その先がうまく言葉にならない。僕は二行だけ打ち込んだが、すぐに消した。

大きく息を吐いた。電話をかける。二回目の呼び出し音で、すぐに琴葉が出た。

「剛。着いたの！　無事だったんやね……」

いきなり、涙声ですがるように言う。一重の細い目に涙を浮かべ、それを照れている琴葉の顔が浮かんだ。

「うん。どうにか、着いた。ありがと」

たまらなく、琴葉に会いたい。

父がこっちに目を向けて、母に何か言った。スマホを耳にあてている僕に、二人は笑って大きく手を振った。

越前水仙

四歳のリョウの額からわずかに血が流れていた。それを拭くでもなく、リョウは両手をだらりと垂らし口を半開きにして、恵子先生が近づいてくるのを見ている。ピンクのスカートから出ている膝小僧も血がにじんでいた。

園庭の隅に設置されたブランコに向かって、恵子先生はゆっくり歩いてくる。青色のエプロンのポケットに左手を入れ、右手は帽子をかぶった子どもたちの頭を弾くようにして。

「大丈夫、たいしたことないって」

血が出たと騒いでいる子たちに、恵子先生は笑いながら言う。リョウがブランコに乗ろうとしたところを、男の子が後ろから突き飛ばしたのだ。

「キツネ目のリョウ、キツネの子」

たいしたことないという恵子先生の言葉に、またみんなが囃(はや)し立てた。陽光が緑の芝生と白い小さな築山に降り注いでいた。時折、海からの風が女の子たちのスカートをまくった。

保育園は海の見える坂の途中にある。

リョウの母は、漁師の父の知り合いに頼んで魚の加工場で働いている。自転車で五分の所だ。仕事は四時までだったが、母の迎えはいつも六時を過ぎていた。残っている園児はいつも同じ五人だった。

その中に敏男もいた。

一週間くらい前、恵子先生が言った。

「リョウちゃんは、キツネさんにそっくりやね。ほら」

後ろに隠し持っていた絵本を恵子先生は、輪になっていた五人の真ん中に置いた。

表紙のキツネに四人は顔を近づけた。それから、ぽかんとしているリョウの顔と見比べている。

「あっ。ほんとだ」

一人がうれしそうな声を上げた。リョウは恵子先生の顔を見た。恵子先生は声を上げた子にうなずいている。

――キツネって？

リョウはそれまでキツネという動物を知らなかった。

敏男は膝の前に書きかけの画用紙を広げ、手に青のクレヨンを持ったまま絵本の親子キツネを見ていた。

この日からリョウは、キツネ目のリョウになった。


リョウには五歳年上の頭のいい兄がいた。母の二重の目と父の細い鼻を持っていた。母は兄がいるときは、ふふふ、ふふふとよく笑った。笑っている横顔に、リョウは見惚れた。いつまでも見ていたかった。食事が終わると、兄が立ち上がり自分の部屋に行ってしまう。すると、母はふふふの口をきつく閉じ、きまって機嫌が悪くなった。口を開けて見つめるリョウに、

「早くご飯、食べてしまいなさい。いつまでも片付かないんやから」

と目も合わさずに叱る。父はほとんど家にいないし、いても無口だったから、兄だけがリョウの話し相手だった。学校から帰ってくる兄をいつでも家の前で待った。兄は帰るとすぐに自分の部屋に入って、なかなか出てこない。部屋にはリョウを入れてくれない。仕方がないから兄が部屋から出てくるのを、階段で待った。

小学一年生になったリョウは、六年生の兄と一緒に学校に行く。集団登校だから、兄は下級生六人を連れていかなくてはいけない。だから、リョウより早く家を出て、集合場所になっている床屋の隣の小さな空き地でみんなが来るのを待つ。リョウは兄と一緒に家を出たくて、前の日には必ず早く支度して兄と一緒に出ようとするのだが、いつでも兄はリョウの知らない間に家を出てしまっていた。リョウが着くとすぐに出発する。兄は六人の先頭を行き、リョウは一番最後を黙ってついて歩いた。

学校に行けば昼休みに会えると思ったが、六年生の兄の部屋の前まで行っても、リョウが瞬きする間にいつも兄は消えてしまった。


三年のとき、リョウと同じくらいの背丈しかない五年の男の子二人が後ろから追いかけてきた。リョウが振り向くと、学校から持ち帰った手の中の砂を、いきなりリョウの頭に降りかけた。いつも真っ白なエプロンをしているきれいなおばさんの家の前だった。おばさんは地域の見守り活動をしていた。登下校には通学路まで出てリョウにも笑顔で声をかけてくれる。そのときも門の前に出ていた。

「上級生がだめでしょ。そんなことしたら」

きれいな声で近づいてきた。男の子たちはおばさんに訴えた。

「だって、こいつ、気持ち悪いんやもん」

「おばさん。こいつ、キツネ目のリョウ、って名前なんや」

「まあ」

リョウはおばさんを見上げた。優しい顔がすぐそばにあった。エプロンに手が伸びる。裾をきゅっと掴む。リョウの胸の奥が温かくなった。白いエプロンに顔を近づけた。遠くからは気付かなかった茶色いシミが点々とひろがっているのに気付いた。それを指差して、

「おばさん。何、これ」と聞いた。

おばさんはリョウにチラリと目をやり、すぐに男の子たちへ視線を逸らし、

「気をつけて帰るんやよ」

と笑顔を見せた。二人はそれに元気な声で返事をすると走り出した。リョウはエプロンを掴んでいた手を離す。おばさんはリョウにはもう目もくれず、門扉を閉めて家の中に入ってしまった。

二人が坂を下りていく。リョウは、赤毛に白い砂がざらざら混ざっている頭のまま、おばさんの家の窓を見つめた。窓にはレースのカーテンが引かれ、中は見えない。それでも、おばさんがすぐそこに立って、こっちを見ている気がした。だが、いくら待っても内

に動くものはない。諦めて道の反対側に目をやると、黒いランドセルの上に運動着の入った白い袋を乗せた敏男が、太った体を左右に揺すって歩いていた。


中学一年の夏、母方の祖父が亡くなった。

葬式に家族四人、車で出かけた。リョウは祖父も祖母も知らなかった。名古屋に親戚があることさえ知らなかった。

北陸高速を走る。リョウが家族と出かけることなどほとんどなかった。いつでもリョウは留守番だった。今度だけは、祖母がリョウも必ず連れてくるようにと母に電話で言ったらしい。母は自分の母親なのに、父にいつまでも祖母の悪口を言っていた。それが、当日になると、葬式ではなく、まるで遠足に出かけるように母は機嫌が良かった。快晴の日の北陸高速は空いていた。リョウは右を見たり左を見たり、ワクワクした気持を抑えられない。だが、話す相手がいない。歌を小さな声で口ずさむと、隣で兄がにらんだのがわかった。サービスエリアで、大好きなラーメンを半分も残してしまった。ドライブがうれしすぎて、お腹が痛くなったのだ。いつもなら、怖い顔で叱る母が、その日は何も言わない。

黒いスーツを着た母も、リョウと同じくらい浮かれていた。

父はいつもよりいっそう無口で、ときどきため息をついた。兄は食事のときも車の中でも、大学受験のための参考書を手から離さなかった。しゃべり続ける母に兄は、「黙れ」と低い声で怒鳴り、後ろから母の座席を蹴った。母は、ごめんごめんと、機嫌のいい声を出して謝った。だが、またすぐに一人話し続けた。兄と一緒に出かけるのがうれしくてたまらないのだ。リョウも同じだったから、うれしいね、と母に声をかけたくて、助手席に手を伸ばし母の肩をたたいたが、母は気付かなかった。

都会の狭い路地をいくつも曲がり、同じような家が並んでいる、その中でも一際小さな家の前で車を停（と）め、三人が下りた。父は車を近くの駐車場に停めにいった。玄関から老婆が出てきた。

「母さん。母さん着いたよ。母さんは元気そうやね」

母は優しい声をかけた。喪服を着た祖母は腰の曲がった小さな人だった。

「ああ。いつもとかわらんよ」

「父さんも長いこと病んでいたんやから、やっと、楽になったよね」

祖母が黙って家に入ろうとするのを、母が引き止めた。

「母さん。この子、兄ちゃんの方。今年、東京の大学受けるんだよ。出来が、特別いいんだって」

「そうか。大変だねえ」

兄を見て、それから祖母は細い目をリョウに向けた。

祖母の後について家の中に入ると、狭い畳の部屋に、老人ばかりが窮屈そうに座っていた。

「ちょっと、お焼香のときだけど、お兄ちゃんのやるようにまねしてするのよ、もう、恥かかせないでよね」

みんなの後ろに母は腰を下ろすと、立ったままのリョウのスカートの裾を引いて座らせ、バッグから数珠を出しながら、まだ何もしていないリョウに腹を立てている。顔を上げたらいけない、下を向いていなさい、と何度も尖(とが)った声を出す。

しばらくして袈裟(けさ)をかけた住職が入ってきて、経を読み始めた。黒いズボン、黒いストッキング、黒いスカートがリョウの前に並んでいる。順番に焼香が始まる。

兄の後ろについて立ち、座っている老人たちの間を前に進み、白い布のかかった細長いテーブルの前で、リョウは兄の横で正座した。兄のまねをして、灰を二回つまんで、頭を下げた。下を向いていなさいと言われたのに、うっかり顔を上げてしまった。

写真があった。

「あッ、わたしとおんなじ顔」

キツネ目の、顎(あご)の尖った顔だった。リョウの声に部屋中から笑いが起こった。うつむいたまま隣のひとと目を見合わせ笑っている人もいた。

兄が東京の大学に合格してから一度も家に帰らなくなって、おしゃべりだった母が家では父より無口になった。リョウは学校でも家でも話す相手がいない。ときどき、声が出るか心配になって、トイレで声を出してみる。

「キツネじゃないよ、リョウコだよ、キツネ目じゃないよ、リョウコの目だよ」

「わたしの本当の名はリョウコ」

小中校合わせても二百人に満たない小さな学校だった。リョウは九年間一日も休まなかった。誰とも話をしなくても、砂をかけられても、キツネ目のリョウと言われても、学校に通い続けた。それも明日で終わる。

一クラス二十三人のうち、高校に進学しないのは、リョウと敏男の二人だけだった。

卒業式の前の晩、リョウは奥歯が痛み出した。

ほっておいた虫歯が今になって暴れ出したのだ。式に出なくてもいいかもしれない。夜半から、冬が戻ったように海が荒れた。

朝起きても歯の痛みはおさまらない。母に学校を休んで歯医者に行きたいとリョウは言った。母は、卒業式に出ない子なんていないと叱る。父は蟹(かに)漁に出ていた。

二階の教室から、海に雪が舞うのが見えた。冬から春にかけて、海の色が明るくなっていく。それが、きょうは冬に逆戻りしたように暗い。

みんなは肩をすぼめ震えながら体育館に並んだが、顔は晴れやかでうれしそうだった。式の後、教室に残りあちこちでにぎやかに写真を撮り合ったり、サイン帳を回したりしていた。リョウに声をかける人はいない。リョウは教室を出るとき一度振り返り、フン、と顎を上げてみせた。誰もリョウを見ていなかった。

大きな音を立てたくて、階段を乱暴に一段一段下りていく。底の薄い上靴は情けない音をたてた。足裏に直に響いて痛い。上からどっと大きな笑い声が起こった。踊り場で足を止める。一段上がりかけたまま、リョウは耳を澄ました。

机を動かす音、男子の冷やかすような声、やめてえ、と甘えた女子の声がしていた。見上げたまましばらく耳を澄ます。

「みんな、並んでえ」

学級委員の子の高い声がした。

三段階段を戻りかけた。が、すぐに一段飛ばしで下りる。ひっそりした靴箱の前に、敏男が背中を丸めて立っていた。その横を通り過ぎると、後ろから、ボソッと声がした。振り向くと、「家に、来るか」と言って敏男がリョウの顔を見た。

敏男の声を聞いたのは初めてな気がした。弱弱しい低い声が、リョウを誘った。リョウは誰からも家に誘われたことがない。兄さえ、兄の部屋にリョウを入れてくれたことは一度もない。うれしくて、すぐに「うん」と弾んだ声で答えた。

敏男の先を歩く。学校を出てしばらく行くと、敏男とリョウの通った保育園がある。園庭には誰も出ていない。

坂を下り海岸通りを行く。蟹の絵が大きく描かれた看板が並ぶ。生け簀を構えた店がある。コンビニの前に高校生が三人しゃがんでスマホを見ていた。その中に、リョウの頭に砂をかけた男子がいた。リョウが通り過ぎると、後ろから、

「キツネ目のリョウやんか。キツネも卒業できるんかあ」

と声が追ってきた。

高校生のくせしてバカみたい。リョウは道に唾を吐いた。

新しく建て替えたばかりの交番の前に出る。明るいグレーの壁から交通安全の標語の垂れ幕が下がり、海からの風をはらんで揺れていた。海と山に挟まれた狭い道の真ん中をリョウが歩く。後ろからクラクションを鳴らされた。

岸壁に打ち寄せる波の音がリョウの耳に届く。

後ろを歩いていた敏男が、バタバタと走ってリョウを追い越すと左に折れた。敏男の家

は通りから一本入った、学校から歩いて十分くらいの所にあった。平屋の小さな家が空き地の横にぽつんと立っている。軒下のもの干し竿(ざお)に、敏男の父親が漁に出るときに着る合羽(かっぱ)や胸当てズボンが風にパタパタ揺れていた。リョウの父と同じものだった。鍵もかけてないのか、敏男はいきなりガラス戸を引き、中に入っていく。リョウも後に続く。小さな声で、おじゃましますと言って上がった。

敏男の母親は心臓に持病があって入退院を繰り返していたが、敏男が小学一年のとき亡くなった。父と子の二人暮らしの家は和室が二つあるだけで、リョウの家にあるようなごたごたしたものは何もなく、部屋の隅に折り畳んだテーブルと小さなテレビと冷蔵庫、整理箪笥(だんす)が一つあるだけだった。

箪笥の上に目がいった。

大きな湯飲み茶碗(ちゃわん)に、折り紙で作った水仙の花が二十本くらい挿してある。

「どうしたん？　これ」

リョウの声に、冷蔵庫を開けながら敏男が振り向いた。

「小学校のとき、折った」

黄色と白の折り紙で作った水仙、色はあせていたが、葉も二本きれいに伸びている。

用意してあったのか、冷蔵庫からオレンジジュースと水のペットボトルを手に、目も合わさずに、「どっち」とリョウの前に差し出した。ジュースがいいが、虫歯には水の方がいいかもしれない。迷っていると、敏男が、俺、水でいいからと言って、リョウにジュースを渡した。

話すこともなく、がらんとした部屋の壁に凭（もた）れて二人並んで座った。ペットボトルのふたを回しジュースを口に含んだ。飲み込む音まで敏男の耳に届きそうで、ごまかすように小さく咳（せき）をした。横で、敏男が、はあ、とため息を漏らした。何か話したかったが思いつかない。

「みんな、記念写真、撮ってたみたいやな」

リョウが言っても、敏男は、ふーん、と声にもならない声を漏らしただけだ。

畳が擦れていた。撫（な）でると、掌（てのひら）がザラザラする。手を伸ばし、他も触ってみる。ときどき、日が差して、畳に置いたリョウの手が明るくなった。細くて長い指だった。

「きれいやな」

敏男がリョウの指を見てつぶやいた。

「ん?」

「手や。指、長くて」

リョウは思わず手を背中に隠した。敏男の顔が赤くなった。それを見て、リョウは自分の頬も赤くなるのを感じた。二人ともじっとして動かない。

「手」

敏男が一言言って、リョウの背中に手を回し、リョウの手を握った。つないだ手がじっとり汗ばむ。頬も手も熱かった。それに二人は気付かないふりをして、窓の外で風が時折立てる音を聞いていた。二人の手が一つになったように動かない。リョウの口から、ふうと息が漏れた。敏男がリョウの肩に手を回した。

体がぎゅっと強張る。奥歯が痛いのか、寂しいのか悔しいのか、敏男に肩を抱かれてうれしいのか、わけがわからないままに、涙がリョウの目ににじんだ。唇が小刻みに震え、声を上げて泣き出しそうになる。敏男の胸に顔を埋め、敏男のぶよんとした体に手を回す。応えるように、敏男はリョウが息ができないくらい強く抱きしめてきた。

どのくらいそうしていたのか、前より強く風が窓を打つ音がしていた。

はあ、と深いため息が敏男の口から漏れた。敏男の目が充血している。何かに腹を立てているような、それをじっと我慢しているような顔だった。

敏男がリョウの手を引いて、二人並んで寝転んだ。黒っぽい天井を見ていた。

リョウは初めてキツネのことを打ち明けた。

「わたしな、自分のこと、ずうっと、キツネの子やと思ってたんよ。だって、保育園でキツネの子、キツネの子って言われてたから。それでな、母さんに聞いたんや。なんで、みんなわたしのこと、キツネの目って言うんやろって」

「うん」

敏男は頭の下で腕を組み、天井を見たままだ。

「そしたら、母さんな。あんたは海の崖（がけ）で拾ってきた子なんや、ってすごく真面目な顔で話したんよ。……だから、わたしな、もしかしたら、キツネが化けてわたしになったんかもしれんって。そう思った。でな、家の後ろの、坂、上って。あの崖に何度も行ってみたんよ」

リョウは自分の声を初めて聞いた気がした。ちゃんと、声が出て、話すことができた。

「崖から飛び降りてみよう。飛び降りたら、もしかしてな、元のキツネに戻れるんやないかって、考えたんや」

敏男はゆっくり起き上がった。膝を立てて壁に凭れた。

「でもな、崖から飛び降りたら、死ぬだけやんなあ」

リョウも起き上がり、敏男の横に足を投げ出した。敏男は立てていた膝の間に頭を入れた。

敏男の頭は上から見ると四角かった。

「でもな、当たり前やけど、わたし、キツネの子やなかったんや。ほんとやよ。名古屋のじいちゃんの葬式のとき、わかったんよ。わたしと同じ顔してたんや。葬式の写真、わたしにそっくりだったんや」

リョウは、喉（のど）の奥でひくひく笑い声を立てた。敏男は何も言わなかった。

外が暗くなっていた。敏男は荒れた畳に目を落としていたが、また頭の後ろで両手を組むと、リョウから少し離れた所に横になった。リョウも、また黒くて低い天井を眺めた。

二月生まれの敏男と三月生まれのリョウは、十五歳になったばかりだった。

半月後を、二人はそれぞれ思っていた。リョウは社員寮のある愛知の自動車部品工場へ、敏男は一度も行ったことのない関西の伯父の食堂で働き始める。

「俺、ほんとはな。漁師に、なりたかったんやけど、なれんかったんや」

敏男が隣で天井に目をやったままポツンと言った。

「なんで、なんでなれんかったん？」

リョウは思わず体を起こし、敏男の顔を上からのぞき込んだ。だが、すぐにまた勢いよくごろんと横になった。

「いいやん。いいやん」

明るい声を返した。敏男は体を動かすより、じっと一つのことをやり続ける方が得意だ。荒々しい海で働く敏男を想像できない。優しいけどたくましくはない。それでも敏男は、きっと父さんと一緒に海に出たかったのだ。

リョウは敏男と二人並んで、まるで大事なものがそこに描かれているかのように、何の変哲もない天井を真剣な面持ちで見つめていた。

敏男の寝ている先の窓に目をやった。いつしか雨になっていた。

リョウは立ち上がった。整理箪笥の上の水仙の造花を二本手に取った。みどりの細い葉を持ち、胸ポケットに差し込んだ。振り返ると、敏男は目を閉じていた。

玄関の戸を開け、雨の中、外に駆け出した。


いよいよ家を出る日のまだ明けきらない朝に、リョウは家の裏の坂道を上った。

雪が舞う日本海に向かって咲く越前水仙は、すでに見頃は過ぎていた。リョウは急斜面の崖に立ち、深く息を吸った。

潮風に乗って、咲き残っていた白い花から甘い香りが漂ってきた。

雅代の白い花

その日の雅代は、いっそう口数が少なかった。黙って窓際の席に腰かけると、膝の上に鞄(かばん)を置き窓の外を見ていた。

僕は鞄をその横に放り投げるように置いた。電車には勤め帰りの人や高校生がまばらに座っている。同じ高校の制服を着た三人の男子が僕らを見た。僕は知らん顔をして座ると足を投げ出した。雅代の横顔を映した窓の向こうを粉雪が斜めに流れていく。

——痩(や)せた？

僕はずり落ちた眼鏡を左手で上げながら、雅代の横顔を盗み見た。ふっくらして赤みがさしていた頬が、皮膚が薄くなったように青ざめている。母親を亡くしたばかりの雅代に、昨日ひどいことを言ってしまった。

雅代はいつも通り英語の単語カードを鞄から出し、カードに目を落とした。それを見たら、また苛立(いらだ)ってきた。気付けば、前の日と同じ言葉を投げつけていた。

「なあ、どうしてもか？　どうしても大学いかんことに決めてしまったんか？」

雅代は顔も上げないで、カードを繰っている。

「こんな大事なこと、僕に相談もせんと、一人で決めてしまって。……親父(おやじ)さんと二人で鼻パッド作って、一生終わるんか。なあ、それでええんか」

兼業農家の次男である僕には、中学から付き合っている雅代の家業のことがよくわかっていなかった。周りに聞こえないように小さな声で、僕はくどくどと言った。雅代は、カードを置き、女の子にしては節の高い手を組み直して黙っていた。ついこの前までは、つまらないことでけんかをすると、家に帰ってから、わびのメールをして、また深夜に電話で長いこと話した。そんな繰り返しだったのに。雅代が急に遠くへ行ってしまったように思えた。

「……もう、決めたの。お父さんを、一人にはできないやん」

と前を見て硬い声で言った。そして青のストライプが入った茶色のマフラーを両手で顎(あご)の上まで引き上げた。

東京の大学に一緒に行こうと、それだけを夢見て、たいして勉強など好きでもなかった僕が、僕なりに頑張って受験勉強してきたのだ。一人で行くくらいなら僕も大学やめる、と啖呵(たんか)を切りたかった。だが、それもできなかった。

電車を降りると、雪はやんでいた。雅代の乗るバスの停留所に向かって並んで歩き出した。諦めきれない僕は、足を止め、最後に投げやりな言葉をぶつけた。

「雅代は、僕と一緒に、東京に行きたくないんやな」

すると、母親を亡くしてから初めて雅代が小さく笑った。聞き分けのない子どもをあやすように言った。

「会いたくなったら、すぐに会いに行くから」

僕の顔を、いつものようにまっすぐ見つめて笑っていた。

誰もいない公園の入り口で別れた。バス停はすぐ先だった。

僕は雅代とは逆の方向に歩き出した。振り返ると、雅代が公園に戻っていくのが見えた。それを僕はよその家の車庫の陰から見ていた。街灯が白いゴミ箱の前に立つ雅代を照らしている。雅代は鞄を開けた。屈んで中から何かを出して捨てているようだった。立ち上がっても、しばらくはその場を離れがたいかのように肩を落として佇(たたず)んでいたが、思い切るように顔を上げると、粉雪がまた舞い始めた中を走り去った。

僕はそれを見届けて、公園に走った。ゴミ箱の中をのぞいた。雅代の得意な数学の問題集が大きく裂かれ、執拗(しつよう)に細かく破られていた。さっきまで指で繰っていた単語カードがその間にばらばらになって紛れ込んでいた。手を伸ばした。一枚、一枚拾い集めた。一瞬それを自分の鞄に入れて持ち帰ろうと思ったが、やめた。大きく息を吐くと力任せにゴミ箱に投げ捨てた。怒りと悲しみが込み上げてきた。

舞い落ちた雪片が重なり、捨てられた紙を濡らしていった。

雅代は、進学を諦め、母親が残した家事一切と仕事を引き継いだ。会いに行くからと言ったのに、結局一度も東京には来なかった。

僕も都会の暮らしや大学に慣れ、雅代のことは忘れていた、はずだった。

大学三年の冬だった。友人とその彼女が僕の部屋に遊びにきた。三人で飲んだ。二人は二人だけに通じる言葉と特別な眼差しを交わし、腕や肩に触れ、時折それぞれが僕に気を使って話しかけた。幸せな二人が帰り一人取り残された部屋は、温もりも同時に消え、急に寒々としてがらんとしていた。ビールの缶が転がり、テーブルに酒がこぼれていた。

深夜、スマホを手にすると衝動的に指が動いた。

「雅代、今すぐ会いたい。雅代を抱きしめたい。すぐに来てくれないなら、オレ、もうそっちに帰らんから」

前置きも何もなく、それだけをメールしていた。

そのとき、故郷に帰るあても、東京に残ることも、何も決めていたわけではなかったのに。八つ当たりのように送信してしまった。夜が明けても雅代からの返信はなかった。

僕は意地になって、東京に本社のある会社を二社受けた。だが、二社とも不採用だった。内心ほっとしていた。父に帰ることを話し、鯖江の眼鏡メーカーに就職した。

――やはり真っ先に雅代に謝ろう
帰る北陸線の電車に揺られながら、それだけを考えていたような気がする。

だが、いざとなると、わびの言葉どころか、連絡することもできないまま日が過ぎた。


ところが空からの贈り物のように、晴れた日の昼下がり街中で雅代を見かけた。高校卒業以来五年ぶりだった。ベージュのシャツにブルージーンズという格好で、連れもなく、速足で駅前のコンビニの角を曲がっていった。颯爽として見えた。長かった髪はショートに変わり、白い耳たぶがのぞいていた。

その夜、思い切って電話をした。雅代は留守だった。鯖江に戻りましたのであいさつに伺いたいと言う僕に親父さんは、ああ、とだけ言うとすぐに電話を切ってしまった。

雅代の家に向かう道の両側には、のどかな日差しを浴びた躑躅が満開だった。車が一台通れるだけの細い道を曲がった突き当たりが、高校の頃に何度も遊びにきた雅代の家である。

敷地の奥に屋根瓦が白く光っている平屋、その横に見慣れた作業場があった。車の音を聞きつけてか、親父さんは、すぐに家から出てきた。作業場の戸を開けると、顎で中に入るように促した。足を踏み入れると、後ろで戸を閉める音がした。

雅代の姿は見えない。明るい外の光は中まで届いていなかった。しんとしていた。今の今までそこで雅代が張り詰めた作業をしていたかのような緊張した気配があった。

鯖江の眼鏡作りは、古くから分業とされてきた。雅代の家では、鼻パッド一筋が生業だった。アセテート生地を切断し、五十種類以上の金型で型を抜き、熱を加えて立体的に仕上げ、それを右用左用にカットする。すべてが手作業の世界だ。親父さんが、小学生の雅代に話してくれたという、雅代の一番お気に入りの話を思い出した。

「眼鏡の中で、最も控えめで慎ましいのが鼻パッドなんや。誰からも特に注目されるってわけのものじゃないが、大事な役目を、ひそかに果たしているんや――って、お父さん、カッコいいこと言ったんやよ」

無口な親父さんに似た雅代が、この話のときだけは饒舌(じょうぜつ)だった。

奥の壁に向かって横長の作業机があった。長い間使われなじんだ落ち着きを見せ、机の上はさっぱりと片付いていた。親父さんが手を伸ばした。卓上の電気スタンドが青い光を放った。机の隅に隠れていたように、小さな布袋が現れた。僕の方を振り向くと、黙り込んでいた親父さんは、ようやく口を開いた。

「雅代が今朝、修ちゃんに渡してほしいって、置いていったもんや」

雅代は役所に出かけていて、もうそろそろ帰ってくるはずだと、付け加えて言った。

藍色(あいいろ)の縞模様の袋には眼鏡ケースが入っていた。

恐る恐る開けた。深緑と若草色のリバーシブル眼鏡だった。

「二年もかかって、やっと出来上がった眼鏡や。特別に、デザインも雅代がしたんやと」

親父さんは、それだけ言うと、また丸い背中で両手を組み黙って作業場を出ていった。

窓の外に、白い花が咲いていた。名前は忘れたが、雅代の好きな花だった。

机の前の壁に掛けてある四角い鏡に向かって立った。眼鏡を両手でそっと持ち、かけてみる。

鼻パッドがやさしく止まる。

目の奥がジンと熱くなった。雅代が見てくれていた僕の顔が、鏡に映っていた。

ケースを手にとると、眼鏡拭きの下から二つに折り畳んだ手紙が見えた。

広げると、雅代の几帳面(きちょうめん)な字で「おかえりなさい」とあった。

外で自転車を停(と)める音がした。

聞きなれた雅代の靴音が近づいてくる。

蛍

アヤノは暗い土間から庭に走り出ると目を瞬かせた。五月の光がまぶしい。空は晴れ渡っている。母屋の南にある傾きかけた農作業小屋から、首に手拭いを巻いた父親の剛三がリヤカーを引いて出てきた。

「アヤノ……」

剛三がつぶやくように言った。アヤノは顔を向けたが、剛三は口を閉じたままだ。ときどき見せる父親の困ったような顔を見るたびに、四歳のアヤノは身を固くした。

「おかっぱ頭の、ほれ、このつやつやした黒い髪、広くて透き通るように白い額、その下の、まあ一重の切れ長の目。おまえはいったい誰に似たんだろうねえ」

祖母は広い座敷にアヤノと二人だけになると、鴨居に掲げた二枚の写真の下で、諦めを含んだため息をついた。写真は村の人が今でも殿さんと呼ぶ祖父と、兵隊の格好をした父の兄だった。

リヤカーの荷台には、摘んだ茶葉を入れる大きな籠(かご)が二つ重ねられている。そこに、剛三は手にしていた薄っぺらな茶色の座布団を投げ入れ、アヤノに近づき両手を脇の下に入れて抱き上げ、籠に座らせた。アヤノはすぐに膝立ちになって、玄関から母親の喜和子が出てくるのを待った。木枠にガラスの嵌(はま)った縁側の窓が開いて、祖母が顔を出した。窓の桟に手を添え、曲がった腰を伸ばした。

「アヤノ、危ないから、ちゃんと座っていきなさいや」

「はい」

小さな声で返事をするが、祖母の耳には届かない。

「アヤノ」

祖母が苛立(いらだ)ったように縁側から身を乗り出し、また声をかけた。

「大丈夫だよ。それより喜和子は、まだか?」

剛三は焦(じ)れたように玄関に目をやる。祖母が甲高い声で喜和子を呼ぶ。

家から出てくる足音がして、アヤノが見ると、喜和子が荷物を手にゆっくり出てきた。

リヤカーを押さえる剛三に口も利かず、風呂敷に包んだ煮物の入った鍋とお櫃(ひつ)を籠の横に置き、リヤカーの荷台から足を出して座った。アルミの薬缶(やかん)を喜和子は股(また)の間に挟んで中の茶がこぼれないようにしっかり押さえてた。剛三はそれを確かめると、前を向いて動き出した。アヤノは尻を落とし両膝を抱いた。垣根に沿った細い道を行き、隣の竹藪（たけやぶ）を過ぎ、広い通りに出て右に折れると、八幡神社の前に出る。

アヤノは籠から顔を出した。神社の北側の狭い田に男がいる。

男は上半身裸で、鍬（くわ）を高く掲げては振り下ろしている。肩の肉が盛り上がり、胸が汗でぎらぎらと光っていた。男は丈晴といい、村人から「たけやん」と呼ばれた。中学を卒業すると農業を嫌って町に出たが、喜和子が結婚すると、追いかけるように村に戻った。たけやんは、喜和子と同い年だ。たけやんに比べると、喜和子より一回り上の剛三は、頬に大きなしわが縦に走っていて、アヤノには、じいちゃんと呼ばれる村の老人と同じくらい年をとって見えた。

畦道（あぜみち）には、たけやんの妻の登代が腰を下ろし、赤子に乳をやっていた。近くの家で飼っている牛を思わせる大きな乳房が、遠目にもはっきり見えた。

剛三がリヤカーをぐっと引いた。その勢いにアヤノは後ろに倒れ、籠に頭をぶつけ、小さな声を上げたが、すぐ身を起こし前を見ると、剛三の背中が怒っているように盛り上がっていた。剛三の足が速くなった。

村の真ん中を流れる宇刈川（うがりがわ）に架かる橋まで来ると、剛三はリヤカーの持ち手を降ろした。アヤノは籠の中で、立ち上がる。川にはヨシが生い茂っていた。喜和子も降りて川を眺めている。

遠くの田を見ている剛三の横顔は穏やかだった。黒い土が掘り起こされ、水を引くのを待つばかりになっている。茶摘みの後の田植えの準備ができていた。

「よし」

剛三が声をかけ、喜和子が乗るのを待って、またリヤカーはゆっくり動き出した。ほの暗い山の入り口が見えてくる。宇刈川に流れ込む山の麓（ふもと）の小川には、あとひと月もすれば蛍（ほたる）が飛ぶ。

剛三は坂道にかかる所でリヤカーを停（と）めた。首の手拭いで額を拭く。喜和子が身軽に飛び降りて籠からアヤノを抱き上げ、自分の今まで座っていた所に座らせる。薬缶を押さえるように言いきかせ、後ろに回る。それを認めた剛三が持ち手を持つと、喜和子はリヤカーを押す。アヤノは薬缶に手を置いたまま首だけねじって後ろを見ようとするが、喜和子の姿は大きな籠に隠れ、ハアハアと息を吐く音だけが暗い林に吸い込まれていく。坂を上りきると、見渡す限りの茶畑が広がり、遠くに茶摘みをする人たちが見えた。オレンジ色に咲く山躑躅（やまつつじ）の一叢（ひとむら）がある。そこを曲がり茶畑より一段低くなった松林にリヤカーは引き入れられた。喜和子はアヤノが押さえていた薬缶を松の木の根元に置くと、風呂敷包とお櫃はリヤカーに載せたままにして、黒い袋の付いた大きな茶鋏（ちゃばさみ）を手に、剛三と茶畑に向かった。

松の枝にロープをかけただけのブランコが揺れている。アヤノは足を掛けた。どんなに高く漕（こ）いでもアヤノの背丈では、剛三と喜和子の姿は見えなかった。

降るようにハルゼミが鳴いていた。

小川に蛍が舞い始めた。

蛍狩りに、村の子どもが集まっている。その後をついて歩く母親たちのおしゃべりが夜の闇を揺らす。近づかないと、誰だか暗くてわからない。それでも、たけやんが男の子の手を引いて後から来ることに、三年生のアヤノは早くから気付いていた。

白地に紫の菖蒲（しょうぶ）を描いた浴衣姿の喜和子が足を止めた。つないでいたアヤノの手を放し、二人に近づいていく。たけやんが腰を屈め、男の子の耳元に顔を近づけた。男の子は顔を上げアヤノを見た。二人から離れ、アヤノに向かって走ってくる。アヤノの前に立った。色黒でひょろひょろと背だけ伸びた子は、アヤノが笑って手を伸ばすと、すぐに柔らかな湿った手でアヤノの手を握ってきた。

男の子の耳の後ろには、たけやんと同じ大きな黒子（ほくろ）がある。それを見た日に、アヤノも鏡の前で自分の耳の後ろを必死に探したが、黒子はなかった。ホッとしたが、少しがっかりする気持ちもあった。

暗がりの中、男の子の黒子に触ると、

「姉ちゃん、くすぐったい」

と身をよじらせる。

あるとき、たけやんが言ったのだ。

「翔（しょう）、お前の姉ちゃんだ。姉ちゃんと呼んでみな」

とからかうように。男の子の名は翔。

あの日から、周囲に誰もいないのを確かめてから、翔は「姉ちゃん」と甘えて呼ぶことがある。アヤノは「姉ちゃん」と呼ばれてもうなずくだけで、声を出しては一度も返事をしなかった。四歳下の翔を可愛く思わんでもなかったが、返事をしたら、村のみんなの笑い者になる。

小暗い森につながる暗い川べりに光の筋を曳（ひ）いて漂う蛍を追いかけながら、翔はアヤノの手を掴（つか）んだまま離さない。

「ほーほー　ほたるこい」

アヤノが翔の手を揺する。翔がアヤノを見上げて、

「ほーほー　ほたるこい」

と後に続いた。

「蛍の雌はな、飛ばずに草の上で雄が来るのをじっと待ってるんだよ」

祖母が話したことがあった。

「飛べない蛍なんて、つまらん」

あのとき、アヤノは祖母にそっぽを向いた。

川向こうに影絵のように動いている黒い子どもたちの間を、白い浴衣が男に寄り添って歩いている。その前を子どもが三人歩いていく。その中に同じクラスの子がいるのを見つけた。特に仲良しというのではなかった。

「ほーほー　ほたるこい」

翔がうれしそうに歌っている。

アヤノは、クラスの子に向かって、いつもより高い声で名前を呼んだ。すると、川向こうで白い浴衣の立ち止まるのが見えた。声につられるようにこっちを見ている。

呼ばれたクラスの子は友達と笑い声を上げ、アヤノの方を振り向きもしない。

翔の手を握っていた指を少しだけ開いた。翔はすぐに手をすっと引いた。アヤノの横を翔はうつむいたまま歩いている。アヤノも黙って歩いた。川の流れる音が聞こえていた。

翔が立ち止まり、真黒な川に小さく点滅する蛍を指差した。

アヤノがうなずく。蛍の舞い上がるのを翔はじっと待っている。アヤノは蛍が飛べないことを知っていた。空を見上げた。美しい月が出ていた。翔はいつまでも川を見たまま動かない。

アヤノはいきなり、今来た道を駆け出した。

翔は一人暗闇に置き去りにされた。

その年の夏の暑い日に、祖母が亡くなった。

通夜に村のひとが集まってくる。喜和子は、広い台所の片隅から一歩も動かなかった。白い割烹着を着けた近所の女たちが茶碗や盆を出したりして忙しく動く所から離れて、頑なに同じ場所に立ち、誰とも口を利かない。

アヤノは座敷をのぞいたり喜和子の傍らに行ってみるものの、どこにも居場所がなかった。廊下の奥の狭い布団部屋に入った。布団の間に膝を抱えて寝転んだ。廊下から声が聞こえてきた。

「奥さん、お気の毒やねえ。もうどれだけ、心残りだったか」

隣のおばさんの声だった。祖母のことを村のひとはみな奥さんと呼んだ。

「剛三さん一人じゃねえ、とってもあの女には太刀打ちできんからねえ。うまいことまただまされて、このお屋敷もどうなってしまうことやら」

「あの子、何だか大きくなるにつれて、さ」

「そうそう。なんか、大きくなるにつれて……ああ、嫌だねえ」

声が小さくなった。大きくなるにつれて……。

――たけやんに、似てきた。

アヤノには、村のひとの言いたいことがわかっていた。

祖母が、亡くなる一週間くらい前にアヤノを呼んだ。布団から乾いた細い手を出しアヤノの手を握り、アヤノの目をじっと見据えると、手を放しアヤノの頭を抱き寄せた。

「アヤノ、父さんはね、剛三はね、あんたの母さんにだまされたんだよ。あの子は優しい子だから。だが、あの子が、それでもいいって言うんだから仕方なかったんだよ。だが、ね……。あんたまで剛三を、父さんをだましたら、この私が許さんから、ね。アヤノ、父さんを大事にしておくれ」


アヤノが学校から帰ると、家には誰もいなかった。朝出がけに剛三が、農協の寄り合いで出かけると言っていたことを思い出した。小屋の裏のドクダミの咲く道を走って、裏山に続く小さな坂を上る。人の目につきにくい畑に、きょうもたけやんが翔を連れてきていた。

喜和子は畑の奥の李（すもも）の木に凭（もた）れている。たけやんはその傍らに座っていた。剛三の前では怒っているような硬い表情しか見せない喜和子の体は、丸みを帯び頬にも赤みが差し、たけやんの耳元に顔を寄せ何かを囁（ささや）き、たけやんがそれに応えると目を見合わせて笑っていた。喜和子の二重瞼（まぶた）の奥の目が濡れて光っていた。

――やっぱりだ。

アヤノは二人を確認すると後退（あとずさ）りして、神社に向かって走った。大きな胸の女が田んぼの真ん中でこっちを見ていた。登代だ。アヤノは立ち止まった。悪いことを咎（とが）められている気がして、登代が急に怖くなった。転びそうになりながら、元来た道を帰り、誰もいない家に逃げ帰った。


稲田を渡るそよそよとした風が、青臭い泥のにおいを運んできた。緑色の蚊帳（かや）が揺れていた。

一匹の蛍が、舞い込んだ。喜和子は静かに立ち上がり、掌（てのひら）に包み込んだ。

それを見て、慌ててアヤノが蚊帳の裾（すそ）を持ち上げた。その横を喜和子は屈んで出ると、開け放した窓の前に立った。細い背中がぼんやり見える向こう側で、小さな光が消えた。

どのくらい眠ったのか、まぶしくて目を覚ました。

蛍が数十匹、いや数百匹、蚊帳の中で点滅している。重い頭を持ち上げると、横たわる喜和子を剛三が押さえ込んでいた。

――お母さんを殺さないで。

アヤノは声を上げようとするが、恐ろしさに喉が締め付けられ声が出ない。

喜和子は死んでしまったのか、うめき声一つ上げない。

蛍が喜和子の胸に舞い降りる。次々と舞い降りて喜和子の体を覆い尽くした。顔も見えなくなってしまった。

「お母さん、お母さん」

アヤノは喜和子を泣きながら呼んだ。

障子に日が差している。起き上がり台所を見ると、いつものように喜和子は朝食の準備をしていた。剛三もムスッとしたいつもの怖い顔をして新聞を読んでいた。

中学に入って間もない頃、また同じ夢を見た。

アヤノは両親と同じ部屋に寝ていた。

数えきれない蛍が部屋に入り込んでいた。まぶしい。蛍が出る時期でもないことを思いながら、こんなに明るくては寝られないと、起き上がろうとしたが、体がピクとも動かない。どうにか顔だけ横に向けた。

喜和子の上に、男が跨（またが）っていた。剛三とは違う男だった。

たけやんだ。すぐに気付いた。

誰かを呼ぼうとするが、声が出ない。

アヤノの項（うなじ）を後ろから撫（な）でる黒い手があった。振り向こうとしても、首が動かない。

蛍が一匹、二匹と強い光を放ち、喜和子の体に沈んでいく。腹の奥深くに次々と入り込んでいくのが見える。たけやんが、屈んでそれを見ていた。

アヤノには、自分の項から喉に胸にまで伸びてきた手が見えた。黒くて細い指が異常に長い。湿った手だった。固い乳房を撫で回している。腹の下までその手が降りてきた。

細長い窓から朝の光が、父と母の畳んだ布団を照らしていた。

下腹が重い。ねっとりした下着の感触。起き上がって見ると、シーツに小さな赤いシミができていた。

高校受験のための特別授業を受けて家に着いた。自転車を作業小屋の元あった所に停める。踏まれたタンポポが小石を緑に染めていた。前のカゴから鞄（かばん）を取り出し、庭の植栽の間を玄関に向かうと、縁側から声がした。

「母さんから、アヤノ、何か聞いていないか」

剛三がセーラー服姿のアヤノをまぶしそうに見ている。

「母さん？　母さんがどうかしたの？　いないの？」

「いや。なんでもない」

窓を閉めようとする剛三に近づき、アヤノは座敷をのぞいた。

「もしかして、母さん、朝から出たまま帰ってないんじゃないの？」

――いつか、母さんは家を出ていく。

アヤノはものごころついた頃から、そんな不安を抱いてきた。

縁側に鞄を放り投げ、自転車の所に急いだ。たけやんの家に行けば、何かわかるかもしれない。後ろから剛三が追いかけてくる足音がした。強い力で腕を掴まれた。

「行くんじゃない」

初めて聞く怖い声だった。

「アヤノは行くんじゃない。父さんが行ってくる。アヤノは家で待ってなさい」

「だって。だって、もう、きっと、帰ってこないよ。母さんは家を出ていったんだよ。こんなうち、前からずっと、母さんは出ていきたかったんだよ」

初めて剛三に本当の気持ちを言った。アヤノの手を掴んでいる剛三の手から力が抜けるのがわかった。剛三の顔を見ると、祖母の葬式のときにも見せなかった悲しい目をしていた。今にも泣きそうに見えた。

「大丈夫だ」

剛三の声はかすれていたが、断固とした響きがあった。

アヤノは口を開きかけた。

「いいから。おまえは家にいてくれ。きっと、母さんを連れ戻してくるから」

剛三は鍵を差したままの軽トラックに乗り込んだ。

あの家からたけやんも消えていたら、二人は一緒にいなくなったってことだ。約束して家を出たに違いない。喜和子がこのまま帰らなかったら、この家に剛三と二人だけになる。

アヤノは二階の自分の部屋に向かった。階段を上る足が重い。机に鞄を置くと、着替えもしないで畳に横になった。いつもは天井の木目が、広々とした茶畑の上を流れる霧に見えた。子どもの頃聞いたハルゼミの鳴き声、松林で食べた昼ごはんが、思い出された。だが、今はただ古い家のわびしい茶色の天井だった。

アヤノは大きくため息をついた。受験する高校のことを考える。学校に提出した志望校は、剛三が卒業した高校で家から通える所にあった。それを変えようと思った。

やはり家を出たい。家を出るしかない。家から通えない遠く離れた高校に行けば、この家の何もかもと別れることができる。村のひとの視線に怯えることもなくなる。村のひとは剛三には丁寧に頭を下げあいさつをしたが、喜和子とアヤノには冷たかった。皮肉な笑いを浮かべた。聞こえよがしに、たけやんの名前を、喜和子に投げつけるものもいた。喜和子は村のひとを恐れ避けた。通りを誰かが歩いているのを見ると、出かけようとしていたのをやめて家に逃げこんでしまう。

アヤノはそんな母親を見るたびに苛立ち、心細さを覚えた。元はと言えば、喜和子自身がしでかしたことで、今さら何を怖がるのか、アヤノは胸の内で喜和子を責めていた。何があったのか、具体的なことは誰からも知らされていなかったが、アヤノは自分のことを、喜和子が不倫をしてできた子ではないかと疑っていた。

村の人の視線を怖がる喜和子だったが、時折、計り知れない神経の図太さを見せた。いかにも壊れそうな人形を装いながら、ぞっとする怖さを秘めていることに、アヤノはずいぶん前から気付いていていた。

「着物に縫い針を隠してお嫁に来た女だ」

隣のおばさんが喜和子のことを話していた。父さんをだましてお金を盗った女だ、と祖母はアヤノに言った。

喜和子がこの家に戻ることはないような気がした。

家を出るしかない。剛三がどんなに反対しても家を出よう。アヤノは自分に言いきかせるように思った。志望校とは違って偏差値が低く、特に行きたい学校ではなかったが、もうそんなことはどうでもよかった。

窓の外がいつの間にか暗くなっている。アヤノは鞄から英単語のカードを取り出し、それと読みかけの文庫本とを持って階段を下りた。お腹が空いていた。居間のテーブルには折り畳んだ新聞と、喜和子の脱いだエプロン、ティッシュの箱があるだけで、周りを見ても、すぐに口に入れられるものはなかった。とりあえず米を炊いた。炊飯器のスイッチを入れ、テーブルに着くとカードを繰った。一つも頭に入らない。時計を見ると七時を回っていた。

ご飯が炊き上がっても、剛三も喜和子も帰らなかった。冷蔵庫を開けると、まだ封を切っていないハムがあった。流しの下からフライパンを出しハムを焼いた。自分の噛む音だけが大きく聞こえる。他には物音一つしない広い家に、アヤノは一人だった。

八時を過ぎた頃、外で車の停まる音がした。続いてドアを閉める音がして、足音が近づいてきた。アヤノが走って玄関に出ると、引き戸が開いて、剛三の後ろに隠れるように喜和子が立っていた。喜和子は薄いピンク色のワンピースを着ていた。膝小僧が見えていた。アヤノが初めて見る服だった。

「ごはん、食べた？」

慌ててつっかけて出たサンダルを剛三が脱ぐ横で、喜和子はいつもより優しい声を出し、手にしていた寿司折を掲げて見せた。

上がり框（がまち）に立った剛三の顔を見上げたアヤノの視線を避けるように、剛三は何も言わずに奥の自分の部屋に入った。喜和子は靴を脱ぐと、アヤノの前に折を差し出した。

アヤノはどうしようもない腹立たしさを押さえられなくなった。一瞬それに目をやり、喜和子の手から思い切りたたき落としていた。中からアヤノの好きな稲荷寿司が転げ出た。

アヤノは喜和子の顔も見ないで外に出た。後ろから喜和子の「食べてよ」と言う情けない声が聞こえた。

音をたてないように自転車を引いた。初めて喜和子に逆らった。いつの頃からか、あの美しい顔に嫌悪感を抱くようになった。

どこに行くというあてもなかった。思い切り大きな声で叫びたい衝動が喉元にせり上がる。唇を噛んで、それを必死で耐えた。自転車の丸いライトが暗い道を照らす。通りに出ると自転車に跨った。立って漕（こ）ぐ。北の山に向かっていく。左に曲がると細い坂道に出る。

何もかも嫌だ。

自分が死ねば、何もかも終わりにすることができる。アヤノは何度も思ったことを、今また強く思っていた。

あの母親の血が、私には流れている。そして、ぐうたらでヤクザな男、たけやんの血が。

気付くと、自転車で十分くらいの所にある、たけやんの家の近くだった。

自転車から降りて坂の上にある家を見上げる。今では村でも見なくなった昔ながらの藁ぶき屋根が、山を背負って沈んでいる。自転車を引いて、家に近づいた。

家の内から黄色いぼんやりした明かりが漏れている。玄関に誰かが立っていた。

あの子、翔だった。

何年も会っていなかった。大きくなっていた。

細いのは相変わらずだが、半ズボンの下から出ている足が長かった。背が伸びて少年らしくなっていた。五年か六年のはずだ。

たけやんは帰ってないのか。登代も留守なのか。

翔が、自転車を引いて坂道に立つアヤノに気付いた。アヤノを見ている。

「翔君。ひとり？」

小声で聞く。

「うん」

背中を見せて翔は家に入ろうとする。

「待って」

自転車を低い垣根の横に立て掛け、翔の後に続いた。

「私も、さっきまでひとりだった。自転車漕いでたら、翔君ちの前まで来ちゃった」

翔は何も言わず、玄関を入った所の土間に立ち止まっている。

「私、翔君のうち、初めて。とうとう来ちゃった」

来てはいけない所に来てしまった。それをごまかすようにふざけた言い方をした。

翔は黙ったままだ。

「あの、おばさんもいないの？」

翔の背に、明るくつくった声をかける。

「うん。母さんは公民館に行ってる。父さんは、……町に用事で出かけた」

たけやんが喜和子と一緒に出かけたことに、翔は気付いている。

翔に続いて土間に立ち、奥をのぞく。左に六畳の板の間、その奥の和室の襖（ふすま）は閉まっていた。板の間は磨いたように光っている。さっぱりと片付いていて、丸い小さなテーブルの上には四角に畳んだ布巾だけが載っていた。土間の奥には台所や風呂場があるらしい。

翔は靴を脱ぎ板の間に上がって、土間に立つアヤノの顔を初めて正面から見た。その眼差しの奥には、小学生とは思えない、相手を見据えるような鋭さが秘められていた。

この子だけだ、とアヤノは思った。痛みを分かち合えるのは、この世にこの子しかいない。恥ずかしい親を持って、肩身の狭い思いをして生きてきた子ども同士だった。

アヤノは、翔を射るように見つめ返した。翔の唇が少しだけ開いて赤い舌が見えた。

「何？」

アヤノの声が震えた。体の奥に今まで味わったことのない感覚が芽生えた。視線が絡まる。先に、翔がアヤノから逃れた。背中を見せて丸いテーブルに向かってストンと腰を落とし、立てた両膝を抱えた。

その丸めた背中は細く小さかった。しびれるような感覚が急速に冷めていく。アヤノは板の間に腰をかけた。

玄関で足音がした。アヤノは慌てて立ち上がった。たけやんに会いたくなかった。今は特にたけやんの顔を見たくなかった。

翔の母親が立っていた。茶色のブラウスに紺色のタイトスカート姿だった。農作業着を着てない登代を見るのは、初めてだった。

「何してる？　こんなとこまで来て」

咎めるというのとは違って、登代はただ不思議そうにアヤノを見た。

「すみません。……」

「謝らなくてもいいけど。まあ、珍しい。どうぞ、上がって。来たばかりなんでしょ」

アヤノの横を板の間に上がる登代の体から草の匂いがした。働き者と評判の女の匂いだった。

「かあさん。あの、初めてなんだよ。……うちに来るのは」

翔がアヤノのことを弁解するように、子どもの声で言った。

「そう。……せっかくだから、上がって。ジュースでも」

すぐに奥からカルピスの瓶を持って出てきた登代は、板の間に上がりテーブルに置くと、茶箪笥（ちゃだんす）から取り出した二つのコップに注いだ。

「さあ。どうぞ」

登代は笑顔を見せた。

さっぱりした言い方に引かれるように、アヤノは靴を脱ぎ、板の間に上がった。脱いだ靴をそろえると、翔と並んだ登代から離れて座った。

「アヤノさん。高校は、お父さんと同じ高校だそうね。エライねえ。よく頑張ってるって、お父さん、喜んでたよ」

　ついさっきまで考えていた受験のことをいきなり言われ、アヤノは緊張した。

　お父さんと同じ高校にアヤノは行くんだからね、と祖母が生前何度も口にした。だが、それだから行こうとしたのではない。勉強が好きで、それなりの成績だった。だから、自然と、何の疑いも持たず決めていた高校だった。だが、今はもう、それはどうでもよくなっていた。あの家に、これ以上いたくなかった。もう限界だった。きょうのようなことがこれから頻繁にあるに違いない。たけやんと出かけた喜和子を剛三が探し出し連れ帰る。そんなことが繰り返されるのを見るのはご免だ。

「どうしたの？」

　アヤノはうつむいたままだった。目の前にいるひとは、アヤノや喜和子を憎んでいるひとだ。たけやんの子のアヤノさえいなかったら、たけやんだっていつまでも喜和子にまとわりつくことはしなかったかもしれない。

「剛三さんも口数が少ないひとだから。アヤノさんも似たのかねえ」

　顔を上げる。登代の口調に嫌味は感じない。少しも似ていない父に、似たのかねえ、と淡々と言う胸の内が、アヤノにはわからなかった。

「口数は少ないけど、剛三さんの言葉には嘘がないもんねえ」

父を気安く剛三さんと呼ぶ。それにも驚いた。アヤノはコップに手を伸ばした。

「会うと、剛三さんはいっつもね、アヤノさんのことばかり話してね。中学に上がってからアヤノさんは、いっそう勉強ができるようになったって」

「父が、そんなことを、おばさんに？」

冷たいカルピスが、渇いていた喉を潤す。

「そうだよ。アヤノは英語が特別できるから、外国に行っちゃうかもなあ、って。ふふ。そんな心配も話してた。でもね、それもいいかって。アヤノさんはやりたいことをやればいいって。そのためなら、どんなことでも応援するって。剛三さん」

「あのお、父が。どうして？」

「何が？」

登代は何の屈託もない顔をアヤノに向けた。

「父が、ほんとに、そんなことをおばさんに話したんですか。いつ頃のこと？」

「いつ頃って、いっつも、話してるよ。アヤノさんのことは。剛三さんと、田んぼの畦道に腰下ろして、よーく、話すから」

「父と、……おばさんが？」

「ああ。よく話、するよ。剛三さんとは、こっちにお嫁に来たときから農協の集まりやなんかでよく顔合わせたからね。うちの人は、ほら、あんなだし、どうしても、私が集まりに行くようになって。農業はまあ好きで、嫌いじゃないからね。つい一生懸命になるんで。それで、剛三さんとは気が合うっていうかね。……時代が違えば、剛三さんは地主さんで、とっても私なんかが口利いてもらえるようなことはなかったんだろうけど」

「父とおばさんが。そんなに話しをするなんて、知らなかった。でも。どうして……」

アヤノには父と登代の関係に、どうしても納得できないものがあった。

「変？　剛三さんと私が話をするのって。アヤノさんから見ると、おかしい？　そうなのかねえ」

アヤノはうつむき、小さくうなずいた。

「そうかもしれないねえ。いろんなこと言うひとがいるから。アヤノさんも、いろいろ耳にしてるんだろうね」

登代とアヤノの話を、聞いてるのかいないのかわからない顔で座っている翔の肩を、登代がたたいた。

「ほら。翔。翔は宿題してしまいなさい。アヤノさんとお母さん、大事な話があるから」

翔は退屈していたのか、すぐに立ち上がり、奥の部屋に入り襖を閉めると、電灯のひもを引っ張る小さな音がして、ランドセルから本を出す気配がした。

「おばあちゃん。アヤノさんの。あのひとも、頭のいい人だったようだけど」

登代は祖母の話を始めた。村の人たちのようには、祖母を奥さんとは呼ばなかった。

「おばあちゃん、ご長男を戦争で亡くしたから。剛三さん一人だけになって、それで剛三さんにしがみついたんだねえ。喜和子さんを嫁にするのを、おばあちゃんはひどく反対したって話で。アヤノさんも、おばあちゃんからいろんなことを聞かされただろうけどね。それに村のもんは、人の嫌がる話が好きで、あることないこと言うもんなのよ。アヤノさん。アヤノさんは頭がいいんだから、そんな話を真に受けたらだめだよ」

「何を、真に受けるって？」

言葉が口を突いて出た。コップを置いた。

「私、お父さんの子どもじゃないんでしょ。全然似てないもの。それに」

「もう。何を言い出すのやら。アヤノさん。あんなに可愛がってもらって、バチ当たるから」

「私、小さいときから父さんになんか可愛がってもらったことない。一度もない」

幼い頃からアヤノを見るときのどぎまぎした剛三の顔。叱られたことはないが、特に可愛がられた記憶もなかった。

「ほんとに、もう、アヤノさんたら。あのね、女の子の父親ってもんは、自分の子でもどう接していいかわからないんだよ。剛三さんは、特に不器用で口下手なひとだから。甘いことなんか言えないいんだよ」

「私」

「アヤノさんは、間違いなく剛三さんの娘だよ。当たり前だよ」

「だって。額も目も、全然違う。それに、あの、たけ……」

「なに、うちのひとのこと？」

アヤノは黙る。

「しょうがない人だね。アヤノさんにまで、何か、言ったんだね。あることないことどうせ言ったんでしょ。体は動かさないけど口だけよく動く人だから。喜和子さんをね。思い切れないいんだよ。昔のことなのに、しょうがないね」

アヤノは自分が悪いことをしたようにうなだれた。

「おばさん……」

「私はとうに、諦めてるよ。違うね。本当のこと言うと、結婚前からね、知ってたんだよ。うちの人のことは。それでも、仕方なかったんだよ。あら、嫌だね、私の話なんか。私のことはいいんだよ。ああいう男も世の中にはね、いるんだよ。そんな男の言うことに、頭のいいアヤノさんまで振り回されて。だまされたらダメよ」

おばさんは口に手をやり、声を上げて笑い出した。

そんな男とわかっていて、登代はどうして結婚したのか、などとはアヤノは思わなかった。抗えないことがある。中学生のアヤノにも、そのくらいのことはわかっていた。

「ふふふ。自分の亭主を、おかしいでしょ。でもね、いいの、いいの。中学生の乙女には理解できないかもしれないけど」

そう言うと、人差し指を口の前に立てた。

「翔の父親だから、あんまり悪くも言えないんだけどね」

登代は深刻な顔になった。

「母のこと、おばさん、ごめんなさい」

謝るつもりなどなかった。謝ったら、余計におばさんをおとしめる。だが、アヤノの口から、ぽろっとこぼれ出てしまった。

「ううん」

登代は首を振ると、翔の空っぽのコップに瓶からカルピスを注ぎ入れ、ごくごくと音を立てて飲み干した。空になったコップに目を落とした。寂しい横顔だった。

「剛三さんはね、若い喜和子さんに、長いこと片思いしてたんだって。その頃、確かにうちの人と喜和子さんは付き合ってたらしいんだけど。剛三さんは不器用な昔人間だから、うまいこと言うわけでもなく、半ば強引に喜和子さんを自分のお嫁さんにしてしまったらしいのよ」

アヤノは、登代の話を聞きながら、登代がもう一つの可能性を疑わないのか、それともアヤノが子どもだから本当のことは聞かせられないと思っているのか、どちらかだろうと疑った。

「おばさん。でも、母は結婚する前に、もう……あの」

妊娠していたのではないか。

「喜和子さんが結婚する前に？　えっ、もしかして、アヤノさん。あのね。それはないよ。いろいろあったのは間違いないだろうけど。村の人の口に上るほどだからね。でも、アヤノさんは、間違いなく剛三さんの子だよ」

「でも、おばさん」

アヤノが思っていることくらいは全部わかっている、という様子の登代に、これまで誰にも話せなかったことをアヤノは吐き出したくなった。ひとりでずっと抱えてきた必死な思いを、登代なら受け止めてくれる気がしていた。

「でも、おばさん。私と父とは、全然、似てないでしょ」

「……」

登代はアヤノの顔を正面から見た。立ち上がり、翔のいる部屋の襖を開け中に入ると、手に丸い手鏡を持ってすぐに出てきた。翔の声はしない。

登代の胸を背中に感じるくらい間近に座り、アヤノの顔の前に登代は手鏡をかざした。

「どこが？　アヤノさん。どこが剛三さんと似てない？」

登代が鏡に映るアヤノの目を見て、小さな声で聞く。

「目も、鼻も、何もかも、違う」

アヤノも翔に聞かれないように小声になる。

「そりゃあ。違うよ。同じ人なんているかね。翔だって、父さんに、全然似てないよ」

「翔君は似てる。色白で、額とかも」

狭い額もあの昏(くら)い目も、翔は、たけやんに似てる。私も、きっと。

登代が手鏡の中のアヤノを見つめた。

「髪、前髪、上げてみて」

アヤノは言われた通り、片手で前髪をかき上げた。

「ほおら、白くて四角くて、髪の生え際も。剛三さんとそっくり」

「違う、父は黒いもの。私みたいに白くない」

登代の目がアヤノを軽くにらんだ。

「もう、ねえ。お勉強はできても、アヤノさんは、もう。剛三さんも私も、元々色黒ってわけじゃあないんだからね。そりゃ、生まれつき黒い人もいるけど。お父さんの太腿とか日の当たってない所、帰ったら見せてもらうといいよ。白いはずだよ。剛三さんは元々は色白の男だよ。おばさんは、そんなとこ、見たことないからわからんけどね」

そう言うと、手鏡をテーブルに置き、アヤノの横に足を投げ出した。スカートの裾をまくって見せる。真っ白でポチャッとした太腿だった。思わず顔と見比べる。顔は浅黒く大きな縦じわが頬にできていた。

「アヤノさんは間違いなく剛三さんの子だよ。大丈夫。なんにも心配することないよ。バカなうちの人なんか、ほっておくしかないよ。あのひとも、根は悪い人じゃないんだけどね。初めて好きになった女がすぐ近くにいて、頭がおかしくなったのかもねえ。それに、あのひとは、惚れっぽくて遊び人で、それが性に合ってるんだよ。働き者の剛三さんとは大違いだよ」

喜和子の名前は出さず、アヤノの顔をまっすぐ見て剛三のことだけを登代は話した。隣の部屋にいるはずの翔の気配はまったくしなかった。

「あっ。それに」

登代が、手鏡を左手に持ち替え、肩まで伸びたアヤノの髪を耳にかけ、「ほうら」と見せる。

「なんですか?」

「耳たぶ」

登代の冷たい指がアヤノの耳に触る。

「耳たぶが。こういう耳たぶって、福耳って言ってね。幸せになるんだって」

小さくない自分の耳、特に膨らんでいる耳たぶがアヤノは子どもの頃から嫌で、必ず髪で隠した。

「剛三さんの耳も、大きくてね、ここがふっくらしてて」

登代がアヤノの耳に触りながら話す。父の耳など気にして見たことはなかった。

話は終わったというように、登代は瓶とコップを手に立ち上がった。アヤノも後について立ち上がり、靴を履いた。土間に立ちアヤノを見ている登代に、頭を下げた。

「おばさん。あの。あの、いろいろありがとうございました」

「何もお構いもしないで。気を付けて帰ってね」

登代の声は静かだった。アヤノはもう一度、深く頭を下げた。

外に出た。家の中から、登代の食器を洗う音がしていた。

苛立ち落ち着かないアヤノの心が、今は柔らかく解(ほぐ)れてくるのを感じた。

自転車を停めておいた所に近づくと、暗がりに翔が立っていた。翔が空を指差した。来るときには気付かなかった満天の星だった。

「私、翔君。父さんの行った高校に入って、東京の大学に行く」

翔は何も言わず、アヤノが握っている自転車に手を伸ばした。冷たい翔の手がアヤノの腕に一瞬触れた。翔は、はっとしたように手を引っ込めたが、すぐにまた手を伸ばし、ベルを一回だけ鳴らした。チリン、高い音が響いた。

それから、何を思って、翔がそんなことをしたのか。

アヤノがサドルに手を伸ばしかけたとき、アヤノの横から翔の両手が伸び自転車を押し倒した。

アヤノは何が起きたのかわからないまま、翔の顔を見た。

「来るな!」

「え? 翔君、何?」

翔は腹を立てていた。星を指差した翔が、どうにもおさまらない怒りを一方で抱えているのがアヤノには痛いほどわかった。

「もう。母さんと話なんかするな。来るな、来るな」

翔の声がかすれた。

「ごめん。ごめんね。翔君。もう、二度と来ないから。さよなら」

アヤノは自転車に跨り、ゆっくりペダルを漕いだ。坂を下り、角を曲がる所で、チリンチリン、と二つベルを鳴らした。

もうすぐ蛍が舞う。

翔が自分でもわけのわからない腹立ちに泣きそうになりながら、アヤノをいつまでも見送っている気がした。

秋の日の風

洗濯物を入れたカゴを抱え、音をたてないように階段を上った。

ベランダの物干し竿を雑巾で拭きながら遠くの蒼い山を眺める。まだ日は昇っていないが、やがて田畑の広がる平野にまで光が届き、薄い色の青空に変わっていく。

作業着をパタパタとたたいて広げ、三人のパジャマ、下着、靴下を次々干していく。


「ねえ、ヒデちゃん」

洗濯物を干し終えた頃起きてきた英男と朝食を済ませ、食べ終わった食器をシンクに運びながら、洗面所の英男に声をかける。トランクス一つで歯磨きしている背中が見える。たっぷりしてきた胴回り、二つ年下の夫も三十歳を過ぎて、日々私を追いかけるように体重計の針を進めている。

「私だけ行ってもいいんだよ。昨日も帰り遅かったんだから」

英男は近くのホームセンターで働いている。毎日帰りが午後の九時を回る。

英男は大きな声でうがいをし吐き出すと、振り向いた。

「何い？　うん。だからさあ、一緒に行くって」

テーブルに戻ると、英男はドカッと椅子に腰を下ろした。

「ちょっと。いつまでそんな格好でいるのよ。もう、ハイハイ、着替えて着替えて」

追い立てるように、椅子を引こうとすると、

「やっぱさあ、バーベキューやろ。あそこで食べると、メッチャおいしいよな」

大きな欠伸(あくび)をして、英男は立ち上がった。

稲刈りの時期がこれまでより遅くなった。五月の連休にしていた田植えを、水温の高くなるのを待って十日ほど遅らせるようにしたからだ。その方が、おいしい米になるらしい。

稲刈りの前に、家族総出でキャベツの収穫がある。三日前に、母から助っ人依頼の電話が入った。

実家とは車で五分の距離に家を建てた。英男が土地を探してきて、私が躊躇(ちゅうちょ)するのを不思議がり遠慮しているのだと勝手に勘違いして、そこに家を建ててしまった。

県外から嫁いできた友人の恵子にその話をすると、

「いいよねえ。子どもの面倒も見てもらえるから、いつまでも働けるんだし、いいなあ。夕飯だって食べに行けば済むんだもの。疲れたときなんかさ。大助かりだよねえ」

とうらやましがられた。この頃は妻の実家の近くに家を建てる人が増えているらしい。だが、私の場合はそれとは少し違う、と思う。

英男の父親は繊維会社に勤め、母親は二軒隣のブティックで午後の三時間だけ働いている。英男の兄が結婚するとき、玄関もキッチンも別の二世帯住宅を建てた。今は兄夫婦に二人の子どもができ、次男の英男が帰っても寝る所がない。

「昔の家だったら懐かしいってこともあるよ、兄貴とけんかしてできた階段のへこみや、お袋のつくった煮物の匂いが染みついてる台所とかさ……、縁側から見る猫の額より狭い庭とか。だけど、庭は完全になくなっちゃったし、今の家は俺に何の関わりもないし、帰ろうとも思わんよ」

と英男が寂しそうにつぶやいたことがある。

「おう、起きたか？　エイちゃん、きょうは、おおばあちゃんちでキャベツ採りだよ」

英美と書いてエイミと読ませる。英男の英と私の美佐子の美一字づつとっただけの何の変哲もない名前に私は反対したのだが、英男は、子どもは夫婦の宝物なんだからとかこだわったことを言うので仕方なく、読みだけ変えるということで妥協した。

　エイミは、大事なクマのぬいぐるみのパポを左手に抱え、右手で目をこすりながらぼんやり立っていたが、おおばあちゃん、と聞いただけで、スイッチが入ったようにそそくさとテーブルの椅子を引いて座った。パポはエイミがつけた名だ。響きが気に入ったらしい。エイミの顔の作りは英男似、色白肌はおおばあちゃん、柔らかな茶色がかった髪は私に唯一似ているところ、らしい。

「おおばあちゃん、エイミを待っているんだよねえ」

「そうだよう。まだかなあ、エイミちゃんまだかなあって、待ってるよ」

　大人が忙しく働く横で、おおばあちゃんだけがエイミの相手をしてくれる。

　エイミは箸をとり、勢いよく食べ始める。それを見た英男が横に急いで腰かけ、卵焼きを一口サイズに切り分け、味噌汁の椀（わん）に手を添え、エイミがごはんを口に入れるのを見守っている。

——もうすぐ三歳よ。一人でなんでもできる、っていうのに。もう、手をかけすぎ。

と思わずいつものように文句を言いかけるが、今朝はやめておく。

　週に一日あるかないかの休みなのに、妻の実家の手伝いに嫌な顔一つ見せずに、それどころか意気揚々と出かけていく。毎年のことだ。そんな男いないよ、といつだったか恵子はあきれた。

一つ上の恵子とはウォーキングの会で知り合った。初めての参加に気負って新しい靴を履いてきたのがいけなかった。靴擦れした足をかばった不自然な歩き方に目を止めて、声をかけてくれたのが恵子だった。道の端に誘い座らせると、リュックから絆創膏（ばんそうこう）を取り出し、どれ、といいながら貼ってくれた。恵子は、相手に気を遣わせない率直な話し方をするひとだった。

彼とは東京の同じ会社で知り合い結婚したのだが、すぐにこっちに転勤になったという。今はその会社も退職して、二人で小さな食堂を開いていた。店の名前が「まんま」。田舎食堂そのもの。それがなかなかの人気だ。駅前の表通りから一本入った路地裏にある。

「そろそろ出発するぞ」

寝室にいる私に、玄関から声がかかった。三人分の着替えの入った袋を下げ、エイミの手を引いて英男はすでに玄関に立っていた。実家で風呂を済ませ帰ってきたらエイミをすぐ寝かせられるように、部屋も整えた。明日保育園に持っていく園用の布団も内ズックも用意してある。家の中を見回し、ヨシっと声に出して言うと、英男の後に続いて家を出て鍵をかけた。

エイミはパポを左腕に抱えて後部座席に乗り込む。シートベルトを締めてやる。

「さあ、おでかけよ」

「よし。おおばあちゃんちへ、シュッパーツ」

英男の掛け声にエイミも元気よく後ろで片手を上げた。

地区公民館の前のコスモスがかすかに揺れている。団地には若いサラリーマンが多く、日曜のこの時間は静かだ。広い通りを左に折れ、堤防道路に向かう。

悠々と流れる川に架かる赤い橋を渡ると、実家の屋根が見えてくる。あちらこちらに曼珠沙華が咲き始めていた。

エイミに、ほらお花よ、と外を見るように促すが、膝の上に乗せたクマのパポと何やら大事な話をしていて目を上げようともしない。

運転している英男の横顔を見た。すぐに「何?」と聞いてきた。

「ううん。なんでもない」

「俺さあ、美佐ちゃんちに行くようになって、よく空を見るようになった気がするよ。秋は晴れる日が続いてほしいとか、そろそろ雨が降らないとまずいなあとか、さ」

「ふうん」

「見てみろ。いい天気になるぞ。きょうも」

英男はエイミと私に、すっかり明るくなった東の山を指差して言った。英男の顔がすっきりしている。

「何だよ?」

「なんでもないけど。ふふ、いい男だなあ、と思ってさ」

英男は、ばーか、と声を出さずに口を動かした。

英男は決して二枚目ではない。日焼けした丸い顔に小さな目、低めの鼻、身長は私と変わらない。本人は百六十七センチあると言うが、二センチくらいサバ読んでると疑っている。

家の前の砂利を敷き詰めた所に車を停めると、英男はトランクから荷物を取り出し、一つを私に渡す。エイミが走り出す。

軒先に置かれた涼み台には、いつものように麦わら帽子が三つ置いてある。エイミは黄色のリボン、私はオレンジ色の、英男の帽子にまで緑のリボンがきれいに巻かれている。手先の器用なおおばあちゃんがしてくれたものだ。

台の下には三人の長靴が出してある。さっそく履き替える。

エイミは先に家に入っていく。

三つ違いの弟はまだ寝ていた。いつものことだ。小さい頃から家の手伝いというものをしたことがない。高校生になると、農家の仕事は姉ちゃんと違って俺の体質に合わん、とわけのわからないことを言ってさぼる。それを母親は、大笑いして納得した顔で許してしまう。父親は、はなから諦めている。

弟は色白で細面。同じ親の子とは信じられんねえ、と涼しい顔で言ってのける母親に、産んだのはあんたじゃないのと突っ込みたくなる。近所の人も、姉弟なのにずいぶん違うよねえ、とがっしりした体形で色黒肌の私に同情するように言う。男と女が逆だったら良かったのに、とホントは言いたいんじゃないのかと劣等感を持ったが、さすがに今はそんなことは思わない。

弟は銀行に勤めている。顔が前より尖（とが）り、顔色も悪くなった気がする。仕事が大変なんだろうと思う。今朝も起こさずにそっとしておく。

エイミは、おもちゃ、絵本、おやつの入った赤いリュックを揺らして、さっさと独りで廊下を走っていく。奥からおおばあちゃんの呼ぶ声がする。その声の方に向かって、

「おおばあちゃん。エイミがきたよ。あそぼう」

と言いながら親の方を振り返りもしないで行ってしまう。その後ろ姿をたくましく思って眺めていると、英男が名残惜しそうにバイバイと玄関から声をかけた。

すると、座敷の襖（ふすま）に隠れるようにして小さな手を振り、

「おしごと、がんばって」

と生意気な一言を残して奥に消えた。

「あーあ。あいつは誰に似たのかねえ。しっかりしてるよ」

「何言ってるの。私以外に誰がいるって言うの」

英男が自分の鼻を指した。

外から母の声がした。

「英男さん、すみませんねえ。朝早くから。それじゃあ、そこの箱と袋を。美佐子は鎌やらを小屋から持ってきて」

すでにひと働きしてきたようだ。ベージュの長靴にも柄物のアームカバーにも泥が飛び跳ねている。私たちに指令を出すと母はまた畑に戻っていく。英男に目配せすると、笑ってうなずきながら母の後を追った。私は家の西側にある小屋に向かう。

澄んだ青空の下、キャベツ畑が広がっている。

「ああ、気持ちいい」

と背伸びをした英男は、畑に入る前の決まった儀式を行う。

畑に向かって、深くお辞儀をすると、

「それでは働かせてもらいます」

と、一時間後には腰の痛さを訴えることなど毎回忘れたかのように同じセリフを畑に向かって言う。畑にというより、この大地そのものに向かって。私も軽く礼をする。五年も同じことを繰り返していると、これをしないと落ち着かない。忘れると、何か良くないことが起こりそうな気がする。父親の耳にも英男の声は届いているだろうが、いつも何も言わない。母親は手を動かすのを一瞬止める。

畑の隅にはキャベツが二百玉くらい入るコンテナと、それを運ぶ運搬車がすでに出番を待っている。その横には十玉くらいは入るカゴを載せた一輪車も出ている。

家の中に飽いたのか、エイミが八十六歳のおおばあちゃんを従えて、

「おおばあちゃん、いっしょにおしごとしよう」

と言いながら、畦道(あぜみち)を先になって歩いてくる。切り取ったキャベツを見つけて一つ持ち上げる。何とか抱えてカゴまで運ぶ。飽きると、小さなバケツに草やら泥やらを入れて遊んでいる。体の大きな祖母が畦道に腰を下ろし、それを目を細めて見守っている。祖父は私が小学校に入る前に亡くなった。

キャベツの下葉を三、四枚残して左手で押さえ、キャベツ用の包丁で球を茎から切り取っていく。隣の列で、母が私の倍の速さで切り取っている音を聞く。ふと母の歳がいくつだったかと思う。私がエイミを産んだとき、三十歳で初産なんだねえと、母がふと漏らし

たので、私を産んだのいくつだったっけと聞くと、二十六歳と言った。

ということは、母は今年五十八歳だ。まだまだ元気、大丈夫だと思う。

父親はその二つ上だ。遠くで一人黙々とキャベツを運んでいる父を眺めていたら、

「どうした？　疲れたら少し休んだらどうや」

と英男が声をかけてきた。

「大丈夫。まだまだ若いから」

英男は片手を上げてまた屈んで働き始める。

英男の職場は人手不足が恒常化していて、週に二日の休みが、このところとれたことがない。

英男に、仕事変わりたくない?と聞いたことがある。

すると、考えなくもないけど、不満があるわけじゃあないから、と言った。その言い方があまりに普通で、ふうん、そうなんや、と私も言ってそれでその話は終わった。

だが、しばらくしてから、この英男の言葉を考えるようになった。

ひとは必ず何らかの不満を抱えているものだという思い込みがあったから、不満がないと言い切れる英男が、よくわからないけどすごい人に思えた。ましてやホームセンターは休みもきちんととれない職場で、給料だって高くはないと思うのに、なんでそんな風に言

い切れるのか。

職場を変わることを思わんでもない、と言ったことも引っかかる。まさか……。

考えながら手だけ黙々と動かしていた。

「小さなおむすび、英男さんにあげて」

母が畦道に置かれた段ボール箱を指差す。

バーベキューは三時頃始める。それまでにおむすびか菓子パンを腹に入れておく。

父も英男もおしぼりで手を拭くと、立ったまま一口でおむすびを放り込み、ペットボトルの水を流し込む。次に餡パンにかじりつく。

それが二人ともまったく同じだった。私はあきれながら元の場所に戻って、ひとしきりキャベツに包丁を入れていく。

四人がまた黙々と働き始めた。

このあたりできょうはおしまいになるかと思ったとき、また母が呼ぶ。

「美佐ちゃん。運ぶ方に回って」

ちょうど腕が痛くなり、腰も鈍い痛みを感じ始めていた。立ち上がり一輪車を取りにいく。キャベツを持ち上げカゴに入れていく。

英男を探すと、畑の向こうの端でコンテナを載せた運搬車を動かしていた。

私には英男に出会う前に、好きな人がいた。二十五歳のときだ。

小学生の頃から女の子の中で一番背の高かった私には、理想的なボーイフレンドのイメージがあった。十センチ以上は自分より背が高くほっそりした体形、一重の涼しげな目に、シャープな眼鏡をかけたひと、だった。

他のことはどうでも良かった。それだけでいいからどうか私にと、神様にも手を合わせお願いしたことがある。

まさにその通りのひとが、山浦さんだった。

私は商業高校を卒業すると、県内にスーパーマーケットを四店舗持つ会社に入社した。今も当時と同じ本社の総務課で事務員として働いている。

山浦さんはそこに出入りする銀行員だった。背が高く色白、華奢（きゃしゃ）な体つきで、細い鼻梁（びりょう）にシルバーフレームの眼鏡をかけ、都会的な雰囲気をまとった頭の良さそうな男性だった。年は三十一、未婚、と会社の先輩たちは噂（うわさ）していた。

毎週火曜日の午後一番に、山浦さんは、高価そうなスーツをピシッと決め、事務室に颯（さっ）爽（そう）と入ってくる。課長の席に向かう後ろ姿を、女性たちの目が追っている。

ある日の午後、課長が私を見て手招きした。

「これ、なんやけど」

机の上に置いた課長の手に万年筆が握られている。

山浦さんが忘れていったものだと言う。

「いやな。来週まで預かっておいてもいいようなものやけどさ」

前に立っている私の顔をうかがうように、いったん言葉を切る。

「美佐ちゃんも知ってるように、さ、銀行には少しでも心証を良くしておかんといかんし。それでね、悪いが美佐ちゃん、銀行まで届けてくれんか。頼むよ」

課長はそれまでも山浦さんが見えると、大した用事でもないのに私を呼ぶことがあった。からかわれているように思えても、うれしさが先に立った。

課長は、高校生の一人娘に振り回されている五十前の真面目なおじさんだ。美佐ちゃんみたいな子が娘だったら言うことないのになあ、と酔うたびに言う。だが、茶色の細長い財布には、娘の写真が入っていて、何かと言えば見せたがる。まあ、うちの奥さん似なんだけど……とか言いながら、色白で目の大きな美人の娘を自慢する。

山浦さんに。初めて外で、二人だけで会う。

それが銀行の受付で、忘れ物の万年筆を届けるだけであってもよかった。心が躍った。

すぐに銀行に電話を入れた。山浦さんは特に驚いた風でもなかった。

「ああ、すみません。お願いします」

とだけ言った。

会社を出て、自分の車に乗り込み、改めて課長から渡された万年筆を手に取って見る。

かなりものが良さそうに見える。

今どき、万年筆を使う人は珍しい。

白い紙に流れるような字を書く山浦さんを想像した。

会社では後輩の手が空かないときに代わってお茶を出すか、大した用事でもなく呼ばれて課長の横で伝票を繰って渡すだけのひとである。目を合わすこともない。

会社から銀行まで車で十五分程度だ。電車通りを右折し銀行の広い駐車場に車を入れようとしたとき、山浦さんが上着を片手に裏口から出てくるのが見えた。

わざわざ、外まで出てきたことに驚いた。もしかしたら、忘れ物をしたことを銀行の人に知られたくなかったのかもしれないと、気付いた。慌てて駐車場の入り口近くに車を停め、外に出て山浦さんが近づくのを待った。

「車、出して」

頭を下げた私に言うと助手席のドアを開け、山浦さんが乗りこんだ。

運転席に戻り、山浦さんの顔をうかがう。

「いいから、車出して」

ネクタイを解きながら、もう一度言うと前を向いてしまった。何が何だかわからないままに、とりあえずのろのろと駐車場の出口に向かう。

「あの、どこに行けば」

「どこに……か。君はどこに行きたい？」

私の顔を見て、口元だけ笑っている。

「えっ、あの、万年筆を」

万年筆の入ったバッグを置いた後部座席にチラッと目をやりハンドルを握りしめる。

「ああ、あれね。君にあげるよ。なかなか、いいものなんだよ。君のようなきれいな字を書く人に使ってもらったら、万年筆も本望だろ」

「ええっ、そんな」

それなら、ここに来た意味がない。口を開こうとして、たった今、山浦さんの言った言葉に気持ちがいった。きれいな字、私の字を山浦さんが気に留めていてくれた。

課長は、私の四角い字を性格が出てるよ、と褒めているのか、けなしているのかわからない。だが何かと言えば、私に代筆を頼む。

車を会社に戻るのとは逆の方向に走らせる。それまで男性と一度も付き合ったことがない。だから、かなりのぼせてしまった。事務所の女性みんなの憧れの的である山浦さんと二人でドライブしている。そう思うだけで緊張した。課長に早退の電話を入れるために、路肩に車を停めた。

「課長、今から」

と言いかけ、後が続かない、山浦さんを横にしてどう言いつくろえばいいのか、迷っていると、

「きょうは、もう、戻らなくていいから」

課長はそれだけ言うと、電話を切った。

助手席の山浦さんは電話の話など耳に入っていないように、「金沢に行こう」と一言言った。

金沢までの一時間半、ほとんど話をしなかった。ただ、前を向いて、慎重に、慎重にと自分に言いきかせ安全運転を心掛けた。

慣れない金沢の街中は、夕方五時を過ぎて仕事帰りの車で混んでいた。言われるままに街中の駐車場に車を入れた。

ほっそりした山浦さんの背中を見つめ、夢見心地についていくと、それまで一度も入ったことがない、見るからにお洒落（しゃれ）な感じの店の前で山浦さんは足を止めた。

「ここでいい？」

と聞きながら、返事を待つでもなく店に入っていく。

静かな音楽が流れている。客の目の前で店の人が肉や魚貝類を焼いていた。それを横目に見ながら山浦さんの後を奥に進む。

坪庭が見える狭い通路を進み、一番奥まったテーブルに着いた。

若い男がメニューを持ってきて説明をしようとしたが、山浦さんはそれを手で制し、慣れた感じで料理のコースを告げると、ゆっくり椅子に凭（もた）れた。

万年筆の礼を言ってないことに気が付いた。

「万年筆、大事に使わせていただきます」

車中では事の成り行きについていけず緊張したが、今もいつもとまるで違う世界に足を踏み入れ、夢でも見ているようだった。

山浦さんは体を起こし、お絞りで手を拭きながら、

「悪かったね。いきなりで、驚かせてしまっただろ」

と一言だけ言うと、また黙り込んだ。

食事をして、その後どうなるのか。ベージュのブラウスの袖に目が行った。紺のスカートを見る。どちらもさえない普段着であることに、そのときになって気付いた。

二人の男性が横に立った。

真っ白なスープ皿には若草色のポタージュ、九谷焼の大皿には、箸でも食べやすいように一口サイズにカットされた少量のステーキ、アワビ、その横にレンコンなどの根菜の揚げもの、丸いガラスの器に生野菜。

箸もナイフもスプーンも並んでいるから、何でどう食べたらいいのか迷って手が出せない。山浦さんを待ってまねして口に運ぶ。緊張して、何を食べているのか味などまるでわからなかった。半分以上を残した。食べ物を残すのは覚えている限り初めてだった。

山浦さんは自分のことは一つも話さない。私にあれこれと話させた。

「家は何しているの?」……「農家です」

「今頃は何がとれるの?」……「キャベツとサツマイモ」

「兄弟は何人?」……「役立たずの弟一人」

というように、聞かれたことに、先生に対する生徒のようにバカ正直に答えた。

会社で見る山浦さんは自信に満ちた特別なオーラをまとっていたが、二人でいるときにはそれが消えて、どこかが揺らいでいるようなおぼつかなさを感じた。

その日から、月に一度くらいの頻度で山浦さんから電話が入った。私からはメールも電話もしない約束をさせられた。それがどういうことか、聞くことはしなかった。ひどく疲

れた感じの山浦さんを煩わせたくはなかった、
相変わらずドライブして夕飯を食べるというだけの付き合いだった。

恵子の店に初めて案内し、食後のコーヒーを飲んでいるとき、

「美佐ちゃんは仕事、嫌にならない？」

山浦さんが聞いた。

仕事は好きだった。ただ人間関係が煩わしかった。口うるさい先輩、なんでもいい加減で甘え上手な後輩、同じ歳なのに大学出というだけで、なんでも命令口調で話す男。

だが、山浦さんの顔を見ていたら、そんなことはどうでもいいことに思えた。

眼鏡をはずし、眉間（みけん）に長い指を押し当て目を閉じている。

自分のことをほとんど話そうとしない山浦さんは、私などのわからないもっと大きな問題を抱えているように見えた。話してもわからない難しいことを抱えているに違いなかった。

一緒にいても、どうでもよいことに笑い声を上げることも、真剣に何かを語ることもなかった。二人でいても、頻繁にかかる電話に短く答え、その後、どこかにまた電話を入れ、常に落ち着かない感じだった。夜遅くなって、銀行に送っていくこともたびたびあった。車の窓を開け、おやすみなさいと言う私に、山浦さんはすでに歩き出していて、背中

を向けたまま片手を上げて見せるだけだった。

最初に山浦さんを見た恵子は、素敵なひとね、と小声で言うと私の腕をついて冷やかした。だが、恵子の店に何度か行ったときだった。

トイレに立った私の手を引き、壁際で、美佐ちゃん、あの人とどういう関係？と声をひそめた。どういうって、何が？と平気な顔で言おうとしたが、うん、とだけしか答えられなかった。どういう関係でもなかった。

山浦さんは、目の下に黒い隈（くま）を作り、疲労がにじみ出ていた。

颯爽と見えたのは、本当の自分を見せないように、意識して背筋を伸ばしていたからか。

背負った荷物を少しでも軽くしてあげたい。

だが、私にそんな力はない。

「オニなんかいないのに、かくれんぼの続きみたいにさ。隠れていたくなるんだよ……」

独り言みたいに、テーブルに目を向けたままつぶやいた。

そのときの山浦さんは、いつものようには構えてはいなかった。

「かくれんぼの続き？」

「ああ、押入れに、じいっと、さ。そのときって心の中は空っぽなんだよね。……周りから音が消えて、すごく静かなんだ」

「押入れの中……」

頭を垂れ、まるで、今、押入れに隠れているみたいに、山浦さんは背中を丸めて言う。

「美佐ちゃんといるときって、さ。そんな感じなんだ。すごく静かで落ち着けるんだ。余分な音が消えて」

顔を上げ、私を見た。

「とても、楽なんだよ」

と心細い声で言った。

急に、寂しくなった。背高のっぽの山浦さんが体を丸めて押入れに隠れている様子が浮かんだ。

――大丈夫、大丈夫よ。

そう言って細い山浦さんを優しく抱けたらどんなにいいだろう。目の前にある、伸ばせばすぐに届く所にある、山浦さんの細くて長い手。その手を温めるだけでもいいから。

でも私の手はテーブルの下で膝に置いたまま動かない。

気の利いたことさえ言えない自分が、もどかしかった。

ぎこちなさを必死で隠すように、無理して笑って言った。

「押入れって、子どもが隠れんぼで隠れる一番ありがちな所やよ。すぐ見つかっちゃうんだから」

そのとき、気付いた。私からの電話もメールも断った理由に。

山浦さんは、二十四時間何かに追われていた。だから、どうでもいいフツウな受け答えをする力など、少しも残っていなかったのだ。

山浦さんに万年筆をもらった日から一年半が過ぎた。

仕事が始まる少し前のバタバタとざわついている時間に、山浦さんの転勤を課長は私を気遣うようにさりげなく伝えてくれた。栄転でないことは、異動先を知って明らかだった。自分の席に戻る私の後を課長はついてきて、周囲に誰もいないのを見て、机に両手をつき、背を屈め深刻な声で話した。

「山浦さんは大変な事案を一人で持たされていたらしい。銀行ってとこは、手の平返したように切ってくるからなあ。それができなくて苦しんでいたみたいや。山浦さんには厳しすぎる仕事だったらしい。何とか取引先を助けようとして、上ともめることが多かったらしいから。そういうのにドライになれないと、銀行って所は勤まらないのかもしれない。美佐ちゃん。あの人って、線が細そうだったもんなあ」

うつむいたままうなずく。茶色い課長の手が動く。励ますように私の肩をぽんぽんとたたいた。

それに応えるように、二度三度うなずき返した。

「美佐ちゃんには悪いことしてもうて。美佐ちゃんの気持ち、前から知ってたから。ああいうタイプの男には美佐ちゃんみたいな子がって。似合いの二人やと、思ったんや。けど、かえって、すまんことして」

「いえ。私とは、全然」

涙をこらえるのに必死だった。

その一週間後、山浦さんから電話があって、二人の付き合いは終わりになった。

「楽しかったです」と告げることができた。

また気が向いたら遊びにきてください、とあり得ないとわかっていながら、これが最後だから、明るく言った。

山浦さんは、すごく助けられた、とこれまでで一番毅然とした声で礼を言った。

昔からの大事な取引先を倒産に追い込んでしまったことは、そのときも何も触れなかった。だが、もう大丈夫というような、山浦さんの落ち着いた声だった。

好きも、愛してるも、最後までなかった。それでも、元気を取り戻した声に安堵(あんど)していた。

ほっとしたはずなのに、それなのに、その夜家に帰ると食事が喉(のど)を通らなかった。横になっても眠れない。山浦さんと会うことはもうないのだと思うと、体からすべての力が抜けた。

私は山浦さんに憧れ、山浦さんは休める所が欲しかった。そういう関係だった。初めからわかっていた。私はただ、甘い言葉がなくてもいいから、月に一度でいいから、もっともっと山浦さんに会いたかった。

銀行員になった弟の顔を見るたび、大丈夫?しんどくない?と聞きたくなる。

私は翌年の秋の晴れた日に、市内のホームセンターで英男と出会った。

草刈り用の鎌を手に取り見ていた私に、英男が声をかけてきた。

「秋の日に、鎌を買いに、来るひとよ」

と、詩を詠むように言った。

気付くと、農機具売り場で米作りについて一時間も立ち話をしていた。

「にんげんさまの都合で米作るんでは、うまい米は作れんやろ」

五月の連休の頃はまだ、北陸ではそれほど気温が上がらない。それなのにやっつけ仕事のように田植えを済ませてしまうのはもったいない、と言う。

私の実家は二年も前から、水が温むのを待ってからするよ、と答えたところから、話はどんどん膨らんで、「これからの世界の食糧事情」にまで及んだ。

「生きていくためには、何より食料や。日本は人口減少やけど、世界を見たら、人口がずんずん増えて、これからはみんなで食料の取り合いになる」

「なんでもアメリカのまねをするのもどうかと思うよ。大体、こんな狭い日本とアメリカではまるで違うやろ。アメリカのアグリビジネスなんてまねたって、うまくいくはずないやろ。どう思う?」

と、その場にそぐわないカタカナ語まで飛び出した。どう思う?と聞かれた私は、アグリビジネスって何だっけと思いながら、うーん、うち、農家だから、ビジネスって、なんか違和感あるかも、とわからないままに答えた。

すると英男はまた夢中になって話し出した。

肥料や農薬についても、とにかく詳しかった。

これまで同世代の人と農業のことを話題にしたことは一度もなかった。

初めてで、新鮮だった。

これからの農業について熱く語る英男の姿に、何だかうれしく感動していた。

当然のこと、そのときは英男を農家の息子だと思い込んだ。

それから三日に一度会うようになった。

残業で遅くなった日も必ず家まで顔を見せにきてくれた。

英男は、木製のがっしりした、粗削りで素朴な椅子のようだった。

座ると、腰や背中を優しく包んでくれる椅子。

二人のデートは山でも海でもなく、映画や街中の洒落た店でもなかった。恵子と歩いたウォーキングの会の続きのように、田舎道をあてもなく歩き回った。

ぽつぽつ話しながら歩き、ときに立ち止まって熱く語り、笑い転げた。

黙って西の山に日が沈むのを見ていると、言葉を交わさなくても安心できる幸せを思った。慰めることも必要以上に気を使うこともなかった。

「美佐ちゃん。ラジオ、って好きか?」

いつものようにぶらぶらと歩いているときだった。

「何、ラジオ?　う－ん、あまり聴くことないかも。車でたまに聴くくらい。どうして」

「ビニールハウスでさ、二人で聴きながら仕事するっていいなあ、って思ったんや」

「何?　二人でビニールハウスって?」

「この前、仕事でさ、肥料運んでくれって頼まれて。行ったら家にいなくて、ビニールハウスまで運んだんやけど」

「うん」

「そうしたら、ハウスの中から楽しそうなおしゃべりが聞こえてくるわけよ。それに大きな声でゲラゲラ笑うばあちゃんの声がしてさ」

「ハウスから」

「ああ。じいちゃんと二人でさ、メロン、ハウスで作ってるんだ。それが、ハウスに入ったら、手、動かしながら、落語、二人で聴いてたんや」

「へえ。落語」

「美佐ちゃん。落語、嫌いか」

「大好きやよ。ばあちゃんと聴いたことある。でも、最近聴いてないなあ。なんか、懐かしい」

「そうか。そうやろ。だから、美佐ちゃんと二人でさ、ハウスで落語聴きながら、トマトとか作るのって、最高やろなあって」

「えっ、何、何言ってるのよ、まだ結婚の話もしてないのに」

ほの暗い畑の横の草むらで、初めて英男に抱かれた。

優しいいつものキス。もう少し進んでほしいといつも思いながらすっと離れた唇が、その日は違った。夢中で私も英男の舌に絡ませる。長いキス。体に触れ合い包み込み、深く求めていった。初めての経験に高校生のようにおろおろしながらも、背中がひんやりと湿っているのを感じた。草の匂いが立ち込めていた。

英男の武骨な大きな手がとても優しく私の肌を撫(な)でた。耳朶(じだ)に囁(ささや)く。

「美佐ちゃん。俺、美佐ちゃんに、会えて、本当によかった」

フツウの言葉が、ありふれた言葉が、英男の口から出ると、どうしてこんなにもまっすぐ心の奥にまで届くのだろう。英男の背中に回していた手に力を込め抱きしめる。

そして、私たちは結婚した。

結婚式の朝、山浦さんのことを思い出した。もしかしたら、私を傷つけたと思っているかもしれない。そんなことはない。と、それを伝えたかった。でも、しなかった。

私はもう卒業できた。山浦さんから。

「もうきょうはここまでにするから、あっち、頼む」

と一輪車を押している私に、後ろから父が家の方に目をやって声をかけてきた。

途端にお腹がグウッと鳴る。母が前屈みになって小走りに家に向かうのが見える。

台所には野菜が大きな盆に盛られ、焼き網や小皿が用意されていたのを、朝確認済みだ。

家の裏の空き地に、バーベキューの準備が整えられた。

採りたてのキャベツの横に、瓶に入ったおおばあちゃん特製のゴマダレもある。

秋の風に、さわさわと裏山の木々が揺れている。

時折風に乗って落ち葉が舞い落ちる。

色づいた柿の木の下を、エイミがおおばあちゃんの手を引いてやって来た。

父が井戸から引いた水で顔を洗い、母の差し出したタオルより一瞬早く、首に巻いていたタオルで顔を拭いた。横で手を洗っていた英男に何か話しかける。地声の大きな英男が、いやあ、体力だけは負けんつもりだったんですけど、お父さんにはまだまだですよ、と手を振りうれしそうな顔を隠さない。

私の横に座るなり、思い出したように一年に何度か言うセリフを英男が言った。

「美佐ちゃん。俺、百姓に向いてるらしいぞ」

聞こえないふりをして肉や野菜をひっくり返し、焼けたか確かめながらエイミの前の皿に入れ、ほら、おいしいよ、いっぱい食べてね、と声をかける。おおばあちゃんの肉は小さく切って皿に入れる。エイミがこっそりピーマンをおおばあちゃんの皿に移しているのが目の端に入った。そのうち、ニンジンもきっと隣の皿に投げ入れるに違いない。きょうは許そう、確かにこの子はしっかりしている。笑みがこぼれる。

「ねえ、きょう泊まっていったら、それなら美佐ちゃんだって飲めるんだから、どう」

母が二回に一回は誘う。私も二回に一回はそれに従う。この前は帰ったから泊まってもいいのだ。朝早くに家に戻ればいい。支度は全部できているのだから。

だがすぐに返事ができない。もしかして、さっきの英男の話がまたぶり返されて現実になったらと思うと避けたい。

農業を大事に思う英男の気持ちはよくわかっている。

「ビニールハウスで、ラジオ聴きながら、美佐ちゃんと……」

そう言った英男。初めて会ったときには、鎌を買いに来るひと、と美佐を呼んだ。

英男と農業をやっていくことに気持ちが動く。

それでも、やはり突き詰めて考えると、躊躇してしまう。一年に何度か手伝いに来るのと百姓として生きていくのとでは、天と地ほどの違いがある。そのことが町育ちの英男はわかっていない、と思う。百姓なんて言葉を使うのは百年早い、と言いたくなる。

若かった祖母と両親で米を作り野菜を育てて生計を立ててきた。天気に左右される。

いい時があれば悪い時もあるさ、と父はそのたびごとに子どもの前では笑って見せた。

だが、弟と私が寝静まる頃になって、両親がぼそぼそといつまでも話していたのを眠ったふりをして聞いていた。決まった現金の入らない暮らしがどんなに心細いか。子ども心にわかりすぎていた私は、百姓をやる、なんて簡単には言えない。

親も年々老いていく。長女の私が面倒を見たい気持ちはある。だが農業まで継ぐという決意はまだ持てなかった。近くに家を建てるのも躊躇したくらいだ。

私が厳しい顔をしていたからか、エイミが甘えるように、抱っこ、と言って手を伸ばしてきた。

「お母さん。きょうはやっぱり帰ることにする。次はゆっくり泊まらせてもらうから」

エイミが胸に顔を埋め、眠そうな片目で私の顔を見上げている。

「パポちゃんと一緒に、お昼寝しようね」

エイミの重くなった体を静かに揺する。英男が立ってきて、エイミをのぞいた。

「眠いんか。エイミ。いいなあ、お母さんに抱っこしてもらって。起きたら後でお風呂、父さんと入ろうなあ」

英男が私の腰に手を回し引き付け、耳元で、
奥様そろそろ二人目を今晩くらいどうですか、と囁いてきた。英男の手を軽くたたいてやる。

弟が今起きたのか、空いている椅子に座った。

座敷でエイミを寝かせようと歩き出すと、

「美佐ちゃん。後でお風呂、英男さんとゆっくり二人で入っていきなさい。エイミちゃんは私が入れてあげるから」

母があっさりと言う。

「おーい、英男さん、ビール、ビール」

と、缶ビールを持った手を上げて父が呼ぶ。

秋の空に英男の顔が明るい。

女の家

夕方から雪おこしの雷が、また鳴り始めた。昨日まで手付かずだった家の前が、まるで健一郎の車を停めるためかのように除雪されている。向かいのクリーニング店では黄色い明かりの下で老いた夫婦が大きな袋に洗濯物を入れ、ずらりと並んだハンガーの前を忙しく立ち働いていた。

美羽子の家に通い出した頃は、近所の目が気になるからと、裏の山際の路地に車を置いて庭から入り込んだものだが、いつしかそれも面倒になり、堂々と表に停めるようになってすでに二年が経つ。車の中で認めた家の明かりは、ドアを開け外に出ると、今夜もまた消えた。

別れを切り出されてきょうで十日だ。毎日、五十前の男が女の家のチャイムを鳴らす。何度押しても美羽子は家の中でじっとうかがっているだけで、出てこようともしない。昨日は、美羽子さーん、美羽子さーんと酔っぱらいを装って名前を呼び、玄関の引き戸をたたいてみたが、まったく反応はなかった。車庫に美羽子の車があるのを確認し、ほっとした。どこか知らない所に行ってしまうのではないか、その不安が一時薄れる。健一郎の気持ちはもう十分、美羽子に伝わったはずだ。美羽子だって、健一郎と別れることなんてできるはずがない。そう思いながら、玄関灯も消えた暗がりの中、なおも押し続けたが、美羽子はきょうも出てこない。

車に戻りかけたときだった。裏庭に続く辺りに目がいった。昨日まで雪でふさがっていたところが、ここだけ一人どうにか通れるだけの幅が除雪してあった。一年くらい前、美羽子を驚かそうと、ここから庭に回って、隠れていたことがあった。外から庭に面した窓をコツコツたたいては、美羽子がのぞくと隠れた。何度か繰り返しているうちに、美羽子の顔が青ざめていくのがわかった。怯(おび)えたような目で外をうかがっていた。健一郎は慌てて、僕だよ僕だよ、と窓の前に立った。健一郎の顔を見て、崩れるように座り込んだ。あのときの怯えた美羽子の顔が浮かんだ。

路地の外灯が雪をかぶった裸木や小さな灯籠(とうろう)をぼんやりと映し出している。ガラス戸の向こうの雪見障子が上がっていた。二人で飲むときは必ず美羽子は障子を上げた。庭を眺めながら酌を受ける。それは健一郎が初めて味わう静かな時間だった。

灯籠と柊南天（ひいらぎなんてん）の狭い間を抜けて座敷をうかがうと、六畳の薄暗い部屋の隅に、美羽子らしき人影が見える。部屋の窓に近づこうとするが、屋根から落ちた雪が高く積もり、確かめることができない。

本気で、美羽子は僕と別れようとしている。

胸が苦しくなった。美羽子にすがりつきたい。別れたくなかった。健一郎には美羽子しかいなかった。美羽子を失いたくない、と痛切に思った。

二つ年上の美羽子との間には、若い頃のようにデートした後すぐにまた会いたくなる衝動も、別れた後の不安や焦りもなかった。そういうものとは異質の、微睡（まどろ）みに似た、ゆるゆるとした穏やかさに包まれていた。だが、微睡みからはいつかは目覚める。

美羽子に出会ったのは、会社の創立三十周年祝賀パーティーが開かれた丘の上のホテルだった。四十三歳で総務課長になり、三年が経っていた。この日のために、一年前から準備をしてきた。胃痛薬を片時も手放せない、眠れない、そんな苦労をしてどうやら無事終了させることができた。社長からねぎらいの言葉が、健一郎にあった。花形の営業部から事務方に回されたときにはずいぶん落ち込んだ。敗北感に打ちのめされ、退職も考えた。だが最近では、人相手より実務が自分には合っていると負け惜しみでなく思うようになった。辞めずに踏ん張ってきた日々が、ようやく報われた気がしていた。

部下から打ち上げに誘われたが断ると、若い者らはほっとした顔を隠そうともしなかった。気の利かない上司と陰口を言われないように、内ポケットに用意しておいた封筒を、飲み代の足しにと渡した。

ホテルのラウンジで、一人コーヒーを飲んでいた。四時を回っていた。

吹き抜けのロビーに人影はなく、天井までのガラス窓の向こうは、音もなく高い空から雪が舞っていた。昨日までの間断なく降り続いた雪に覆われ押しつぶされそうな小さな家々に、黄色い灯が点々としている。あの下に家族がいる。ふとそれを思った。身を寄せ合って生きている。墨絵の世界のどこにも動くものの気配はなかった。それがいっそう、一つ屋根の下で暮らす人々を思わせた。父親と母親、子どもたちが食卓を囲んでいる。温かい食事が目の前に並んでいる。みんなが笑っている。そんな幸せな家族が胸に浮かんだ。

健一郎には子どもの頃からそんなものはなかった。父は女をつくり家を出ていった。愚痴ばかり言うようになった母は、父の代わりに健一郎を溺愛(できあい)した。そんな母がうっとうしくてたまらなかった。中学に入ると、母に暴言を吐き、手を上げることもあった。母は始終おどおどし、健一郎の機嫌をうかがうようになった。健一郎は自己嫌悪で何度も家を飛び出した。孤独で惨めだった。

上司の勧めで結婚し娘が生まれ、ようやく一人前になったような充実感を覚えた。家族というものの理想を胸に抱き、憧れていたものを手に入れた。だが、いざ結婚してみると、言葉にするほどのものではない小さな齟齬（そご）、ちょっとした違和感、期待されることへのわずかな戸惑い、そういったものが、部屋の埃（ほこり）のようにうっすらと積もっていく。妻と娘を誰よりも大事に思いながら、うまく噛（か）み合わない日々に焦（じ）れた。仕事を口実に、健一郎は家に帰る時間が遅くなった。家庭から逃げた。

もっと降れ。もっともっと降って家々を押しつぶしてしまえ。何もかもなくなってしまえばいい。突然、凶暴な怒りが胸の奥から湧き起こり、さっきまでの大きな仕事をやり終えた高揚感は失せていた。叫び出したいような孤独感だけが胸を浸した。

ハッとした。誰かに胸の内を見抜かれはしなかったかと、思わず辺りを見回した。

後ろから声がして、驚いて振り返った。

着物を着た女性が立っていた。

声を上げそうになった。亡くなった母に似ていた。健一郎が手を上げる前の、おっとりした美しい母に……。

小さく息を吐いた。母とは顔立ちも体形もまるで違う女だったが、着物を着て微笑（ほほえ）んでいる姿が、以前の優しい母を久しぶりに思い出させた。

「驚かせてしまったかしら。……あまりに静かですから。誰かとお話ししたくなって声をかけてしまいました」

眠いような目をした瞼(まぶた)の腫(は)れた女が笑っていた。

「おじゃまでしょうか」

きっとこの声は忘れることはないだろうと、そのとき思った。澄んだ声というのとも違う、しっとりとして艶(つや)のある低めの声だった。

思えば母は大きな声を上げたことが一度もなかった。子どもの頃、健一郎が何か言うと、必ずそれを肯定し、「ほやねえ。ケンちゃん」と、いつでも包み込むような笑顔を向けた。姉を産んでから十年余も後にできた一人息子を母は盲愛した。小学校に上がってからも、出かけた先で健一郎が疲れたと言えば、母はすぐに屈んで背中を差し出した。父のいない我が子を不憫(ふびん)に思ったのだろう。

女の声も、どことなく母に似ていた。

それが美羽子だった。健一郎に近づいてくると、窓に向かって配置されている青い皮のソファに腰を下ろした。健一郎も女の隣に一人分の間隔を空けて座った。二人並んで降る雪を見た。

「静かね」

と前を向いたまま美羽子が言った。健一郎は窓の外に目をやったままうなずいた。

「何だか。寂しい夕暮れ」

つぶやくように美羽子が言った。

寂しい。健一郎は自分の心の中を言い当てられた気がした。

暗くなっていく窓の外を、二人はしばらく黙って見ていた。

きょうぐらいは早く帰ろうと、健一郎が思ったとき、

「今から飲みに行きません？」

と美羽子が言って微笑みかけた。淡々とした誘いだった。

「飲みに……」

「ごめんなさい。いきなり。何だか、一人の家に帰るのが急に……ふふ、おかしいわね。

たった今、お会いしたばかりの人に」

美羽子は気にしないでと言いながら、顔の前で小さく手を振った。

「いや。悪くないね。でも、会社の若いのと出会うと面倒だからなあ」

美羽子と飲みに行きたいのにという残念な気持ちが、言葉に正直に出ていた。

すると、美羽子が軽い調子で、

「じゃあ、よかったら、私の家で飲みます？」

と言いながら立ち上がり、健一郎の返事も待たずに歩き出した。後ろ姿に、着物を着慣れた美しさがあった。健一郎の胸は久しぶりに躍った。ホテルの前で客待ちしているタクシーの前に立つと、美羽子は確かめるように健一郎の目を見て、小さく顎(あご)を引いた。

あのとき、どうして声をかけてきたのか、後になって美羽子に聞いたことがある。

「怖い顔を、とっても近寄りがたい顔を、してたのよね。窓の外をにらんでいたときのあなたは。そのときの横顔、何だか、昔の自分にそっくりな気がしたから。声をかけずにはいられなかったの」

美羽子が丘の上のホテルにいたのは、書道を教える者たちの集まりがあったからだと言った。車の中ではそれだけを話し、後はほとんど口を利かなかった。

丘を下り街中に入ると、

「運動公園入り口を、右に曲がってちょうだい」

美羽子は運転手に後部座席から顔を近づけた。運動公園のある通りには、サイクルショップ、小さな本屋、ユニクロ、子ども向けの店やスーパーが並んでいる。銭湯の看板が見えた。

「ああ、そこです。そこを右に」

美羽子が言うと、運転手は「はい」と小さく答えた。

片側一車線の両側に住宅が立ち並んでいる。

タクシーを降りると、向かいのクリーニング店の明かりが見えた。

美羽子の家は山茶花(さざんか)の垣根がめぐらされた平屋の小さな家だった。

「昔から一人でこの家に住んでいるの？」

鍵を差し込んでいる美羽子の後ろから、特別な意味もなく聞いた。

草履を脱ぎ、どうぞと客用のスリッパを置くと、

「私ね、よそ者なのよ」

と言って玄関のすぐ右手の座敷に電気を灯(とも)し招じ入れた。薔薇(ばら)模様の蒼(あお)い絨毯(じゅうたん)に黒檀(こくたん)の小ぶりのテーブル、今どき珍しい火鉢が置いてあった。懐かしくて中をのぞくと、最近使ったと思わせる炭が解けて重なっていた。美羽子は雪見障子の前でひざまずき、桟に手を添えた。障子が上がり、路地の街灯にぼんやりと照らされた小さな庭が見えた。

さっき耳にしたばかりのよそ者という言葉を、健一郎は特に聞き返すことはなかった。雪国の田舎に生きる者の絆の強さの裏側で、何十年経ってもよそ者と呼ばれる疎外感に、健一郎はそのとき思い至らなかった。ああ、よそ者だったか、それはかえって煩わしい人間関係がなくていいだろうな、と健一郎は思っただけだ。

トイレを借りようと声をかけると、奥からこっちよと返事がある。トイレのドアに手を

かけたまま奥の部屋をのぞくと、美羽子が大きな鏡に向かって体を少しだけひねり帯を確かめ、鏡に顔を近づけゆっくりと紅をひくのが見えた。母とよく似たしぐさだった。田舎の家の薄暗い部屋で鏡台の前に立つ母からは、いつもいい香りがしていた。

　用を済ませ、部屋に戻ると、パーティーでの嫌なことが思い浮かんだ。営業のやつらは言いたい放題だ、とまた思う。まだ専務になって数カ月の男が大きな顔をして、数字につながらない部署の人員削減を人気取りのように言い放っていた。

　台所で何かを刻む音がしている。すぐに、漆塗りの大きな丸盆に徳利と杯、ほうれん草と切り干し大根の胡麻和え（ごまあ）、湯豆腐、炙（あぶ）った丸干しイワシなどを載せて運んできた。思わず誰か来ることになっていたのかと聞いた。えっ、これくらい三分もかからないわよ、と美羽子は笑った。細首の白い徳利、一口ですうーと飲み干せる小ぶりで飲み口の薄い杯。まるで健一郎の好みを聞いて出してきたのかと思うほどだった。他愛のない話をした。ほとんど健一郎がしゃべった、ときどきうなずいて、空になった健一郎の杯に徳利を傾けた。互いに生い立ちや家族のことは話さなかった。

　ホテルで声をかけてきたときにはむしろ饒舌（じょうぜつ）な女かと思ったが、どちらかと言えば美羽子の口は重かった。結婚したことがあるのかどうかもわからない。玄関左手の縁側のついた十畳の座敷で書道と生け花を教えているという。美羽子が熱心に話したのは、最近テレビで見ているという俳句の話だった。書道と、生け花と、俳句ですか、と健一郎が真面目な顔そのままで言うと、声を上げて笑った。俳句はテレビで見るだけだと言う。それからは、その番組を一緒に見るようになった。季語についての本を美羽子が買ってきて二人で眺めた。いつしか美羽子のあの部屋には俳句の本が数冊並んだ。健一郎はどんなに話が弾んで夜遅くなっても、泊まることはしなかった。

——女ができて家族を捨てた父親とは自分は違う。

言い聞かせるように思った。

仕事のある日中、美羽子の家に顔を出すことはなかったが、一度だけ役所に提出する書類を持って出たとき美羽子の家の前を通った。

三時を過ぎていた。家の前に、若者が乗るスポーツタイプの車が停まっていた。その横を、健一郎は速度を落とし通り過ぎた。男が門から出てくるのが見えた。ブレーキのペダルを踏んだ。バックミラーに作業着姿の若い男が映った。何だ、電気工事か何かの作業員か。疑いかけた自分にあきれ、車を出そうとしたとき、男が右手をひらひらと振るのが目に入った。玄関に向かって笑っている若者の横顔が見える。親しみにあふれていた。男と女の狎（な）れとは違う、もっと優しい感じがした。だが、男と女の間はわからないと思い、まさか、と落ち着かない妙な気分を抱いた。

美羽子の生活に入り込みたいとは、健一郎は一度も思わなかった。他人のことに関心を寄せることが健一郎には元々なかった。幼い頃から、母に一挙手一投足にも目配りされ、結婚すると、営業でほとんど家にいなかった健一郎を妻が危ぶみ、ただならぬ関心を寄せた。健一郎自身は、妻がどんなことを考え、何に関心があるのか、尋ねたこともなければ、知りたいと思うこともなかった。

二週間に一度、美羽子の家に通った。健一郎を迎える美羽子はいつも同じ調子で、変わることがなかった。料理も特に無理して凝ったものをつくって待つというのではなかった。懐かしい感じのする、どちらかと言えば素朴なものを並べた。酒は強いのか、健一郎と同じくらい飲んでも顔には出なかった。立ち上がるときによろけて肩につかまり、少し酔ったかしら、と言う程度だった。

言葉にも所作にも、波の立たない静かなひとだった。このまま穏やかに二人の時間が過ぎてゆく。いつしか、健一郎はそう信じ込んだ。

健一郎の気がかりは、ただ一つ、高校生になったばかりの娘の沙織のことだった。

このところ様子がおかしい。派手な服装は中学の頃から変わらないし、相変わらず勉強をしている風はないが、時折、何かを考え込むような沈んだ顔を見せるようになった。

ようやく雪も終わりかと思っていると、午後からまた雪が降り始めた日の夕暮れだった。このところ出かけなくなった妻が久しぶりに外出した。大学時代の友人が転勤する夫について県外に行くことになり、そのお別れ会だという。以前は妻はジムに通い、夜のヨガ教室にも近所の主婦仲間と出かけていたのだが、いつの間にかすべてをやめてしまったらしい。家で本を読んでいることが多くなった。

「カレーくらいなら、私だって作れるんだけど」

と、仕事から帰って居間のソファに横になっていた健一郎に、珍しく沙織が話しかけてきた。驚いて起き上がり、沙織の顔を見た。健一郎に沙織が直接声をかけてきたのはずいぶん久しぶりの気がした。顔を合わすのも嫌だというように、健一郎をはっきりと避けていた沙織が、どうしたのかと、いぶかしんで沙織を見た。

「なに、大丈夫よ、任せて。ちゃんと作れるんだから」

まるで健一郎がカレーの心配をしているかのように振舞う沙織の声は、硬かった。

野菜を切り始める沙織をうかがう。真剣な顔が妻とは全然似ていない気がした。どちらかと言えば、健一郎似なのかもしれない。ジャッジャと炒める音がしていたが、いつの間にか健一郎は居眠りしていた。沙織の声で起こされた。

テーブルを見ると、白い皿に盛ったカレー、アスパラとレタスとトマトのサラダが並んでいる。

久しぶりに、沙織と向かい合って座る。これまでも二人になることはたまにあったが、沙織は決まって自分の部屋に持っていって食べた。それが、この日は何を思ったか、

「さあ、できたから。一緒に食べようよ」

はにかむように言って椅子に腰かけたのだ。話すことが浮かばない。二人、黙って食べた。少し水っぽい感じがしたが、初めてにしては上出来だ。うまいぞ、と言いたいのに言葉が喉（のど）から出てこない。自分の娘なのに、自然に振舞えない。カチャカチャとスプーンが皿に当たる音だけが響く。

沙織が顔を上げた。

見ると、泣き出しそうな顔をしていた。唇の震えを必死に隠すように、ぎゅっと噛み締めている。どうした？　驚いて聞こうとしたとき、沙織の口が開いた。

「お父さん。今度……」

沙織の言葉が震えている。

「うん？　今度。今度、なんだい？」

いつになく優しい声が出て、健一郎は、ほっとした。

「あの、……」

沙織の目が健一郎からすーと外れ、テーブルの端に落ちた。

「お父さんって」

うん、健一郎の胸は急速に冷えていった。

心臓が煽った。何かを沙織が言い出そうとしている。それを恐れた。今にも飛び出してくる言葉に、健一郎はたたきのめされる自分の姿が浮かんだ。

父の跡をつけた健一郎のように、沙織も健一郎をつけたのか。直感した。

声が出なかった。沙織が健一郎の言葉を必死の思いで待っているのが伝わってくる。その怖いような鋭い視線にたじろいだ。言葉は胸に浮かんでいる。もしも、沙織が健一郎をつけたとしても、もしそうであったとしても、まだどうにかなる、ごまかすことができると健一郎は思った。

運動公園の近くにお父さんの知り合いの家があって、それでときどきそこに遊びに行くんだよ。書道を教えてもらってるんだ。

堂々と言ってしまえばいい。そう言ったら、沙織は、なあんだ、と言って沙織の打ち消したい疑いが少しは薄まったかもしれないのに、悪いことをしているという意識が、沙織の視線を避けさせた。

父は、女の家に行くところをつけた健一郎に気付いて立ち止まり、健一郎の肩を抱いて言ってくれたのだ。父さんは健一郎のことを一番大事に思っている、と。

沙織のことを父さんは一番大事に考えている、それだけを今、伝えればいいのだ。頭で考えるだけで、突然の沙織の言葉に動揺し何も返せない。沙織が何を言おうとしているのか。もしかしたら、健一郎が思っていることとはまるで違う何かかもしれない。

沙織はさっきまでの無理してつくった快活さをはがし、涙も引いた暗い目に戻った。何も言わない健一郎にあてつけるように、沙織は椅子を蹴った。口をつけたばかりのカレーライスとサラダを流しに運ぶと、生ゴミ用バケツのペダルを踏んでふたを開け、乱暴に投げ捨てた。

美羽子と別れた方がいい。健一郎は、そのとき初めて思った。

沙織は若い女の子の感性で何かを感じ取ったのだ。今すぐに別れなければ。父を失った自分より、沙織を不幸にしてしまう。沙織のために、これからはただそれだけを考えよう。今からでも遅くない。もう何も心配はいらないから、そう言って沙織を慰めてやらなければ。

その日から、健一郎は沙織のことを思い続けた。一日に何度も考え、沙織だけがお父さんは大事なんだよ、きょうは言おう、きょうは言って沙織を抱きしめてやろうと真剣に思い続けた。

だが、胸の内で思い続けるだけで、日だけが過ぎていった。その間に、沙織は目に見えて悪くなっていく。娘である沙織に、健一郎は怯えた。沙織が怖くなった。寝室から健一郎が出て居間に向かうと、わざとらしい大きなため息をつき、見ていたテレビを消し、自分の部屋に入ってしまう。固くドアを閉めた向こうから、沙織が健一郎をにらんでいるのが見える気がした。洗面所で顔を合わせることがあっても、目さえ合わせない。そんな沙織を健一郎は抱きとめる勇気がなかった。手を差し伸べることができなかった。

沙織から、健一郎は逃げた。

妻はやめていたヨガを、また週に一度通い始めた。それ以外はほとんど部屋にこもって本を読んでいる。夕食が済むと自分の部屋に行く妻が、ときに食器を片付けたテーブルにペットボトルの水を置いて、本を読んでいることがあった。

その夜も、妻は部屋に戻らずテーブルに本を広げた。いつもなら、それを見て、すぐにその場を離れる健一郎が、そのまま残っていた。妻の横顔を見た。化粧をしていない妻の素顔に、健一郎は驚いた。ふっくらしていた妻の頬はいつの間にか肉がそり落とされ青白い。妻は別人のようにひどく痩(や)せていた。張りのない皮膚、貧相な顔に変わっていてまるで別人のようだった。健一郎はこれまで気にして妻の顔を見たことがなかった。もしかしたら、元々こんな顔だったのか。

「あの、さ」

思い切って、妻に声をかけた。

妻は本から目を離し、顔を上げた。

「何?」

「えっ、いや、痩せたんじゃないか……と思って」

今頃何を言ってるの、と久しぶりに怒られるかと、恐る恐る聞いた。

「そう? うん。少しだけ痩せたかも」

恥じるように目を伏せた妻に、思わず謝った。

「僕のせいだな……僕が」

「違う、違うの。ヨガを始めてから、あまり貪欲に食べなくなったからよ」

妻は慌てて否定する。

「いや。僕が。何て言うのか、何て言えばいいか、家族の期待に応えてないっていうか、期待とかじゃないのかもな。ごめん。うまく言えないけど」

話せば長い言い訳になる。言い訳は妻をいっそう傷つける。美羽子のことを妻に知られたわけではないし、そもそも美羽子と会う前から夫婦はダメになっていた。いや、ダメになっていたのかどうかも健一郎にはわからない。だが、妻の求めに、応えられなかったことは確かだ。

健一郎は必死で言葉を探した。夫婦の関係を壊そうなどと思ったことは、健一郎には一度もなかった。

「私が、悪いんじゃないよね」

何を言われたのか、わからない。妻の目に涙がにじんでいる。

「えっ、何、悪いって、何のことだよ。何言うんだよ。そんなこと。そんなことあるはずないじゃないか」

健一郎は思わず妻に手を伸ばした。

「相性が私たち、悪かったってこと、そういうことだったのよね」

そう言って、健一郎から逃れるように身を引き、妻は本を持って自室に向かった。

健一郎も立ち上がり、妻の部屋の隣のドアを開けベッドに寝転がった。

妻と向き合って、もっと話してみたかった。結婚前の、若い二人に戻りたかった。無邪気に求めあった頃があった。どこですれ違ってしまったのか。何がいけなかったのか。

営業にいた頃は連日飲んで、帰りは深夜になった。気付くと娘の顔を何日も見ていなかった。韓国やタイに仕事でよく出かけた。そこで、毎晩現地の女性と遊ぶ同僚や上司を見た。日本に帰ればいい夫、良き父、優しい祖父の顔を持った男たちだった。健一郎は、一度もそういう所には行かなかった。誘いを断り続けると、いつの間にか健一郎だけが課の中で浮いていた。変人として見られ、営業成績は後輩に抜かれた。家庭にもどこにも健一郎の居場所がなくなっていた。

沙織に言葉をかけなくてはいけない。

健一郎は追い詰められていった。

美羽子だけが健一郎の慰めだった。美羽子といるときだけが、健一郎は安心できた。


沙織のことを思いながら、健一郎は相変わらず逃れ続けた。

そんなときだった。美羽子から別れを切り出されたのは。

あの夜、いつものように部屋に入ると、雪見障子は下ろされ、テーブルには何も載っていなかった。酒の支度もなかった。美羽子は部屋の真ん中に背を向けて立ち、それまでとは違う尖(とが)った口調で、突然言った。

「別れましょ。……別れることに、私、決めました。終わりにしましょ」

聞き違いかと思った。

その前に、何か諍(いさか)いがあったわけでもない。美羽子と言い争うなど一度もなかった。

唐突すぎて冗談かと、笑って座ろうとしたとき、美羽子が追い打ちをかけるように言った。

「最初から……、辛気臭くて、私、嫌だったのよ」

初めから考えていたようによどみなく言った。辛気臭くて、という言葉がひっかかった。頭に血が上った。

妻がいつだったか、言い合いをした後に、ずいぶん前になるが、投げつけた言葉だ。

「あなたは、はっきり言って、辛気臭いのよ」

健一郎は一瞬何を言われたのかわからず、妻の顔を見た。

けんかを吹っかけて、健一郎を自分に向かせたいという妻の気持ちが透けて見えた。今思えば、妻は甘えていただけだったかもしれない。だが、自分の欠点をはっきり指摘されたことに、健一郎はたじろぎ、それから頑なに口を閉じた。

冗談が言えない。面白みに欠ける。些細なことが気になる。例えば、洗面所に掛けたタオルの両端がそろっていないことだったり、椅子がきちんとテーブルに収まっていなかったり、新聞の四隅がそろえて折り畳まれていなかったり、というようなことばかりだ。気になると、すぐに直さずにはいられない。トイレのスリッパがそろえられていないと、舌打ちしたくなる。枕が投げ捨てられたように置かれているのは、自分を軽々しく扱われたようで腹が立つ。他人の冗談に合わせて軽く流すべきところも、軽い言葉が出てこない。誰と話していても、すぐに詰まる。社内でも仕事のこと以外で健一郎に話しかけてくる人は少ない。どうでもいい話や冗談を言うことに慣れていなかった。

そんなところを、妻は辛気臭い、と言った。

健一郎はひどく傷ついた。健一郎自身が気にしている自分の性分だった。

まさか、美羽子から同じ言葉を投げつけられるとは。

黙り込んだ健一郎の脇を抜けて、美羽子はこの話は終わりというように奥に行こうとした。その腕を掴んだ。ハッとした美羽子の顔を、健一郎は容赦なく張り倒した。

母以外の女に手を上げたのは、それが初めてだった。

誰ともけんかは苦手で暴力をふるったことは一度もなかった。美羽子はよろけて、畳にひざまずいた。健一郎を見つめた美羽子の顔は、これまで一度も見たことのない悲しい顔をしていた。

「これで、本当にお別れね」

美羽子の声は震えていた。

健一郎は力任せに玄関の戸を閉め外に出た。戸が外れるほど大きな音をたてた。

人付き合いの苦手な健一郎が、美羽子にだけは唯一心が許せた。美羽子とは二年も続いている。生涯こういう相手はもう現れないだろうと思っていた。

それが今になって突然別れる、と切り出された。

美羽子といるときだけが健一郎は体から力を抜くことができた。眠りたいときにいつでも眠れた。気兼ねなく、いつまでも黙っていられた。

美羽子を失う。

想像しただけで、生きていく力が萎(な)えた。

その日から毎日、美羽子の家に押し掛け、美羽子が家にいることを確かめずにはいられなかった。

なぜ美羽子はいきなり別れようと考えたのか。どうして別れたがっているのか、その理由が健一郎にはわからなかった。

あれから十日以上も毎日、美羽子の家に通っている。まるでこれではストーカーだ、と健一郎は自分にあきれた。美羽子が音(ね)を上げて、もう仕方ないわねえ、と言ってくれるのを待っている。健一郎を美羽子が嫌うはずがない、と思う。若い頃の自惚(うぬぼ)れとは違う。二人はどこか似ている。それは初めてあったときの美羽子の言葉だったかもしれない。同じ目をしている、と言った。何か、きっと健一郎が気付いていないような些細なことに美羽子は腹を立てているだけだ。そう思いたかった。

家では、沙織がいっそう暗くなっていた。

何もかもが、限界だった。

休みの日の午後だった。別れを切り出されてから毎日家に押し掛けたが、きょうを最後にしようと覚悟を決めて、美羽子の家の前に立った。

昼に訪れるのは初めてだ。

向かいのクリーニング店はシャッターが下りている。これまでも店が休みだと、いい年をして女の家に通う後ろめたさが幾分薄まってホッとした。美羽子の家の周囲がきれいに除雪してある。このところ雪が少なくなったとはいえ、美羽子一人でどれだけ時間がかかったことだろう。それまで気付きもしなかったことに、健一郎は初めて思いを寄せた。

美羽子は家の内外のすべてを、たった一人で生きていた。その苦労を思った。

チャイムに手をかけると、美羽子が待ちきれないように顔を出した。

笑顔が引き、驚いている。健一郎を待っていたのではないことを物語っていた。

「誰か、違う人を待っていたのかい？」

健一郎はこんなセリフを吐いた自分に嫌気がさした。

「ちょっとだけで、いいんだ。すぐ帰るから。あのままでは、どうにも気分が悪いから」

美羽子は硬い顔のまま体をずらし、中に入れた。いつもの部屋の襖（ふすま）が半分開いている。

雪見障子が上がっていて畳を白く見せていた。足を踏み入れようとしたとき、

「こちらへ」

と、美羽子が教室として使っている奥の部屋を指した。

いつもの部屋にはテーブルにポットと湯飲みが出ていた。いい匂いがすると思ったが、そこに鶏の唐揚げが見えた。健一郎には、これまでそんな料理を出したことがない。

「誰か、いいひとかい」

もう終わりだな、健一郎の胸の奥からそれまで感じたことのない寂しさがあふれた。

「二年だ」

奥の部屋に入るなり、健一郎は言った。

美羽子は黙って縁側に立っている。庭の裸木から雪が解けて落ちた。

——垂り雪か。

季語が浮かんだ。俳句で遊んだ時間が蘇る。垣根の紅い山茶花が散り始めていた。

「正直言うと、……初めてなんだ。二年も。二年なんて、こんなに長く、その……、女の人と付き合ったのは」

きょう着ている美羽子の着物は、地が辛子色の地味なものだった。細帯を締めている。

「バカだったよ。僕は今まで……。うまく人と付き合えなくて。だが、君に会って。本当に、初めて、気持ちがね、とても楽で。何も無理しなくて良くてさ、こんなの、初めてだった」

後れ毛を右手で撫(な)でつけた美羽子を、後ろから抱きしめたかった。だが、美羽子には好きなひとができたに違いない。諦めるしかなかった。

美羽子の背中に向かって頭を下げた。

「ありがとう。僕は、美羽子には感謝しか、ないよ」

美羽子は庭に顔を向けたままだ。

しばらく、窓の外を二人は黙って見ていた。

美羽子の手が後ろに伸びて、健一郎の服に触れた。その手を健一郎は強く握りしめた。

「私も、不器用で、いつの間にか、悪い方、悪い方へと……」

健一郎の手に柔らかな小さな手を預けたまま、美羽子は話した。涙声だった。

「静岡生まれ……私。結婚して。好き合って結婚したはずだったんだけど、すぐに、夫は人が変わったようになって、酔うと殴るようになったの」

初めて美羽子が自分のことを話し始めた。

「初めは些細なことよ。だから、次に私が気を付ければいいって。いつもそう思ったの。でもね。後は殴る理由なんて、なんでもよかった。殴る相手が欲しくて結婚したようなひとだった。そんなこと、結婚前には、全然、私、気付けなかったの」

健一郎は美羽子を振り向かせ、胸に強く抱きしめた。美羽子はされるままに健一郎の胸に頬を寄せた。

「初めの頃はね。殴られるのは、私にきっと落ち度があるからだと思ったの。殴った後は、いつも優しかったから。でも、そんなの、DVではあまりにありふれた、よくあるパターンだった。その頃は、私、まったくわからなかったの」

夫が女遊びするのは妻にも責任がある……。結婚したばかりの頃、毎晩帰りが遅い健一郎に女がいると疑っていた妻に、母親が言ったらしい。そのことが、健一郎の胸をかすめた。

「いつも自分に後ろめたさがあったの。私じゃなかったら、この人こんな風にならなかったんじゃないかって。それでなかなか別れられなかった。息子がいたから、なおさら別れられなかったの。でも、どんどん暴力はエスカレートしていって。どうにか離婚できたけど、息子は、向こうの親に取られてしまったの。でも、それで終わりじゃなかった。どこまでも追いかけてきて。どこに逃げても探し出され、それまで以上に殴ったり蹴ったりして暴れて、何度でも暴力をふるって。殺されると思ったわ。怖かった。怖くて、怖くてたまらなかった」

健一郎がいたずらに庭に隠れては、ガラス戸をたたいたとき、美羽子は異様に怯(おび)えた。

「そんなことがあったなんて。静岡からここまで逃げてきたんだね。そうだったのか。何も知らなかった」

「ええ。初めて話したわね。お別れする前に、やっぱり自分のことを話しておきたくなったの」

美羽子の体から力が抜けたのがわかった。

「やっぱり、別れなきゃいけないのか。……すまなかった。この前、僕も君を殴ってしまった」

「ううん。あんなこと」

美羽子は健一郎の胸で、小さく息を吐き、肩を落とした。

「どうしても別れなきゃいけないって。決心したの。だから。別れるために嫌味を言ったの。辛気臭いなんて。私たち二人とも明るくはないもの。自分のことよ。無理して言ったの。バカみたいよね。やっぱり、どうして別れるのか、話さなきゃ……別れられっこないわね」

「好きなひとが、できたんだね」

「えっ」

美羽子は健一郎の顔をまっすぐに見上げ、「嫌だわ」と小さく笑った。

「まさか。私、そんな器用じゃないわ。ただ、……そちらのことだから」

そちらのこと……、俺の家庭のこと。胸の鼓動が早くなった。

美羽子は健一郎の胸から、体を離した。

「娘さんのことだったの。二週間くらい前、ううん、もっと前だった。あなたの娘さんがね」

娘、沙織が。息が詰まる。美羽子の肩に手を置き、追い詰めるように問いただした。

「娘……、沙織、沙織がどうかしたのか。まさか、ここに来たのか？　ここに」

ここに、まさか、沙織が。沙織がやはり来たのだ。

美羽子は膝を折った。健一郎もつられてその横に座った。

「ううん。この家に来たっていうんじゃないの。あの日、お花を休んだ生徒さんの家に花材を届けて、その帰りに娘さんを見かけたの。この家を、セーラー服のお嬢さんが、向いからジーと見つめていたの。すぐに、わかったわ。あなたの娘さんだって。家族の話なんてお互いにしたことないけど、あなたに横顔がそっくりだったから。すぐにわかったの」

「そうか。それで。それでどうした？」

「私はしばらく家には入らず様子を見ていたの。長い間じゃないの。すぐに広い通りに向かって帰っていってしまった。傘もささずに肩を落として……。すごくね、その後ろ姿が寂しそうで。あなたに、すぐ言わなきゃって、思ったわ。でも、どうしても、あなたにそのことが言えなかった」

「どうして」

美羽子は胸の前で指を組んだ。

「娘さんのこと、話したら、私たち、別れなきゃいけなくなるって、思ったの。それですぐには、言えなかった。でも、やっぱり続けることはできない」

「それは、いつのことだって?」

「ほら、もう雪もおしまいかなと思っていた頃に、また降り出した日があったでしょ。二週間くらい前の」

「……あの日」

健一郎は両手で顔を覆った。

沙織はその後、家に帰りカレーライスを作ってくれたのだ。

一緒に食べようよ。沙織の泣き笑いしたような顔が健一郎の胸をかきむしった。

「母さん。母さん、お客さんか」

若々しい声が、玄関からした。靴を脱いで、あの部屋に入った足音に、健一郎は美羽子の顔を見た。美羽子は目頭を押さえた指を口元にあて、照れたように笑った。

「む・す・こ。手放した一人息子が、静岡からようやく……こっちに。福井に就職してくれたの。私の所に戻ってきてくれたの」

驚いている健一郎の膝に目を落としていたが、顔を息子のいる部屋に向け、優しい声をかけた。

「ちょっと待ってね、先に食べ始めていて。母さんもすぐに行くから」

健一郎は立ち上がり、美羽子に手を伸ばした。美羽子はその手に引かれ立ち上がると、健一郎の胸に全身を預けた。強く抱きあった。小さく結った美羽子の髪に、健一郎は顔を埋めた。

「僕たち、これまで、なんにも話さなかったね。二年も付き合ったというのに」

二年、僕にとっては奇跡だ。それを、本当に終わりにするのか。今、ようやく互いのことを話し始めたばかりだというのに。未練を断ち切れない。

「これから、もっともっと話したい。今頃になって。ホントに僕はバカみたいだ」

「ええ。私もあなたも、本当に不器用だから。……」

美羽子は健一郎の胸で囁(ささや)いた。

「でも、いいの。なんにも話せなくても。楽しかったわ。話さなくたってよかったの。だって、いい話なんて私には一つもなかったんだもの。そんな話より一緒に静かな時間を過ごせたら、それだけでよかったの」

美羽子の頬を、つうーと涙が流れた。

健一郎は美羽子の頬を指で撫でた。冷たくて滑らかな感触が懐かしく悲しかった。美羽子の濡れた目が健一郎に小さくうなずき返した。

呆然(ぼうぜん)として、健一郎は美羽子の家を出た。

冬の終わりの静かな光が届いていた。いつものように玄関を振り返ると、見送る美羽子の姿はなく、家の中から母と息子の話す声がかすかに聞こえていた。

小さな神様

「この村は、時が止まったままだ」

時代に取り残された見本のような父が、いくらか自嘲気味によく口にした。

村の真ん中を走る道は左に緩やかに曲がり坂を上ると行き止まりで、目の前に暗い山を背負った古い寺が現れる。その傍らに、私の家があった。父は家の者が食べるにも事欠く狭い田畑を耕しながら、寺男として働いていた。

休日に訪れる参拝客の中には、今どき珍しい昔ながらの農家の土間に勝手に足を踏み入れ、中をのぞく者がいた。

居間の擦りガラスに裏山の木々が揺れるのが映る。昼でも電気をつけなければならないほど暗く、真ん中の六人掛けの大きなテーブルは、まるで谷底に沈んでいるかのようだ。居間の隅には、小さなテレビが置いてあった。

食事のときは決まって、私は父の真向かいに座らされた。母は一人離れて座り、いつでも黙ってぼそぼそといかにも不味そうな顔をして食べていた。余った三つの椅子は、たまに来る叔父や近所のひとのために用意されたものだが、常には新聞が積まれ、椅子の背に父の脱いだズボンやシャツが掛けてあった。父の赤茶けた顔はナイフで削がれたように尖り、目は奥にくぼんでいる。毎晩夜を待ちわびるようにして酒を飲んだ。酔いが回ると、独り言のように祖父の話をした。

「親父は貧しい小作の長男だった。心臓弁膜症って病気を患っていたから、若いうちは兵隊にもなれんで、ずいぶん肩身の狭い思いをしたようだ」

毎回、一字一句違えず話した。

「それが、負け戦になって、兵隊が足りんようになった。それでまあ、丙種合格という不名誉な兵隊になったというわけだ。どうしてその親父が、広島で放射能浴びて死なにゃあならんかったか……。それを思うと、俺は親父が不憫でなあ。よくよくついてない親父だった」

その話を始めると、寝たり起きたりで何事にも感情を表すことのなかった母が憎しみを込めた怖い顔を一瞬父親に向け、台所に立ってしまうのが常だった。小柄な母の背中は、一人で世の中のすべての不幸を背負っているかのように、大きく曲がっていた。

六畳の座敷には粗末な仏壇がある。いつも開けたままの仏壇に、一枚の写真が写真立てに入れないまま立て掛けてあった。小学五年生で亡くなった兄のものだった。

兄が亡くなったとき、私は四歳だった。はっきりした記憶はない。葬式の日だったのか、座敷に人が集まっていた。その隅で女の人が泣き伏していた。あれが母親だったのだろう。かすかに覚えているだけだ。私は誰かの膝の上に抱かれていた。

家から歩いて十分くらいの所に母の弟が住んでいて、その叔父から兄のことを聞いた。兄は一人で近くの川で遊んでいたらしい。誰もそれを見た者はなく、夜になっても帰らない兄を、村中の人が里山の奥まで総出で探した。川の底に沈んでいるのを見つけたのは、翌日の明け方だった。すでに息はなかったという。

蛍（ほたる）が飛ぶ頃で、母はそれ以来、川も蛍も嫌いになった。

叔父はほっそりした背の高い人で、優しい目をしていた。同じ目をした可愛い男の子を連れてきた。すると、寝込んでいた母の顔に赤みがさし、叔父の後ろに隠れるように立っている子を手招きして、その子のためにとっておいた菓子を握らせた。

私が小学校の三年生、その子は三、四歳だった。

お父さん似の色白で目の大きな子を、一人っ子の私は弟のように可愛がった。晴れた日は、躑躅（つつじ）の咲く裏山に手をつないで登る。持ってきた菓子を食べ終わると、躑躅の花をちぎって食べた。すっぱい、と言ってはけらけらと二人で笑い、また口に入れた。その子は、口に躑躅を入れたまま近くにあった棒切れをとると、一生懸命大小の丸を地面に描いていった。飽きることがなく、いくつもいくつも描いた。「の」という字にも見える。描き終わると、丸の中に息を吹きかけていく。何かのおまじないのようだが、本人に聞いても首をかしげるだけだった。

雨の日には、伸ばした私の足に背中を向けて跨るのを待って、私は小さな声で本を読み始める。ピーターパンが、この子のお気に入りの本だ。図書室で借りるとき、係の先生は「あら、またこの本？」とあきれたように言った。ふと、雨の音が大きくなったのに気が付いて顔を上げると、大粒の雨がざあざあと音を立て庭をたたいていた。私が「すごーい雨だよ」と声をかけても、顔を上げようともしないで、食い入るように絵本を見ていた。

絵本に釘付けになっている子の背中は、座敷の気配をまといひっそりとしていた。図書室から借りてきた数冊の本を静かにまた読み始める。二冊でも三冊でも私がもうおしまいと言うまで、身動き一つしないで聞いている。そのうちに、すぐにひらがなを覚え、一人でも読めるようになった。

保育園から借りてきた本を両手で抱え、相変わらず叔父さんの後ろに隠れて、私が手招きするのを待っていた。座敷に入り、私が座り足を投げ出すのを待って、いつもの定位置を得ると、自分で本を広げる。膝の上の読書会は、二人だけの静かな時間だった。一緒に声を出して読むことも、私だけが読むこともあった。二人が黙ってそれぞれの本を読むこともある。ときどき互いにちらちらと相手の本に目をやる。

その日、私が読んでいたのは、カバの背中に乗って学校に行く女の子の話だった。絵も鮮やかだ。電車の運転席に座るサルも、三日月に腰かけるタツノオトシゴも可愛い。男の子は自分の本を横に広げたままにして、膝の上で座り直し向き合うと、私の本をのぞく。

「どんなお話。僕も読んでみたい」

次のページをめくりながら聞く。

「昔、このおうちの庭には動物園があったの。動物電車も走っていたの。池には、ほら、これが、コビトカバ。女の子を乗せて学校に連れていってくれたカバよ」

ページをめくると、女の子の集めたマッチ箱が、一ページに一つ描かれている。

マッチ箱に描かれた絵に、男の子は釘付けになっている。絵を描くのが大好きで、私は男の子の足元にも及ばない。塗り方がまるで違った。クレヨンで塗ったとは思えないほどきれいに塗りつぶす。ていねいに、ていねいに、塗っていく。

「こんなマッチって、お姉ちゃん見たことある？」

「ううん。ない。だって、マッチは家にないもの」

「僕のうちにはあるよ。父さんがタバコ吸うとき使うから」
「ああ、そうね、おじさん、タバコ吸うんだった」
「でも、僕はこんなマッチ箱見たことないよ。こんなに、いろんな絵があったら、ぼくも集めてみたい」

こんなマッチ箱が家に置いてあったら、どんなに楽しいだろうと思った。薄暗くなった座敷の電気をつけ、周りを見回した。鮮やかな色は部屋のどこにもなかった。

「こんなマッチ、ホントにあったらいいなあ」

独り言を言うように私が言っても、もう自分の本の世界に戻っていて、返事はなかった。

小学校に上がる前の年の秋、その子は、酔った叔父に殴られ、あっけなく死んでしまった。私は五年生だった。後で知ったことだが、気の小さな叔父には酒乱の気があって、ときどき手の付けられない暴れ方をしたと聞いた。あの優しい目をした叔父が。

昨日まで一緒に遊んだ子が、次の日にはいなくなっていた。

昼間はかくれんぼの続きのように、家の中や二人で歩いた山や田んぼの畦道（あぜみち）を探し回った。そのうちひょっこり姿を現すようなことがあるかもしれないと思った。辺りが暗くなり、山門まで戻ってくると、黒ぐろとした山が寺を呑み込もうとしていた。見慣れた庭の木々が大きな怪物となって、濃くなった闇に立ち上がり始めた。

するとと唐突に、やっぱりあの子は死んでしまった、もう二度と一緒には遊べないのだ、と理解した。

心に針の穴を穿つ。すーすーと冷たい風が体の奥から吹き始めたのを感じた。男の子が描いた「の」に見える丸に吹き込む息が、私の体の中に吹いているようだった。

探し疲れて家に戻り引き戸を開けると、母が珍しく起きていた。

上がり框に立って、私を上から見下ろしている。

「あーあー、もうっ。……」

大声で、私に母が叫んだ。

「また、大事な男の子が、男の子が」

泣き叫び私を怒る声が落ちた。

「なんで男の子ばかり死ぬんだろうね。……兄ちゃんだって、このうちのたった一人の大事な男の子だったのに」

私は、どうしておまえだけ生きているの、と言われた気がして、自分の足下を見た。汚れた靴がいっそう泣きたい気持にさせた。母は、それだけ言うと、敷き放しの布団に横になった。

兄の死に決して触れないで、戦死した祖父の話ばかりする父とは、一緒に泣くことも怒ることもできずに、長い間、母は独り深い悲しみを胸にしまいこんできた。それが叔父の子が亡くなり、初めて悲しみを表に出すことができたのだ。そのことを、小学生の私はわかっていた。

私は言葉が思うように出なくなった。

頭の中を言葉がぐるぐる回るばかりで外に出ない。言葉は胸の底に重なり積もっていく。病葉（わくらば）が時折風に吹かれて舞い上がっても、すぐにまた沈んでしまう。

六年生になったばかりの春のことだった。細い道をはさんだ向かいの家の同級生の女の子が、集まり場所になっている小さな橋の所にいつものように遅れてやって来た。はにかむようにして笑いかけ、慌てるでもなくゆっくり歩いてくる。しばらく学校を休んでいたのが、久しぶりに橋に向かってくるのを見たとき、私は思わず声を上げそうになった。

顔も体も二倍くらいに膨らんでいた。どうしたのと誰も聞かない。黙って歩き出した。

私はその子の姿を見なくていいように、列の先頭を歩いた。

田んぼに向かう道の端から、父が見ていた。

その夜、暗い声で父が言った。

「向かいのは、腎臓病で半年は持たんやろ」

驚いて聞き返そうとすると、手酌で並々と酒を注ぎ一気に飲み干し、疎ましいものでも追い払うように左手を顔の前で振った。

「優しい子は早くにあの世からお迎えが来る。この世なんてそんなもんだ」

向かいの子は優しい子だった。半年も待たず亡くなった。

空になった徳利をのぞき込んだときの父の顔を、それから何度も思い出した。夢にまで出てきたときには、それが父なのか写真の祖父の顔だったのかわからなかった。


高校生になると、私に初めて好きな人ができた。

遠くから見ているだけの片思いだった。男の子たちとふざけてよく笑う少し太めの子で、名は健二といった。気付くと、いつでも健二を目で追っていた。どこが好きとはうまく言えないが、あるとき、健二の目が、あの亡くなった子に似ていることに気付いた。奥二重のひっそりした目だった。

昼休み、二階の教室の廊下側に女子がかたまって騒いでいた。廊下で男子がけんかを始めたようだ。先週から何が原因なのか、諍い（いさかい）が増え、足かけしたり、たまに殴り合うようなこともあった。そのとき、いきなりガラスの割れる音がした。私も立ち上がり廊下に出ると、大勢の女の子が黒山になっていて、そこに若い担任と教頭先生が階段を上がってきた。

「みんな、教室に戻りなさい。女子も早く教室に帰って！」

それでものろのろと周りを移動するだけで、誰も教室に入ろうとしない。担任は二人の生徒の腕をとり階段を下りていった。教頭がみんなに教室に戻るよう促した。

一人は健二だった。もう一人は、隣のクラスの全校一の人気者らしい。背の高い野球部員だった。私は野球にもサッカーにも興味がないから知らなかった。しばらくして顔に小さな絆創膏を貼った健二が戻ってきた。待っていた四人の男子が健二を囲みながら頭をくっつけるようにして話している。そのうちの一人が前に出ていくと、黒板に絵を描き始めた。ちょっと太めの男と台形に顔をくっつけたような女。

健二と台形女？　ハートマークで二人を囲むと教室中に笑いが起こった。台形女はまんざらでもないような顔をして、体をくねらせ立ち上がった。

「オイオイ、愛の告白かい」

「健ちゃーん、応えてやれよ」

健二は冷やかす男の子たちに向かって「バーカ」と笑うと、右手で照れるように頭をかいた。台形女は黒板に向かって進み、黙って絵を消すと、また席に戻り、教室を見回した。腰をくねらすような姿勢で立つのが癖で、顔は笑っていなかった。私は、思わず下を向いた。あんな子を健二が好きになるはずがない、そう思った。

台形女の名は上木道子。小学校の算数の時間に台形が出てから名前を呼ばれることがなくなったらしい。健二と同じ中学だった。クラスで一番背が低く誰より太っていて、特に腰周りが大きかった。健二がけんかしたことと台形女との間にどんな関係があるんだろう。私はそれを知りたかった。

それから三日後の朝だった。いつものように私は教室の窓から健二が校門に現れるのを待っていた。毎朝誰より早く教室に着いて健二を待つ。やがて友達と戯れながら来る健二の姿を確かめると、ようやくその日も安心して動き出すことができた。

今朝はまだ早い。手にしていた本を開こうとしたとき、珍しく一人で歩いてくる健二を目の端がとらえた。いつもの仲間はいない。教室に向かわず体育館の裏手に向かってうつむき加減で足早に行く。裏には、部活用の小屋のような建物と松林があるだけだ。そこで男子が隠れてタバコを吸っているという。

朝から何？　また、けんか？　私は走って階段を下り、靴に履き替え健二の後を追った。近道をして裏に回った。すると、目の前に健二が立っていた。誰も周りにいない。体育館に遮られ日が陰っている。健二が鞄（かばん）を無造作に置いた。

私は思わず口を押さえた。跡をつけるなんて、何を言われても弁解のしようがなかった。

「ごめん」

小さな声で謝った。

――けんかをするかと思って心配だったの、ううん、前からあなたが好きでずーと見ていたの。ごめんなさい。

いろいろな思いがこみ上げたが、やはり言葉は出てこない。

「きっと、来るだろうと思った」

健二は笑っていた。友達とふざけるときのいつもの笑いとは違う、もっと優しい目をしていた。

「俺のこと、前からずーと見てただろ。なんにも言わずにさ。俺、ずっと前から気が付いてたよ」

顔が赤くなるのがわかった。

「ごめん」

また謝った。

健二の手がすーと伸びた。柔らかな手が頭を撫でた。

私の痩せた手と違って、健二の手はふっくらして温かだった。

私の体に触れたのは、健二が初めてだった。

「俺さあ、あいつが上木のこと、バカにしてからかったから、殴っちゃった。ホントは俺だって上木は好きじゃないけど、なんかはずみっていうのか……そしたら倍くらいのパンチで殴られてさ」

私の頭を撫でていた健二の手が離れ、うっすらと赤く痕が残っている自分の頬を撫でた。私はその手がたまらなく愛おしく感じた。すると、いきなりもう片方の手が私の肩を引き寄せた。私は固まった。

「上木はあいつを前から好きで、手編みのマフラーだとか贈っていたらしい。それをあいつがあの日、みんなの前でバラして、一度だけならデートしてやってもいいけどさ、とか言って、上木をからかったんだよ。それ聞いて上木が顔赤くしてるの見たら、すっげえ腹立って」

健二は、台形女とは一度も言わずに、上木と呼んだ。私は上木さんのことを心の中ではみんなと同じように台形女と呼んで嫌っていた。一度もまともに話もしたことがないのに、私はどうしてか嫌いだった。太っていてその格好が異様だからか、そのくせなんか図々しく厚かましいと感じるからか。嫌いの理由なんて、何もなかった。

健二は、急に黙ると、私を抱きしめた。健二の震えが伝わってきた。健二も、女の子とこんなことをするのは初めてで緊張している。そう思うと、うれしくて胸に顔を埋めた。

「あの、なあ、黙って見ていられるより、俺さあ、ちゃんと付き合いたい」

健二が私の顔をのぞき込んだ。「な」、と念押しして両肩に手を置いた。私はうなずいた。すると、途端にわけのわからない怯(おび)えが襲った。

針で穿った心の穴を、風がすうすう吹き抜けるような感覚を思い出した。長い間忘れていたことに気付いた。

学校の帰り、校門を出た坂の途中にある小さな公園でブランコに乗って、健二が私を待つようになった。遠くからそれを認めると、胸の動悸(どうき)が外まで聞こえるのではないかと思うほどドキドキした。自然と足はおぼつかなくなり、ふらふらとうつむいたまま歩く。健二は私を認めると、大きく手を振る。

「早く来いよ！　置いてくぞう」

と明るい声で呼んだ。

大きくブランコを漕(こ)ぐ健二の背中を思い切り押した。言葉より体の反応の方がずっと素直だ。健二に触れるのがたまらなくうれしかった。隣のブランコに座れと言う。健二はぴょんと跳び下りて今度は私の背中を押してくれた。そこだけ熱を持ったように熱い。このままずっと揺れていたい。青い空に薄い雲が広がっている。砂場にもベンチにも誰もいない。ギイッギイッとブランコの鎖の音だけがしている。

　ブランコから下りると、つばも飲み込むことができなくなるほど苦しくて、また言葉は一つも出てこなくなった。

「俺さ、掃除、さぼっちゃったよ。抜け出すのも大変だったんだぞ。待つのって長いんだよな。わかるか、聡ちゃん。俺待たせて、また、真面目に最後まで掃除してきたんだろ」

　健二が一人でしゃべり、私はうなずいたり、少しだけ微笑んだりするのがやっとだった。たまに、答えても、それは自分の気持ちの奥に沈んでいるものの所まで潜っていって拾ってきた破れた葉っぱのようなもので、健二は、そんなときは首をかしげながら、

「よくわからないけどな」

と言うのが口癖になった。

　健二と付き合い始めてから、心の針穴が少し広がった気がする。何をしていても、そこに何かが落ちてしまうような不安で押しつぶされそうになった。

　彼と会って別れた後には、不安で居ても立ってもいられなくなった。こんな陰気な女を好きになるはずがない。今度はこう言おう、思い切り笑ってみよう、何度もそんなことを繰り返し思い、家に着くと倒れ込むほど疲れた。

次にはもう会えないと言われるに違いない、と毎回恐れながら、二人の付き合いは続いていた。隣の席の子が「続いてる?」とか、「もしかしてラブラブ?」などと冷やかすたびに、私はうなずいただけだったが、「どこまでいった?」という最も知りたがっていることには、「最後まで」と平然と答えた。隣の子はポカンとして何も言わなかった。自分でも驚くほど正直に言葉が出た。

高校を卒業して、健二は隣町にある大手の下請け工場に、私は進学を担任に勧められたが、女が偉そうになるだけだと言う父の一言で、商事会社の事務員になった。

健二の二十歳の誕生日を祝った帰り道だった。

「聡ちゃん。こんどの土曜だけど、うちに来る?」

健二が誘った。

また、あのドキドキがはじまって、指先が震え出す。デートと言えば、映画を見るか、歩いて三十分くらいの所にある森を、歩くことが好きな私に合わせて、一日中ただ歩いた。それだけで十分だった。森といっても、私がそう呼んでいるだけで、童話に出てくるような歩きやすい道があって、いったん足を踏み入れたら迷ってしまうような広大な森ではない。低い山の裾野にだらだらとした細い道が続いていて、少し登るとブナ林に風が吹き抜けていくような、比較的なだらかな場所があるだけの里山だった。話をしなくても済

む森は、私を落ち着かせた。健二は最初の頃には、ただただ歩くだけということにすぐに飽きたが、

「人がいないと、気を遣わなくていいなあ。それに森の中だと、聡ちゃんも元気になるし」

と私の後ろをついて歩き、ときどき後ろから私を抱きしめた。痩せているわりにはそこだけ膨らんでいる胸をシャツの上から触り始め、言葉は消え健二の荒い息を吐く音だけが耳筋から聞こえてくる。汚れるのも構わず私が健二を誘い込むように促して、どこでも抱き合った。そこでの愛し合う時間が、私のすべてだった。

これまで二人の家に一度も行き来をしたことなどなかった。

「親にそろそろ紹介せんとまずいし、……会ってほしいんだよ」

健二は照れるように言った。前から来る自転車から聡子を守るように肩に回した手に力をいれる。引き寄せられながら、土曜？　私は髪に手をやりながら健二の顔を見た。

「でも、今度の土曜？　土曜でないといけない？」

「えっ、土曜、都合悪いのか。仕事は休みだよね。それに前から映画見る約束してただろ。どうして？」

「髪、ほら、長すぎるから……」

肩までのストレートの髪が少し伸びている。

「ああ、美容院、か。なに、気合入ってるじゃないか。いいよ、日曜で。きれいになってくれば」


健二の家は、田舎の家の雑然とした広がりはなく、街中の清潔な感じの二階家だった。グリーンのワンピースを着た母親がドアを開け、

「いらっしゃい、お待ちしてたのよ」

と、高い声で迎えてくれた。

玄関の靴箱の上には、ピンクのバラが三本、ガラスの花器に挿してある。その横に、記念撮影のような四人の家族写真がシルバーのしゃれた写真立てに収められていた。

母親は客用のスリッパを並べた。丸顔で二重瞼の健二とは違って、細面の切れ長の目をした背の高い女性だった。一瞬カマキリを思った。リビングに通されると、そこにはポロシャツを着た腹の出た父親が、健二と同じ笑顔でソファに座っていた。三歳上の兄は出かけて、いなかった。

高い窓から、秋の明るい日が差し込んでいる。何もかもが私の家とは違った。背中がふわふわして、下ろしている足は浮いているように落ち着かない。膝の上に乗せたバッグを

両手でしっかりと押さえ込み、隣に腰かけた健二の青いスリッパを見ていた。

「聡子さんの家は農家でしたよね。日曜などは聡子さんもお手伝いされるの？　今は一番お忙しいでしょ」

母親は紅茶を注ぎながら、私の顔をのぞき込んだ。

「あッ、……そうです。いえ、私は……ダメなんです。何の役にも立たないから」

身を固くして答える私に、父親が助け船を出した。

「今の娘さんは、いやいや男でも、役になんか立たないよねえ。健二なんか十分も農作業させせたら、まあ、たいへんだろ。死ぬだ、なんだって」

大きな声で笑った。

「おやじ、それはないぞ。こう見えても、力だけはあるから」

健二が笑う。

「そうだ、力だけはあるな、確かに。頭は疑問だよね。首の上にのっかってるってだけで。ねえ、聡子さん」

軽口をたたく健二の父親の艶（つや）のいい横顔を見た。同じ父親でこうも違うものか、と大きなしわが刻まれ日焼けした自分の父の顔と比べていた。

その日も、私はほとんど何もしゃべれず、健二の母親の出したケーキにも手をつけるこ

とができなかった。いつしか、母親がくつろいだ様子で近所の人の噂話を始めていた。健二がケーキを口に運びながら、

「そう言えば、あいつんとこは妹と二人だったもんな。婿に来るやつ、どんなん？　左うちわっていうのはこういうことだよ、まったく。多少口うるさい婆さんがいてもさ、働かなくても食べていけるって、うらやましい身分だよ」

「あら、そんなこと言って。健ちゃんも次男だから資格はあったんだけどね」

　母親がこびるような目で健二を見た。

「えっ、俺？　あいつだけは、勘弁してよ。頭良くてもさあ、可愛くなきゃあな、女の子は」

　健二は他の人といるときには聡子には見せない顔で、ときどきこんな言い方をする。それも四年の付き合いでわかってきた。

「まあ、それでも婿さんというのは、楽なもんじゃないぞ」

　父親がサイドテーブルの上の雑誌をとりながら言った。それを見た健二が、そろそろ帰るか、と言いながら時計を見た。私は慌ててバッグを持ち直して頭を下げた。玄関で礼を言うときになって、初めて落ち着いた声が出た。母親は、残したケーキを小さな箱に入れ、土産と一緒に持たせてくれた。

美容院に行ったばかりの髪型は、私をいつもより老けて見せていた。

健二の家を訪れて間もない日の夕暮れ、デートの待ち合わせ場所になっている公園に、健二は珍しくスーツ姿で現れた。

「聡ちゃん、俺と結婚してくれよ。いや、僕と結婚してください」

唐突だったが、私は何も考えずにすぐにうなずいていた。ようやくあの家を出ていける、それを一番に思った。

両方の親も特に反対するでもなく、話は驚くほど速く進んだ。

結婚式場を二人で見に行った帰り道、健二が急に立ち止まると、初めて見せる深刻な顔で言った。

「あのさあ、何食べたい?どこに行きたい?って聡子に聞くと、すっごく簡単なことばっかりなのに、聡子って。ものすごく、困った顔するんだよ!」

聡ちゃんが聡子に変わっていた。答えられないような難しいことを聞いたならともかく、子どもでもすぐに答えられるようなことばかりなのに、と不満をあらわにして付け加えた。式場の女性スタッフが私にあれこれを尋ねても、私がうつむき加減になって考えている間に、すべて健二が答えていた。

健二は疲れ、腹を立てていた。

「ドレスなんて、好き嫌いとか似合うとか自分でわかるものじゃないのかよ？　どうしてそこまで俺が面倒見なきゃいけないんだ」

いつも通る道なのに初めて歩くかのように、健二は道の両側に立つ店をのぞき込み、たいしたもの売ってないねえ、などとつまらなさそうに両手を上げ、深刻な話を軽く見せるようにして、

「今までもそんなこと、何度も思ったよ。だが、さあ、言えなかったんだよ」

と打ち明けた。

「ごめん。ドレスってわからないの。見れば見るほど何が似合うのか、わからなかったのよ。私、ほんと、ぐずだから」

「ぐずっていうのとはちょっと違う気がしてきた。それにドレスのことならそうかもって思えるけど。食べるものでも、行き先をどこにするか決めるんでも、なんでもだよ。聡子は、なんでも迷うっていうのか……俺に全部お任せって、それって、俺だって、なんか疲れるんだよ」

健二は小さく息を吐いた。

私には、そういう健二の気持ちがよくわかった。

でも、何食べたいか、なんてわからない。私は特に食べたいものが見つからない。考え

たことがないから言葉になって出てこない。特に何もないのだから。行きたい所だって、あの森しか浮かんでこない。

森の沈黙が、私の言葉のすべてだった。何もない所にすべてがあるように思い、一つ所に止まっているものなど一つもないことはわかっていながら、大事なものはいつでも心の奥底で留まってあるように思えた。

私の心持は変わりようがなかった。

結婚は、やっぱりとりやめになるだろう。それならそれで仕方ないと心の隅で思っていた。むしろ、そうなることを願っているような気がした。

結婚式の朝を迎えた。直接式場に行くものと思っていたが、その前に、夫になる家の仏壇に手を合わすのがしきたりだと聞かされた。健二の家から離れた曲がり角で車から降ろされた。前の方をうかがうと、細い道の両側にずらりと人が並んで待っていた。仲人を引き受けてくれた健二の伯母が、頭を下げなさい、と低い声できつく言った。五，六歩歩いては頭を下げる。緊張しているので、車の中で感じた文金高島田のカツラの重さは気にならない。前の人の足元だけを見て歩き、止まると両側に立つ人の腰の辺りを見て頭を下げる。坂道を上りきって玄関に着くと、伯母が茶碗（ちゃわん）を手渡した。たたきつけて割れと言う。転がしたが割れない。もっと力を入れて割らなきゃだめだと、また叱（しか）るように言う。私の手に伯母は自分の手を重ね、思い切りたたきつけた。ガチャンという高い音を出して茶碗は割れた。

結婚式を終えると、体が思うように動かない。新婚旅行には行けなくなった。健二は、何がなんでも行かせようと、薬を飲ませようとしたり、最後は脅すように悪態をついた。どこかに出かけ、結婚式翌日も帰ってこなかった。

私が家で横になっていると、健二の母親が様子を見にきた。健二の不在については何も触れない。

「あのとき、聡子さんのお父さん、ずいぶん心配したそうよ」

と、茶碗を割ったときのことを言った。まさかめでたい結婚式の日に形あるものを割るなど考えも及ばなかった父は、私が何か失敗をしでかしたのではないかと、心配したのだという。不吉な予感を、父は覚えたのだろう。

お互いに仕事を持ち、共働きの新婚生活を始めると、あの式場の帰りに見せた苛立ちを健二はより激しく見せるようになった。一つひとつのことを見逃さず、なぜだと問い詰めた。思ってることをはっきり言えと攻め立てる。答えるまでの時間を、健二は待てなかった。腹を立て、壁を蹴り、なんでも手当たり次第に床にたたきつけた。

健二が変わったのではない。我慢をしていた健二の限界だったのだ。そうわかっても、どうすることもできなかった。両手で耳をふさぎ、時間の過ぎるのを待つだけだった。わびる言葉さえ出ない。道を通り過ぎる人のにぎやかな話し声や遠くで鳴るサイレンの音が聞こえた。

険悪な日が多くなっていたある日、妊娠に気付いた。

恐る恐る打ち明けると、子どもはまだいらないから、と健二はきつい声で言った。私はうなずくことも首を振ることもできない。腹だけが日に日に目立っていくのを、ただぼんやりとやり過ごしていた。健二は家の中にいても、目を合わさなくなり、健二が話さなければ、家の中はテレビの音だけになった。

どうしたらいいのか、何もわからなかった。親になることの喜びを健二に伝える言葉も持ち合わせていなかった。

健二が家に帰らない日が増えた。たまに帰ってくると女の子の話をした。飲み屋の千春というまだ十八の女の子だと笑いながら、少しだけ得意げに話した。

「ふっくらとした色白の子で、けらけらとよく笑う子でさあ。あの年頃って、なんでもおかしいんだよ、きっと」

健二は、ビールを自分でコップにつぐと、顔はすぐにテレビに戻し、いつもより幾分高い声で話し続けた。

ご飯の炊ける匂いが漂う。途端に胸がむかむかし、いっそう健二の言葉にすぐに答えることができない。

――あの年頃って、なんでもおかしいんだよ。

箸が転がってもおかしいというはじけるような笑いは、想像もできない。

それより、今はその女の子の存在に焼きもちを妬(や)くべきだと考えている。考えるだけで、何も感じられない。それが健二をいっそう苛立たせている。悪阻(つわり)で、体がどうしようもなくだるく吐き気は一時も治まらない。自分の身一つやっとの思いで引きずるようにしてパートの仕事に出かけ帰ると、健二が戻らないことに、文句を言う気力は残っていなかった。

乾いた風の音が、夕飯を食べ終わった頃よりひどくなっていた。

どこかの家のゴミ箱かバケツが転がる音がした。古いアパートの前の外灯が切れかかっていて、暗い台所の窓に光が点滅していた。台風の影響を受けることのほとんどない町に、今回はまともに来るらしい。夜明け頃に最も近づくとテレビで注意報を出していたが、警報に変わった。

深夜になっても、きょうも健二は帰ってこない。

台所の小さなテーブルには、焼き魚と小芋(こいも)の煮物がラップして置いてある。私は腹を抱くようにして、布団に横になった。「私の赤ちゃん」。そう口に出してみても、来月生まれてくることを具体的には何も考えられなかった。本当に、新たな命が生まれ出てくるのか信じられない。生まれてきてもこの子を幸せにはできないかもしれない。そう思うとかわいそうで涙がこぼれた。

ガチリと錆（さ）びた鍵の音に、聡子は目覚めた。台所で水を飲む気配がした。背中を向けたままじっと目を閉じている。健二の布団は離して敷いてある。足音が近づく。布団の真ん中に立って聡子を上から見下ろしているのがわかった。健二の側に寝返りを打ち目を開けると、健二の濡れた裸足が見えた。右手をついて体を起こそうとしたとき、いきなり平手が頬に飛んだ。

思わず腹を抱きかかえ背中を向けると、健二は黙って後ろにしばらく立っていたが、冷たい濡れた足で背中を二回蹴った。舌打ちして、また外に出ていった。

外灯がとうとう切れたのか、部屋は前よりもっと暗くなっていた。窓に当たる雨の音が激しくなった。喉（のど）が渇いている。水道の蛇口に口を寄せ水を飲んだ。健二は雨の中を傘も差さずに出かけたのだろう。決めている先に向かって走っていく健二の姿が浮んだ。もうここには帰ってこない気がした。

雨風が窓ガラスをガタガタと大きく震わせていた。

娘の沙織は、二歳になった。離婚した健二からは、半年くらいは養育費が振り込まれてきたが、今はそれも途絶えた。健二は沙織の顔を一度も見ていない。

その日は、朝から大雨だったのが、午後になると雨はやんだ。

開店したばかりの大型スーパーの隣には捨てられたような荒れた畑があり、その畑の隅に傾きかけた小屋が立っていた。

買い物の帰りだった。黒い雲間から日差しが斜めに小屋を照らしていた。小屋の前の草むらに、何かが光っている。

沙織はつないでいた手を放し、光るものに向かってまっすぐ歩いていく。後ろからのぞくと、小石が一つ転がっていた。

青みを帯びた直径二センチくらいの丸い石だった。小さな指がそれをつまんだ。沙織が振り返った。それまで見たことのない笑顔を見せ、スカートのポケットにしまった。沙織がそれを上からそっと押さえている。

それからというもの、沙織は外に出るときには必ずその丸石が必要となった。置き忘れることもあるのだが、見つかるまで他のものは一切目に入らないという執心ぶりだった。見つけられなければパニックを起こし、泣きやまなかった。

沙織は精神に障害を持って生まれてきたのか。父親のいない子特有の寂しさからか。私が構いすぎる、いや構わなさすぎるからか。私の体の奥深く吹く風が沙織に吹き付けているからか。

考えれば、沙織が安心できない理由はいくらでもあるように思えた。

沙織は寝転んで絵を描いていた。あの丸石は、畳の上に放り出してあった。とっさに掴(つか)んだ。沙織の手の届かない箪笥(たんす)の奥にしまい込んだ。

夕食のときになって、沙織はそわそわし出した。

「ねえ、お母さん。まるちゃん、見なかった?」

椅子から降りて探し始める。

泣く寸前になっている。ひきつった目、きゅっとむすんだ口元が小さく震えている。

私は台所の小さな窓を開けた。時雨になっていた。まるちゃん、ただの石ころをそんな風に呼ぶ沙織が厭(いと)わしい。部屋の中をせわしなく動き回っている。

「いい加減にしなさい!」

初めて怒鳴り声を上げた。小さな痩せた背中がピクンとはねて、振り返った。

「あんな石、捨てちゃったわよ」

と言う私を、沙織は恐ろしいものでも見たかのように口を大きく開けた。そのまま、意識を失って、倒れた。二カ月が過ぎても、沙織はぼーっとしたままで、日に日に食事の量が減っていった。その頃になって初めて、何かありましたか?と年配の保育士が流暢（りゅうちょう）な字で連絡ノートに書いてよこした。

そんなある日の夕方、着替えを入れる黄色の袋を手に取ると、いやに重かった。

開けると、真っ黒な小石が詰め込んであった。驚いて袋を放り投げ、沙織の両腕を掴んだ。

「なんで、こんなことするの！」

詰め寄る私を、沙織は見ようともしない。

頑固に口を閉ざし、足で袋を上から弄（いじ）っていた。

散らばった石をビニールの袋に詰め、スーパーの横の荒れた畑に捨てにいった。箪笥の奥に隠しておいた、あの石をその中に紛れ込ませた。

小屋の上を黒い雲が流れ、荒れ地は寒々としていた。

夜まだ早い時間、台所で洗い物をしていると、規則的な沙織の寝息が聞こえてきた。夕食も珍しくすべて残さず食べた。

ベッドに近づき、沙織の顔を見つめた。長いまつげ、ふっくらした唇、まだまだ幼かった。

右手に何かを握っていた。

柔らかな茶色の髪が広い額にかかっていた。撫で上げると、くるりとこちら側に寝返りをうった。

小さな手から、捨てたはずのあの丸石が、ころんと床に落ちた。

石を掌(てのひら)の上で転がしてみる。沙織の温みで少し湿った感じがする。

小さな神様が、沙織を支えてくれている。

掌に優しい感触が伝わってきた。

雪おこしの雷が遠くで鳴り始めた。すると、明るく澄んだ日差しが木々の間から降りそそいでいる森を、唐突に思い起こした。健二と歩いた森だった。

春になって、あの森の小道を沙織と二人で歩く姿が浮かんだ。

沙織が緑の木々を見上げ、つま先立ちになって小さな手を伸ばしていた。

沙織に「の」以外のひらがなを早く教えなくては。最初に覚える字が「の」だったら、あの子のように渦に飲み込まれて消えてしまいそうで怖かった。十五年も前に亡くなった男の子を思い、沙織を案じた。

――なんで男の子ばかり死ぬんだろうねえ。

母の言葉が蘇る。妊娠して、女の子だとわかったとき、私は安堵した。私は一人ではない、この子と一緒に生きていける。どれだけか喜んだ。それでも、いつか私の前から消えてしまうのではないかという恐れは、消えなかった。

日曜の午後、沙織は腹ばいになって絵本を広げていた。

「沙織の『さ』の字はね……」

沙織の横からのぞき込み、「さ」の字を教えようと、絵本に「さ」の字を探したが見つからない。

「じゃあ、『お』の字は……」

それもない。

「お母さん。沙織ね、『と』は知ってるよ」

「と」

絵本の表紙の、との字を沙織の指が押さえている。

「『と』の字は、お母さん、仲良しの字なんだよ。お母さん、と、沙織。でしょ」

沙織は絵本から目を上げて得意そうに言った。

「それから、鉛筆、と、ノート。それから」立ち上がり、窓に近づく。

「あめ、と、はっぱ」

雨が降っている。窓の外の樫の木の葉を濡らしていた。雨が降ると、よく傘を差して外に出た。沙織も私も長靴が好きだった。沙織の掌で雨を受けさせ、「あめ」と教えた。言葉を覚え、感情を表現できる人になってほしかったから。

「はっぱ。雨に濡れた、葉っぱ」

「あめとはっぱ」

「それから、おやつと、……お母さん、なーんだ？　おやつと何だと思う」

絵本を前にして座っている私を、窓際に立ったまま真剣な目で見つめた。

自分がすぐにも教えたくてたまらないというような目をしていた。

「お母さん、降参。だから沙織ちゃん、教えて」

沙織は大きくうなずき、自慢気に言った。

「あのね、おやつと……とけいだよ。三時にならないとおやつもらえないでしょ。だから、おやつ、と、とけい」

「とけいか。とけい、ねえ。そうかあ。お母さん、全然わからなかった。お母さんの負けだね。沙織、すごいねえ」

いつの間にか沙織は成長していた。

「と」は仲良しの字だと言う。沙織を幸せにしてくれる字だ。

電話が鳴った。沙織を迎えにいく時間が迫っていた。保育園からかと慌てて出ると、いきなり、

「聡ちゃん。しばらくでした」

と聞き覚えのない声が親しげに話しかけてきた。

「私、高校で一緒のクラスだった、上木道子、結婚して佐原道子になりましたけど」

明るい声が、あの上木道子のイメージと重ならない。あの、台形女の？　つい口にしそうになって、慌てて言葉を呑み込んだ。

「あの、あの、上木さん」

声が上ずっているのを何とか隠すようにしながら、「上木道子さん、ですか？」

改めて聞く。

「はあい。台形女の……ふふふ、その道子です。突然でびっくりしたでしょう。私、聡子さんのご実家のすぐ近くに、お嫁に行ったのよ。それで……」

「えっ、どこ、ああ、佐原さんって、今言ったよね。確か」

二つ下の男子が、近所にいた。聡子の家から南へ五百メートルくらいの所だ。

「そうよ、年下の佐原肇だよ。それはいいんだけど、この前、聡ちゃんのお母さんとバス停で会ったんだ。聡ちゃん、しばらく帰ってないんだって。寂しがってたよ、お母さん。帰っておいでよ。会おうよ。今度、こっちで。どうかなあ。それで電話したんだけど」

――あの、母が寂しがっている。

道子は離婚した健二の名を出さない。健二と結婚し離婚したことを知らないはずはない。道子に会ってみたい気がした。

「そう……ね。帰ってみようかしら」

「えっ、ホント。待ってるよ。聡ちゃんのこと、前から私、なんか、好きだったんだよね。ふふふ。おしゃべりじゃないところ。それと、不器用なところが、私と似てるかもねえって」

あの上木道子と私が似ている？　思いもよらなかった。

唐突に何もかもを道子に聞いてもらいたくなった。道子なら、私と健二と両方のことがわかるから、何か言ってくれるかもしれない。なぜ健二と別れることになってしまったのか、自分でも本当はわかっていないことが、道子ならわかるような気がした。

初めてだった。誰かに自分のことをわかってもらいたいと思ったことはなかった。健二にさえもそんな思いを抱いたことはなかった。

「お母さん、まだ？　おじいちゃんち、まだ見えない？」

「そうねえ、……もうすぐよ」

一週間前、電話に出た父は私だとわかると、驚いたように一瞬黙った。沙織を連れて帰りたいことを告げると、声を詰まらせ、そうかそうか待ってる、とこれまで聞いたことのない優しい声で応えた。

狭い山間の道をタクシーはゆっくり走っている。沙織の肩に手を回した。小さな体が凭（もた）れかかってくる。

初老の運転手が前を向いたまま聞いた。

「そのカーブを曲がって坂を上った所で、そこでいいんですかね？」

私の生まれ育った所に、初めて三歳の沙織を連れてきた。

家の前に、父と母が並んで待っていた。母がタクシーから降りた沙織に手を伸ばした。沙織は握っていた丸い石を持ち替え、母と手をつないで家の中に入っていく。その後をついていく父の背中が母と同じくらい曲がっていた。

仏壇の扉は閉じられ、テーブルが出ている。籠（かご）に盛られた果物とさまざまな菓子が用意されていた。私の顔を見上げて、沙織がそれを指差した。沙織の好きな菓子に目が行っている。母がそれに気付くと、すぐにそれを沙織の前に差し出した。

私が小学生だった頃、あの子にしたように、母は優しい眼差し（まなざし）で沙織を見つめている。沙織は「ありがと」と小さな声で礼を言い、私の顔を見上げ、あのまるちゃんを、私の手に渡し、母の手から菓子を受け取った。

私は丸石を丁寧にハンカチに包むと、バッグにしまった。

家の中を歩き回ってはしゃぐ沙織の声が、奥から聞こえている。父親がそれに何か答えていた。

そのとき、玄関の引き戸の開く音がして、「聡ちゃーん」と呼ぶ道子の明るい声がした。

姥桜

飲み屋街にしてはひどく暗い道です。

花見の宴からの帰り、ひとり歩いていました。

道の両側に並ぶ店はどこも扉を固く閉め、ところどころに内の明かりが黄色くぼんやりと見えるだけです。人影もなく漏れる声もなく、まるで死んだ町のようで不気味でした。

足を止め、恐る恐る前をうかがうと、五メートル先はもう真っ暗で何も見えなくなっていたのです。足がぶるぶる震え、大声を上げて泣きたくなりました。

そのとき、後ろからゆっくりと車の近づく音がしました。

いったい、今は何時なの？　深夜までわたしは遊んでいたというのでしょうか。左手にバッグを持ち替え、右手で中を探りました。スマホの硬くて冷たい感触をさぐれないのです。

指に、何かが触れました。サツマイモ？の匂いがします。サツマイモ？　まさか、ラップにも包まないで、そのままバッグに……。料理にサツマイモなど出たかしら？　思い出そうとするのですが、この頃は、すぐ前のことを忘れてしまうのです。認知症になっているかもしれません。

それにしても暗い。街灯一つ灯（とも）っていない。

襲われたらどうしよう。暗いのが、無性に怖いのです。

男たちの甲高い声が間近に迫ってきました。振り向くと、車から降りた男たちの黒い影がばらばらと見えます。多くの靴音が近づいてきます。

卑猥（ひわい）なこと？をわめいています。耳が遠くなり、何を言っているのかほんとのところはわかりません。

「兄さんたち、わたしゃ、もう八十を過ぎた、れっきとした老婆なんだよ」

スカートの裾を引っ張るのですが。それが、どういうわけか、膝上丈の短いスカートです。よりによって、こんな格好で出かけてきたのかと焦ります。手に冷たい肌が直に触れました。わたしはタイツもはかずに、ナマアシだったのです。

これはキケンだ。

とっさに腰を曲げました。髪の中に指を入れ、かき回し、ぼさぼさの髪に見せました。

「ほらほら、わたしは醜い老婆なんだよ。兄さんたち、お金なら、ほれ」

バッグの中の財布を掴(つか)んで差し出そうとしましたが、肝心の財布がありません。

スマホも財布も、みんなとさっきまで飲んでいたあのおしゃれな店に忘れてきてしまったのかしら。それとも、どこかに落としてしまったのかもしれません。

絶体絶命でした。もう、男たちに許しを乞う手立ては何もないのです。

若い男たちの足音が、ぱたりと、やみました。

女一人を襲う若い男たち、今のわたしの体ではとてももちそうにない。

耐えられないに違いない、と思いました。死を覚悟しました。いえ、覚悟などできません。それより、サツマイモ、サツマイモがバッグから出てきたら……、ああ、恥ずかしい。バカなことが頭をかすめます。

こんなときに何を考えているのか。頭がおかしくなったに違いありません。

まだ、死にたくないのです。どうしても生きていたいのです。今は百歳時代というではありませんか。わたしは、まだ八十なのです。

声がしました。

「かあちゃん」

何て言った？

かあちゃんだって？

わたしに子どもなどいません。子どもを産んだ覚えはありません。結婚相手にふさわしい男たちは、みんな戦地へ行って帰ってきませんでしたから。

「かあちゃん」

声のした方を振り返ろうとしますが、体がゆうことをききません。

スカートの裾が気になって引っ張ろうとしたとき、さっきと違ってゴワゴワとした感触。指を太腿から膝下、くるぶしまで伸ばしていくと、……。

これって。

ミニスカートを履いていたはずが。

頭にも何かが載っていて、顎の下で結んでいます。

「かあちゃん。かあちゃん」

泣きそうな声に、目を閉じたまま、一気に振り向きました。

「かあちゃん。やっと会えたな」

しっかりした声。

体の震えが止まりません。思い切って目を開けました。

薄汚れた男の子たちが立っています。背の高い痩せた子が怒ったように言います。

「俺ら、みんなで、ずーと探してたんだ」

「かあちゃん。探したけど、かあちゃんはどこにもいなかった」

一番小さな子が、か細い声を出しました。

「かあちゃん。おれ、腹、減ったあ」

わたしは防空頭巾ともんぺ姿です。

布袋からサツマイモを差し出し、小さな手に握らせました。その子は顔を上げ、「にいちゃん」と背の高い子に渡します。にいちゃんはそれを四つに手で割ると、みんなに分け与えました。

「かあちゃん。今までどこに行ってた？」

他の子もサツマイモを頬張りながら、口々に聞いてきます。

あの子たちでした。

空襲で家族を失った子どもが長屋で肩を寄せ合って生きていた頃、二十歳のわたしは「かあちゃん」と呼ばれていました。

何度目かの空襲。B29から焼夷弾(しょういだん)が投下され、辺りは火の海でした。わたしは、あの子たちのことを置いて、独り逃げてしまいました。多くの人が走っていました。どこに逃げるのか、何もわからないまま、逃げる人に続いてわたしも必死で走りました。

突き飛ばし、突き飛ばされ、転んだ人を踏みつけながら、ただただ前に逃げました。怖くて怖くて怖くて。走って走って逃げました。どこをどう走ったのか……。あの子たちを、見捨てて逃げてしまったのです。

よりにもよって、贅沢(ぜいたく)な花見の宴の帰り道に、あの子たちが迎えにきたのです。この背高のっぽの子、いつもみんなの兄ちゃんだった。鉄夫です。鉄夫に、ああ、この一番小さい子、貴一、きいちゃんだ。私に一番甘えていたきいちゃん。鉄夫に貴一に、定男に、義雄。

疲れました。

家まで歩くことができそうにありません。

もう歩かなくていい。待つ人などいないあの家に、もう帰らなくていいのです。

闇夜を覆う桜の白い花の下、静かに五人が横になりました。

わたしの胸に顔を埋めたきいちゃんは安心したのか、すぐにかすかな寝息を立てました。鉄夫はまだ眠ってないようでした。

白い歯の女

辺鄙（へんぴ）な田舎の一軒家である。

女はカーテンの隙間から、小屋の前に立つ夫を見ていた。

茶のスーツの下にオフホワイトのタートルネックをあわせ、靴はピカピカに磨かれている。女の所からは、そこまではわからないが、容易に想像できた。

夫が七十になったとき、女は免許証の返納を夫に迫った。夫は、鼻で笑って相手にしなかった。だが、翌年ブレーキとアクセルを踏み間違え、家の近くの立て看板を凹（へこ）ませる事故を起こした。高齢者の事故が連日ニュースで取り上げられていた頃だった。女はこの好機を逃さなかった。有無を言わせぬ女の迫力に、夫は根負けした。派手好きで若い頃から女にだらしなかった。その夫が外に出れば、金を使う。女は、夫を家に閉じ込めた。すでに五年が経つ。

きょうは病院に夫を連れていく日だ。病院であろうと、夫は久しぶりの外出を喜んだ。高血圧、糖尿病、肝臓の薬など五種類の薬を定期的にもらいにいく。この日を、夫以上に女は待った。狂い死にするのではなかというほどの興奮を覚えた。

計画を思いついてから半年が過ぎてしまった。一睡もしないで朝を迎え、いざとなると、実行できないできた。

だが、もう、待てなかった。

女は少しだけ開けたカーテンから指を離した。窓から離れ化粧台の前に座る。顔を鏡に近づけ真紅のルージュを塗る。ライトブラウンに染めた髪、整形して手に入れた人形のような目と鼻を満足気に眺めた。

にっ、と笑ってみる。

真っ白な歯が、きらきらと光った。

六畳の寝室には、一年前に買い替えた真新しいシングルベッドとLED照明付きのドレッサー。

立ち上がり、ワルツのステップを踏む。習い始めたばかりのダンス。

足を止めた。遮光カーテンを閉め切った暗い部屋の隅に、陰気な千草がいる。背中を丸め、膝を抱えて上目遣いに女を見上げている。昨日より、千草はまた痩(や)せた。

女はまた椅子に腰を下ろした。

「陰気臭い女だねえ。あっちに、行ってよ」

目の前の化粧ポーチを掴（つか）み、千草めがけて投げつけた。千草は背中をいっそう丸め頭を両手で抱えこんだ。

「千草、怖いの？　今さら、何を怖がるのよ。あと少しで、自由を手に入れるんだよ」

千草は泣きそうな顔で女を見つめる。

「バカだねえ。警察になんか捕まらないよ。うまくやるんだ。そのために、きょうまで我慢して待ったじゃないか」

千草の体が前後に揺れ出した。女は思わず唇をすぼめ、千草に向かって、ふっと吹いてみる。

千草の体が襤褸布（ぼろぬの）みたいに揺れた。

女は手に持ったままだった眉墨（まゆずみ）を握りしめ、吹く。

ふっ、ふっ、ふっ、ふうううー。ふっ、ふっ、ふっ、ふうううー。

頬を膨らませると、耳の下が痛んだ。胸いっぱいに空気を入れ、頬を膨らませ思い切り吐く。頭がふらっとする。一瞬、千草が見えなくなった。鏡にも映っていない。天井を仰いだ。千草の顔が女の真上で、ぱたりと止まった。獲物を仕留める獣の顔に変わった千草が、女を狙っていた。女の喉が鳴った。ごくんと、つばを飲み込む。

女は鏡に顔を戻した。

ふん、とつぶやいた。

眉間のしわが気に入らない。中指で眉間を広げる。額までこすり上げる。何度も何度もこするうちに赤く跡がついた。二本深く刻まれた眉間のしわはいっそう目立った。

「あんたの顔は、恨みがとぐろを巻いている顔やがね」

惚けた姑が死ぬ間際、一瞬正常に戻った目で、女に向かって吐き捨てた。

「死ね」

女は声に出した。

天井に這いうずくまる千草の体から灰色の塊がどろりと出た。

——死ねえ。

女は背中を屈め腹の底から叫んだ。

——死ね、死ね、死ね、死ね、死ねえ。

灰色の塊から黒い液体が女の項に滴り落ちた。ぬるぬると肩甲骨の間を這い降りていく。気持ち悪さに体を振った。ぺちゃぺちゃと背中で音を立てる。そのうち、背中に、べたりと貼り付いた。

眉は、今時細いのは流行らない。まっすぐに太く引き直す。アイラインを入れマスカラで長いまつ毛を作る。また鏡に顔を近づける。リフトアップしたのに、口角は下がったまだ。ペンシルで唇の端を一ミリ高く見せる。はあ、と息が漏れる。

陶器のような頬に紅い頬紅をさっと刷く。長い髪に指を絡ませる。緩いウェーブが豊かな胸の上で止まっている。

すっと立つ。背筋を伸ばし、腰を高く頭を後ろに引いて、膝裏を伸ばして。

ダンスの講師をまねてみる。ピンクの花柄のブラウスの下から黒のランジェリーが透けて見える。ピアスは耳元で揺れる小さなパール。色っぽく、上品。カンペキ。

女の背中は、赤子でも背負っているかのように、背中が醜く曲がっていた。


七歳上の夫とは、見合い結婚だった。仲人の家の広い座敷で男と向かい合ったとき、女は男の顔から目が離せなくなった。信じられないほど、いい男だった。女の目は潤んでいた。こんな美男子が、まさか見合いの相手とは。

写真より、数段いい男だ。

女は男から当然断られると思った。一度も男と付き合ったことがない女は、男優のような見た目のいい男にずっと憧れていた。目の前の男はまさにそういう男だった。こんないい男には、いくらでもいい女がいそうなものなのに、男が選んだのは、暗くて地味な女だった。周囲の者は、どうしてあんないい男とあんたのような女が結婚できるのかと悔しがった。

だが、すぐにその理由がわかった。

「あの子には、付き合った女は、そりゃあ、山ほどいたんや。女がほっとくもんかいね。だけど家に入れるには、どれもこれも不向きな女たちばかりだったんよ」

結婚式を上げた翌日に、夫と同じ目をした姑が自慢げに女に話して聞かせた。夫には、結婚して車で十五分ほどの所に住む姉が二人いたが、その姉たちからも、この家には地味で働き者の嫁が必要だった、と打ち明けられた。

それでも、女は幸せだった。結婚したら、つらい試食販売の仕事は辞めて、夫と夫に似た可愛いい子どものために、温かい家庭を築いていこうと喜びに胸を膨らませた。

だが姑は、一家に女は二人もいらないと、仕事を辞めさせてはくれなかった。近くに住む姉二人も、広い屋敷にお金もかかるんだから、働けるうちは働きなさい、共働きは当たり前だと断固として言った。二人の義姉も周りの女たちも皆働いていた。

夫は、どうでもいいという顔だった。女のことには何の関心もなく他人事だった。

立ち仕事で疲れて帰ると、舅(しゅうと)が暗い井戸で畑仕事に使った鍬(くわ)や鎌を洗っていた。

「遅くなりました。すぐにご飯にしますから」

舅は「ああ」と顔も上げないで返事をした。この家で、舅が話しているのをほとんど聞いた覚えがない。いてもいなくてもいい陰気な舅だった。重い玄関の戸を引き、居間に上がると、テレビの前で姑と夫はすでに酒を飲んでいた。テーブルには袋を開けた乾きものが出ている。

「遅くなりました。すぐにご飯にしますから」

女は、この家に来て、毎日同じ言葉を口にした。

遅くなりました。すぐにご飯にしますから。

何万回、この言葉を口にしてきたことか。

二人は、テレビから目も放さないまま、「はよしてや」と姑が言い、夫は「腹減って死にそうだよ」と不機嫌な声を出した。女は、この家の稼ぎ手であり、農婦であり、家政婦であり、一年に数回呼ばれるだけの娼婦であった。

結婚したばかりの頃、姑が夫に向かって言った。

「このひと、歯だけはいいよ。誰にもどこか一つくらいは、いいところがあるもんやさ」

すると、すかさず夫が、

「笑ってみろや」

とニタニタした顔を向け顎で促す。

女は、にっ、と歯を見せた。歯並びのいいのが、女の自慢だった。

口うるさい姑が、八十を過ぎた頃から惚けた。足腰の丈夫な姑はどこにでも出かけていき、そして家に戻れなくなった。そのたびに、女が迎えに走った。夜は姑の足と女の足をひもで結んで寝た。夫は母親の無残な姿から逃げるように、町の女の所に転がり込んで帰ってこなくなった。姉二人も家に寄り着かない。女には、姑になついていた一人息子がいたが、東京の私立大学を中退し、その後、連絡もなくなった。もう何年も家には帰っていない。大人になった息子の顔を、女は思い出せなくなった。

いるのか、いないのかわからないような舅が亡くなったのは、姑が認知症と診断されてから一年後のことだった。八十三歳だった。姑は、それから十五年を生きた。

それを、女は一人で看た。施設に預けることを、田舎の世間も夫も夫の姉たちも許さなかった。

女は空を仰ぐことがなかった。寝ている姑の体を拭き、下の世話をし、スープを口に運び、畳に廊下に落とした姑の汚物を拭き……。合間に野菜の種をまき、腰を伸ばす暇もなく日が過ぎた。五十代半ばまで県内の店を回る試食販売員として働き、それからの十六年を姑の介護に追われた。

女の家から帰らなかった夫が、姑の葬式の直前に、ふらりと帰ってきて喪主を務めた。広い家に、朝から晩まで女は夫と二人になった。

夫が用事を言いつけても、女は三回に二回は無視した。夫は日に日に口数が少なくなった。口を半開きにして、テレビを見ている。その横顔が、姑にそっくりだった。夫は、ずいぶん前からすでに顔かたちの整った男ではなくなっていた。

夫を介護する日が、すぐそこに待っている。恐怖が女の胸から離れなくなった。あの姑を看た十六年がまた始まるのか。女は怯(おび)えた。

今、女は七十を目前にして、ようやく自由を手に入れようとしていた。

あの夫がいなくならない限り、残された日々は地獄だ。一度も人生を謳歌(おうか)できないままに死んでいくのは、絶対嫌だ。

女は、決断した。つながれている鎖を、自ら断つことを決めた。

女は全身を映した鏡に再度目を凝らした。鏡に、カーテンの隙間から外をのぞいている千草が映る。

「姑も愛人も、もういなくなったんやから。いいんやない?」

千草が向こうを見たまま、ぼそりと言った。声がかすれ、何とも陰気だ。

千草が泣くように同じことを訴えてくる。

「バカだねえ。もう、たくさんなんだよ。考えてもみな。明日、あの男の介護が始まるかもしれないんだよ。そしたら、ダンスも何もないんだよ。もう、嫌だ。もう、たくさんだよ」

千草は黙った。

元々、女は独りで生きてきた。

「陰気な顔は、どっかに置いてきな」

声を荒げると、千草はまた部屋の隅で膝を抱えた。

女は外に出た。車のドアを開けシートに体を沈めた。

夫は家の前の細い道に出て、いつものように待っている。

荒れた屋敷が目の前に広がっている。もう何日も草むしりもゴミ拾いも、伸びた枝の剪定（せんてい）もしてなかったことを思った。

もうどうでもよかった。

「千草。待ちくたびれちゃったよ」

車の中の女を見て、媚（こ）びるように笑っている。

遊び慣れた男が年をとり、間の抜けた崩れた顔になっていた。

女は身の毛がよだった。男に声を上げた。甲高い女の声が、辺りを切り裂いた。

ルームミラーに笑っている女がいた。口元に手をやると、その女もまねをした。

女は晴れ晴れと笑っていた。

足元に目をやる。アクセルに、ヒールの高い靴を乗せる。

思い切り踏み込む。

男の体が宙に舞い、砂利道にたたきのめされる。黒い血がじわじわと男の顔を濡らす。

これで、ようやくおしまいにできる。

歯科医のホワイトニングを終えたばかりの白い歯が、朝日を受けて真珠のように輝いていた。

紅い傘

夫が寝息をたてている傍ら、ベッドランプの明かりにスマホが震えた。

「あなただけを、僕は、見ていました」

十五年下の男からだった。


金曜日の夕方、団体事務室のドアを閉めて出たところを後ろから呼び止められた。右手で鍵を差し込んだまま振り返ると、膝頭を出した形のいい足が見えた。

右手にポットを提げ、左手に台拭きを握っている。県の職員だった。会議室の後始末を終えて出てきたらしい。終業時刻を待つだけの緩んだ表情で近づいてきた。

「先生、ステキ。あらあ、もしかしたら、きょうはデートですか」

先週買ったばかりのモスグリーンのワンピースに目を止め、黄色い声を上げた。

「……会議だったの？　お疲れさまでした」

五十過ぎの女を揶揄したような口調に反感を覚えながら、軽く頭を下げ階段を下りた。

女性会館には、いくつかの団体事務局や県の出先機関が入っている。

散り始めたケヤキ並木をバス停まで歩く。滑りそうで、枯れ葉を避けてヒールを運ぶ。

雨が降り出した。紅い傘を広げる。雨粒をはじく。ポツンポツンと小さな音が私を包む。

朝、この傘を選んだとき、すでに期待が明確になったのだ。

そうね、デートになるかもしれない。

足元が濡れる。五十三になる女が、若い職員の細い足を思い出している。妬みが胸の奥をざわつかせる。デート、ね。ため息をつく。

バス停には、まだ時間が早いせいか、誰もいなかった。

卓上カレンダーに、私の予定は書き込んである。昨晩、念のためにと、酒を飲んでいる夫の孝明に、明日は遅くなるよと台所から声をかけた。孝明は理由も聞かずに、

「夕飯はないってことか。それじゃあ、いつものラーメンにするか。あの店もなんか、飽きたなあ」

と、勤め先の小学校からも家からも離れた店のことを話し出した。東海北陸ブロック大会を一カ月前に終え、大会事務局長の私を囲むスタッフだけの慰労会がある。

今朝、鏡の前に立つと、初めて手を通したワンピースが思っていた以上に似合ってい
た。ずいぶん若く見える気がした。急いで階段を下り、コーヒーを飲んでいる孝明に声を
かけた。目の前で、裾を持ってくるりと回って見せる。
「どう？」
孝明は見てはいけないものを見てしまったかのように、「ああ」と言うと、すぐに新聞
に目を戻した。頭皮の透けて見える頭頂部が、新聞の上で止まっている。
教師仲間の孝明と結婚したのは、適齢期というものがあった時代、その範疇（はんちゅう）にある男と
女が小さな中学校に二人しか残っていなかったからだ。
孝明が、私の趣味や、私の友人に、ましてや髪型だの着るものなどにまったく関心を示
さないのは、今に始まったことではない。結婚した当初からだった。妻を家政婦か備品程
度にしか思っていない。飲み会などでそれをつい愚痴ると、結婚っていうのはそんなもの
よ、と友人たちに冷めた顔で言われた。
傘を傾けてバスが来る方向に目をやるが、雨の降る暗い夕暮れの道に何も見えない。
妊娠したときも、孝明はそれまでとまったく変わらず遅くまで残業し、家に仕事を持ち
帰った。仕事の帰りに買い物をし、夕飯を作り。後片付けを済ませ、洗濯物を畳み、私は
ようやく学校から持ち帰った生徒の答案用紙を広げた。

雪乃が生まれても、孝明は何一つ変わらなかった。育児も家事も、すべて当たり前に私の仕事だった。

孝明も孝明なら、雪乃も雪乃だ。先週かかった電話を思い出し、気持ちが晴れない。

わたし結婚しないから、と一言だけ言って、雪乃は電話を切った。

雪乃にずっと負い目がある。

母親とはそういうものだろうか。母親は誰もが子どもに何かしら疚(やま)しい気持ちを抱えているものか。年月を経て、胸の奥の罪悪感から目を背けられなくなる。

雪乃には寂しい思いをずっとさせてきた。

今の仕事に慣れた頃、仕事帰りに県庁の男性担当職員と駅前の喫茶店を出たところを、雪乃に見られた。女性たちと仕事帰りに寄る店で、その男性とは初めてだった。

家では見せない笑顔をふりまき、冗談を言い、彼の腕を軽くはたき、また声を上げて二人で笑っていた。そんなだったと思う。そこを見られた。

雪乃は塾の帰りだった。

ハッとした顔をし、すぐに私から目を逸(そ)らした。照れ隠しのように笑いかけ歩み寄った私から、雪乃は逃げるように駆け出してしまった。

その彼とは別にどうという関係ではなかった。だからなおさら、あのとき、雪乃にきちんと説明すべきだった。あれからいっそう雪乃は私を避けるようになった。

雪乃は孝明に似ていた。地味で、人と交わるのが苦手、自分の殻に閉じこもる。顔立ちも二人は似ている。二重瞼（まぶた）で丸顔の私と違って、孝明と雪乃は切れ長の一重で細面、寂しい顔立ちだ。

何もかも、二人は私とは違う。寂しく冷たい風が胸に吹く。

黄色い明かりを灯（とも）したバスが車体を揺らし、ようやく近づいてくる。

バスには、高校生が二人離れて座っていた。後ろの席に着く。傘から落ちた雫（しずく）が筋になって前に流れていく。

雪乃の声を聞いたのは、半年ぶりだった。

家を出たいから、と言って県外の大学をいくつか受験した雪乃は、特に農業に関心を持っていたわけではないと思うが、合格したのが農学部だった。それからはほとんど家に寄りつかなくなり、めったに電話もなかった。卒業するとそのまま大学に残り、非正規職員として働いている。卒業も就職もアパートを変わるときも、何の連絡もなかった。独りで決め、すべてを済ませてから結果をメールで伝えてきた。

元々おとなしい性格だが、中学生の頃からはいっそう口数が少なくなった。

楽しい飲み会の前なのに、雪乃が頭から離れないことに苛立（いらだ）つ。

「もし、もし」と聞き取れないようないつもの小さな声がして、一瞬黙りこんだ後に、

「わたし、結婚は、しないから」

唐突に、それだけ言った。

お母さん、と雪乃が呼んでもくれなかった。と今になって気付く。

結婚しない理由を聞く間もなかった。聞いたとしても、結婚はしないとだめよ、などと
積極的に言う気は起こらない。そもそも二十八になる雪乃と結婚についてこれまで話したことなど一度もなかった。それが、なぜ。

結婚は、しないから。

わざわざそれだけを伝えてきた。雪乃に何かあったのは確かだった。

失恋？　まさか、不倫？

あのおとなしい雪乃が、まさか。そんなことはあるはずがない。でも長いこと会っていない娘が不倫をしていないかどうかなんて、親でもわかるはずがない。

スマホを取り出す。かけてみようか。

だが、なんて言えばいいか。スマホの待ち受け画面を見つめる。どうということのない福井の山の写真だ。半年くらい前に、その山の周辺を職員と散策したときに懐かしくてカメラに収めた。雪乃が小学四年のとき、親子三人で登った山だ。育児に仕事に最も追い立

てられたつらかった時期を過ぎていた。

それまでのことは、今でも思い出すと、胸をかきむしりたくなる。未熟な母親だった。

雪乃は三歳だった。

迎えに行くのが遅くなった。私が最後だった。ベテランの保育士が、話があると言う。帰りを急いでいたが、誰もいなくなった保育室に連れていかれた。園児用の小さな椅子に腰かけ向き合った。雪乃はコーナーの低い書棚の前で、絵本を広げている。ピンクの靴下を履いた小さなかかとが見える。

「雪乃ちゃんなんですが、ちょっと表情がないっていうんか、乏しいように思えるもんですから」

保育士が膝に置いていた手を組み直した。

「前から一度お話をさせていただきたいと思っていました。先生、お忙しすぎるんと違います？　教師のお仕事の大変さはわかっているつもりですが」

「いえ。ええ、確かに、なかなか余裕が持てなくて」

「雪ちゃんのこと、ちゃんと見てあげられてないようで。いえ、忘れ物もないですし、そういうことではないんですけど。何て言うか、雪ちゃんと、ちゃんと向き合えてないような、そんな気がしたもんですから」

穏やかな声が、胸を激しく揺さぶった。顔が熱くなる。

教師の私が保育士から意見をされている。

あのとき、確かに、そんな風に思った私がいた。

「……そんなことは」

十分すぎるほど、思い当たることがある。雪乃が何かをやる前に、すぐに手を出してしまう。待つことができない。これではいけないと思いながら、毎朝着替えに手を出し、急かしてご飯を食べさせ、暗くなって家に帰れば、夕飯の支度など間に合わないから、出来合いのもので済ます。早く食べさせ風呂に入れ早く寝かせる。少しでも早く寝てほしい。そうでないと、持ち帰った仕事が間に合わない。毎日、早く早く早く、それだけだ。雪乃を急かし自分を急かした。一瞬も止まることを許されないようにして日が過ぎていった。

保育士は、黙ったままの私に聞いた。

「お父さまは、協力的ですか？」

協力？

夫には、協力が求められる。育児も家事も、夫は協力するって立場なのだ。

まったく同じ条件で働いている妻の夫は、単なる協力者？　それって。

「協力って。いえ。全然。まったく。子育ても、家事も一切。妊娠して悪阻がつらかったときも。なんにも。なんにもしません」

そう言い切った。堰き止めていたものが崩れた。

共働き所帯全国一、二と言われる北陸の古い地域社会で、家事も育児も仕事も当たり前という目に見えない圧力にひるみ、教師なのにという世間の目、陰口を恐れた。何事もなく、いい子でいてほしい。このままではいけないとわかっていながら、ただただ日をやり過ごしてきた。怯えも怒りもあった。このままではいけない。こんな母親では、雪乃がどうかなってしまう、その不安を常に抱えながら、ここまで来てしまった。

「ご夫婦でお話し合いなさった方がいいと思います。お母さん一人で抱え込むことではないですから」

「でも、夫は、そうは思っていないんです。雪乃のことは母親の責任、家事も育児も女の仕事っていう、古いタイプのひとですから。この前も、雪乃が熱を出したとき、私はどうしても仕事を休めないから、代わって病院に連れていってくれるように頼みました。そしたら、なんて夫が言ったと思います。なんで朝になってから、気が付くのか。母親なら、前の晩から子どもの様子がおかしいことに気付くんじゃあないんかと責めまして。結局、あの日、雪乃をそのままここに連れてきてしまって」

「はい」

「……夫は、二言目には自分の母親と比べて言うんです。五人の子どもを抱え、朝から夜遅くまで農作業に明け暮れたひとでしたから。真っ黒になって働きづめの姑だったです。でも、私にはとてもできない、かなわない。夕飯だって、ホントはもっと手作りのおいしいご飯作りたいって、いつも思ってるんです。それに」

言葉があふれ出た。

耳を傾けときどきうなずくだけで言葉を挟んでこない保育士に、誰にも言えなかったことを、これまでたまっていたものを、あのとき初めて吐き出した。

孝明が同じ教師であることを誰もが知っているから、孝明に恥をかかせたらいけない。その思いが何より強かったのに、何もかもをかなぐり捨てた。

あのとき。母子ともに限界だった。

もうこれ以上無理だった。もうどうにもできない。

仕事を辞めたい。

一人になりたい。

——雪乃を捨てたい。

最後の最後に、喉元を押し上げてくる言葉、恐怖で震えながら飛び出てしまいそうになる言葉を、やっとの思いで呑み込んだ。

保育室の隅で絵本を見ていた雪乃がいつの間にか、私の膝に頭を凭れかけていた。のぞき込むと、指を吸っている。これまでも指を吸っているのを見たが、そのたびに注意してやめさせた。雪乃の指に手をかけようとしたとき、保育士が首を振った。

「大丈夫です」

と囁くように言った。

大丈夫。

誰かに一番言って欲しかった言葉だった。大丈夫なんかじゃないから。

「お母さん。大丈夫ですよ。ただ、一日に一回でいいんです。抱いてあげてください。赤ちゃんのように甘えさせてあげてください。雪ちゃん、まだ生まれてきて三年しか経っていないんですよ」

保育士が雪乃の髪に手を伸ばし優しく撫でる。

この子はまだ三年しか生きていない——。

まだ、三年しか生きていない、雪乃。

でも、私には長かった。

三年が、とてもとても長くて。もう一日も我慢ができないところまできていた。

「私たちがどんなに頑張っても、お母さんにはかないません。雪ちゃんは、お母さんのこと、世界で一番好きなんですよ」

　こんなにいつも私の心は荒れていて、少しも雪乃を可愛いと思えなくて……。

　毎晩、雪乃の寝顔に謝った。その繰り返しだった。

「お母さん。雪乃ちゃんの絵、ご覧になりましたか」

　さっきから、この保育士は私のことを先生とは呼ばなくなっていた。保育士を見下げる教師の傲慢さを持ちながら、一方でどこにいても先生先生と呼ばれることに息苦しさを覚え苛立っている。母親であることにも先生でいることにも疲れていた。

「絵ですか？　雪乃はまだロクに絵なんて」

「先週持って帰られたはずです。家に帰ったら見てあげてください。雪乃ちゃんはお母さんを明るい色で、可愛く描いていましたよ」

　そう言えば持って帰ってきた気がする。黄色のクレヨンで塗りつぶした大きな丸が画用紙の真ん中に書いてあったのを見た。その下にピンク色。あれはスカートだったのか。

　仕事のときには地味な茶か紺と決めているスカートを、雪乃を連れて買い物に行ったとき、確かにピンクのスカートを着たことがあった。それを雪乃は覚えていた。

　私の腹に雪乃は顔を突っ伏し体を揺らしていた。眠くなったのだ。泣くこともぐずることもしないでおとなしく寝てしまう。

誰もいない暗い廊下を、雪乃を胸に抱いて玄関に向かう。背中に、保育士の温かい手があった。

雪乃が小学校に上がる年に、二人目を妊娠した。だが、四カ月になる前に流産した。それからどことはっきり言えない不調に悩まされた。体調が以前のようには戻らない。仕事も孝明との生活も何もかもが息苦しかった。

事前に孝明に相談することなく、私は退職した。

新しい仕事は教師に比べ給与は大幅に下がったが、束縛が少なく融通が利いた。孝明がこの仕事をどう思っているか。孝明の教師のプライドが、一般人になった妻を見下すのがわかる。一番苦しかった頃、それをわかろうともしなかった孝明に、今さらどう思われようと構わなかった。私は今の仕事が好きだ。この仕事に就いた頃、雪乃は中学受験に失敗した。雪乃を、附属中学に行かせようと言い出したのは、私だった。

スマホをバッグに仕舞う。

バスを降り、飲み屋街のはずれにある居酒屋に向かって歩く。一階はカウンターだけで二階に和室が一つという小さな店だった。事務局員の綾香が、予約の電話を入れると店のひとに「十人入ると少し窮屈ですが」と言われたがどうしますか、と聞いてきた。家庭的な雰囲気になっていいんじゃないかと、その店に決めた。

階段を上がり、襖（ふすま）を開けると、料理の並んだ膳を前にして、体を寄せ合うように座っている。すでに全員がそろっていた。

いきなり大きな拍手が起こった。口々にお疲れさまでした、と笑顔で迎えてくれる。

深夜に電話をかけてきた彼も遠くから中腰になって、若い綾香の横で手をたたいている。こんな顔立ちだった、と初めて気付く。特に目立つ男ではないが、目に色気があった。

その目が私をとらえていた。

ライトグレイのスーツを着た綾香が、娘の雪乃より年下であったことを唐突に思い出す。

あの電話は、たちの悪いジョークだ。いい年をして真に受けてしまった。

事務局には、綾香のほかに子どもを持つ四十代の女性二人がいる。

二次会は知り合いのスナックで、全員でカラオケに興じ解散となった。まだ飲み足りないと言う五人が残って次の店に向かう。女は綾香と二人になった。県職員の男たちが前を行く。

彼らを小走りに追いかける綾香のヒールの音が響く。長い髪が左右に揺れる。

「綾香さん、若い子はもう帰らなきゃダメよ」

「嫌ですよ。きょうは、とことん飲むんですから」

綾香は振り返り大きな声を上げた。

初めて入る店だった。ボックスが三つとカウンターだけの小さなバーだ。男たちと綾香が座るのを見て、独りカウンター席に着いた。私の所まで綾香のはしゃぐ声が聞こえてくる。

酒を呷(あお)った。胸の奥に、あの電話に期待する気持がぐずぐずと消せないままある。綾香が足元をふらつかせ、そばに寄ってきた。

「局長、聞いてくださいよお」

若い体をぶつけるように近づき、横の椅子にだらしなく腰を下ろした。

「荻野さん、私のこと、子ども扱いするんです。局長なら、私は、娘みたいなもんでしょうけど。……荻野さんはそんなに私と違わないのに。ひどいと思いません。私の気持ちも知らないでさあ、何とか言ってやってください」

電話の彼、荻野伊佐志は男たちと飲んでいる。

背中が振り向いた。あの目で、見つめてきた。女をまさに落とす目だ。あれがくせものだ、とわかっている。それでも、体の芯がうずく。酔いが回ってくる。

「男はね……」

荻野から目を放さないまま綾香の肩を抱いた。萩野は視線を絡ませてくる。

「男は、狩りをしたいの。だから、自分から寄ってくる女になんか興味は持たないのよ」

綾香が体から放つ若い女の匂い。

「局長、古ーい。今の男は、狩りなんてしませんよお」

中年女をいなし、白い首を少しのけ反らせるようにして、私のワンピースを眺める。

「きょうの局長、なんか感じ、違いますよね」

「ええっ、そう?」

「……なんか。怪しい。女を感じる」

「まあ、からかわないで。何言ってるのよ」

前髪を撫で上げ、暗い目で見つめる荻野に口元だけ笑って見せる。荻野も口を少しだけ開いた。

「今の女は。局長。聞いてますかあ。女が、狩りをするんですよ。狩りをして、男を自分のものにしてみせるんです」

綾香は威勢のいいことを言いながら、組んだ手に小さな顎を載せ、欠伸をした。

「まあ。狩りをする女が、眠ってどうするのよ」

頭が前後に揺れている。その頭を、子どもをあやすように撫でた。ボトルが並んでいる棚の硝子扉に、綾香の頭と私の顔が映っていた。化粧崩れした私の顔は、どうあがいても疲れた中年女の顔だった。

いつの間に来たのか、萩野が横に立っていた。

屈んで、頬に触れるほど顔を近づけた。

「スナックに時計を忘れてしまいました」

出口に向かう彼の背中を目で追いながら、バッグを引き寄せ立ち上がる。綾香は眠っている。紅い傘を手に飛び出した。

夕方から降り始めた雨が霧雨となってアスファルトの道を濡らしていた。その狭い路地に両側のネオンが揺れている。前を行く彼に遅れまいと走った。飲み屋街の喧騒と化粧した女の匂いが混ざり合って、妙な気だるさと興奮があった。

角を曲がると、いきなり彼が立ち止まった。私の傘の下に体を入れてくる。

そこからは、まるでスローモーションの映像を見るように、彼の動きを見ていた。

顔を少し斜めに傾け、私の顔をのぞき込むように見つめる。セクシーというのは、こういうことを言うのだろうか。ねえ、いいだろ、と囁きかけるような眼差し（まなざ）し、ゾクゾクとしびれるような感覚が体を突き抜けた。初めての体験だった。

顎に手を添えて、ゆっくりと私の顔を上に向かせる。唇に触れるか触れないかで離れる。また、じっと見つめる。

キスなんて何十年ぶりかしら？　体の奥の女が目覚めたのを感じた。受け身を装うのはもう限界。貪欲に彼の舌にからませる。長いキス。

「このときを、待っていたんです。ずっと……」

彼は腰を引き付けた。

私の体を抱くようにして歩きながら、笑っているように見えた。ふっと、小さな不安が胸に影を落とした。

もしかして、崩れた男、遊び慣れた？　酔いがさめていく。さっきまでの、焦らされ上りつめていく熱が急速に冷めていく。濡れた足先が冷たい。

スナックの看板は、電気が消えていた。

マスターが入り口に立ち、店を締めようとしている。顔をしかめ、私の頭から足先までを値踏みするようにじろじろと見た。若い年下の男に抱かれたわけありな中年女。あきれ果て軽蔑した顔を隠そうともしない。

「ああ、時計ね」

とマスターは不機嫌な声を残し、奥に入っていった。

彼が耳元で囁いた。

「この、あと」

また、腰に手が回る。慣れた手順。

十五も年下の男に翻弄される。

不安とは違う得体のしれない感情が芽生えた。

この男を弄（いじ）ってやりたい。

男の手を腰から放すと、先に店の外に出た。

スーツ姿の男たち三人が大声で話しながら通り過ぎる。その後をかなり酔っているらしい若い男が来て、私の前で足を止めた。体を舐（な）め回すように見る。何だ、おばさんかよ、と落胆した顔でふらふらと去っていく。

「行こうか」

店から出てきた彼が、私の手から傘を取り広げた。この先を左に曲がるとホテルのある広い通りに出る。連れ込みでも格安ホテルでもない、中流クラスのシティホテルだ。そこに行くだろうか。今夜、この男と。

傘で二人の顔を隠して歩く。夫以外の男と、そういう関係になるのは初めてだ。

教師の不倫もけっこう多いのよ、とお局様（つぼねさま）と陰で呼ばれた女教師が研修の後の懇親会の席で、隣合った新人の私に声をひそめ告げ口するように言った。

あのとき、嫌な気がした。結婚できない女のひがみとしかとれなかった。だがそういう目で見れば、確かに意味あり気な視線を交わす教師同士がいた。いつの間にか二人が飲み会から消えているのにも気付くようになったが、自分には遠い話だった。子どもの世話と家事と仕事で、そんなことに割く時間も心の余裕もなかった。

だが今は違う。娘が家を出て夫婦二人の暮らしになった。家事も手抜きを覚え、時間ができた。夫と一緒に何かをしたいと思う気持ちを、夫はいつもはぐらかすようにするりと抜ける。そのたびに傷つく自分が情けなかった。まだ五十になったばかりだ。もう若くはないが、まだ老いてもいない。女として生きることを諦めるには早すぎる。

これが最後かもしれない。

私を見つめ、手を握り、肩を抱いてくれる男は。

私の体に触れ抱きしめてくれる男は、もう二度と現れないかもしれない。

黙ったままの彼の顔を下からのぞき見る。酔いもさめたのか、さっきまでの緩んだ表情は消えている。遊び慣れていると思ったのは錯覚だったか。それはそれで困る気がした。後を引くのは面倒だ。今晩一回だけの恋。一回だけのセックスでいい。

すーすーと隙間風が吹くように寂しいこの体を、一度だけ男に抱きしめてもらえたら、それでいい。

「本屋の前、あそこで待っていてもらえますか」

駅前だが、広い通りの両側はすべてシャッターが下り、人一人見えない。角にある本屋の辺りは一際暗い。そこから、ホテルが左前方に見える。車寄せにタクシーが一台停まっているだけで、そこにも人の気配がない。荻野は段取りを考えていたのだ、と気付く。どうやって二人でホテルに入るのか、きっと頭を巡らしていたに違いない。

黙ってうなずく私を見て、彼は足早にホテルに向かった。その後ろ姿から目を逸らす。まだ迷いがある。気が咎める、というのとは違う。いや、それも少しだけあるかもしれない。この歳で自分を惜しむのでもない。

ただ望んでいるものが、彼とは違う。

私は恋がしたかっただけ。こういうのではなく……。

だが、もう後へは戻れない。

時計を見る。十二時を過ぎていた。特に珍しくもない。年に二回くらいは飲んだ後カラオケに行くと帰りが一時を回ることはあった。

握りしめていたスマホが震える。

出る。

すぐ切れる。

また、電話だ。

「部屋番号です。一二〇七、イチニイゼロナナです。……これが」

何かを言いかけて切れた。

これが、最初で最後だから……。

そう言いたかったのではないか。

最初で最後だから気にしないで、問題ないから、と。

これは恋なんかじゃないんだから。勘違いしないでくれよな、ほんの遊びなんだから。

そう言いたかったのか。

それでもいい。遊びでもいい。これは恋と呼べるものではないが、今さら仕方ない。

誰もいないホテルのロビーをうつむいて横切り、エレベーターに乗り階ボタンを押した。

今ならまだ引き返せると逡巡し、すぐに一度くらい溺れたっていいとも思う。

降りると、廊下はひっそりとして左右に長く延びている。

部屋番号を見ながら右に歩いていく。足がもつれ転びそうになり、前方を見る。細めに開いている部屋がある。明かりが漏れている。ドアノブに手をかけると、中から荻野の声がした。

「うん、明日朝早く帰るから。直人に待ってて、って。うん。一緒に朝ごはん食べたいからさ」

ドアから手を離し、家の者と話している声が聞こえなくなるのを待つ。一呼吸してから小さくノックした。

テレビの前に立っていた上半身裸の荻野が、振り向く。「ああ」と言っただけでスポーツニュースの画面から目を離さない。

ドアを閉め、その場に立ったままでいる。

天気予報に変わった。荻野はその場でズボンと下着を脱いだ。

「先にシャワー使うよ」とフツウの声で言い、バスに消えた。

仕事でのいつもの口調とは変わっている。

先に使わせてもらいます、でもなく、使います、でもなく。

シャワー使うよってなるんだ、と思う。

全裸になった荻野のことには気がいかない。

ホテルの照明はぼんやりして薄暗い所が多いが、ここは部屋の隅々まで明るかった。

暗い部屋で、待ちきれないように強く荻野に抱きしめられたかった――。

シングルベッドに荻野の脱いだワイシャツや下着が脱ぎ捨ててある。思わず伸ばしかけた手を引っ込める。

シャワーを流す音が聞こえる。

明るすぎる部屋。

「おーい、シャンプーがなくなってるぞお」

風呂場から、夫の声が聞こえてきそうな気がした。

暗い部屋で抱きしめられていたら……。

行く所まで行った、と思う。

一度だけと言い聞かせる切なさが、もしかしたら恋に発展したかもしれない。

椅子に腰かけ、テレビに目をやる。美しすぎる若い女が明日の天気予報を伝えている。

この後、シャワーの音が消えて彼が出てきたら、次は、私がバスを使う番？

化粧が落ちるから顔も髪も洗うわけにはいかない。体の隅々まで丁寧に洗って、それから下着はつけない？

胸を少しだけ見せるあの巻き方をしてバスタオル一枚で登場？

そのとき、部屋は暗くしてある？

備え付けのメモ用紙に目がいった。言い訳が見つかったような安堵感が胸に広がる。ペンを持った。だが、何の言葉も見つからない。

さようなら、もおかしい。まだ何も始まっていない。キスしただけだ。

おやすみなさい。それも優しすぎる。

仕事、またよろしく、は小賢(こざか)しい。

ペンを置いた。通い合う言葉など、一つもない。


部屋を出た。長い廊下は怖いほど物音一つしない。エレベーターにもロビーにも、ホテルの外にも人影はなかった。

駅前のタクシー乗り場に向かって歩き出す。ここから五分もかからない。

走る車もない暗く沈んだ通りを女が一人歩いている。突然不安が襲う。足を速める。

やんでいた雨がまた落ちてきた。紅い傘をホテルのあの部屋に置き忘れたことに気付いた。今さら部屋に戻れない。荻野はどうするだろうか。傘を届けにくることを口実に、また誘ってくるだろうか。

どうでもよくなっている。紅い傘なんて置き去りにされ捨てられればいいのだ。

電話のことが浮かぶ。部屋番号を伝えてきた荻野の前にかかってきた電話。出ると切れてしまった電話があった。雨をよけるように屈んでスマホをバッグから取り出す。着信記録を見る。
荻野ではなかった。違った。
雪乃からだった。雪乃ではないかと、思っていた。
受信メールに気付く。
スマホが雨に濡れないように、肩にかけていたバッグで覆い開く。
「家に帰りたいんだけど、帰ってもいいですか？」
帰ってもいいですか。
自分の家なのに。どうして。どうして、そんな言い方するのよ。
涙がこぼれた。深夜に、こんなメールを書いている雪乃が不憫でたまらなかった。
雪乃を抱きしめたい。
母さんが今から迎えに行くから。
震える指先。スマホが手からするりと抜け、濡れた路上に落ちた。
ワンピースの裾が足にまとわりついて重い。飲みすぎた。胃が気持ち悪い。頭も痛む。
スマホを拾おうと手を伸ばすと、膝から崩れ落ちた。
光るスマホをしばらく見つめた。屈んだまま、スマホに指を滑らす。
すぐに出た。

「お母さん？」

か細い声。

「雪ちゃん。ごめんね」

「えっ、何？」

暗闇に捕らえられ身動きできない。恐怖が襲った。目を開けているはずなのに何も見えなかった。目を閉じ、深く息を吸った。

「雪ちゃん。お母さんね、ずーと、雪ちゃんに謝りたかった」

「お母さん、何？　……わたし」

「うん。雪乃。帰っておいで。明日ね」

「明日？」

「明日、ああ、明日じゃないわね。もうきょうよね、今から迎えに行く。お母さんが迎えに行くから」

雪乃の泣きじゃくる声がした。

あと少し、あと少しだけ歩けば駅に着く。

雪乃の恋

雪乃は静岡にある農業大学を卒業すると、教授のアシスタントをしてわずかの賃金を得て暮らしていた。実家は北陸の片田舎で、家に戻ってくるよう再三電話をかけてきた母も、三年が過ぎた頃から諦めたのか何も言わなくなり、電話で話すこともほとんどなくなった。卒業から五年が過ぎていた。

秋の大学祭を明日に控えた夜だった。

学生たちが遅くまで準備に追われるのに雪乃も付き合って残った。寒々としたアパートに一人帰っても、特にやることもなかった。同じ研究室の学生たちに差し入れをしようと思い立ち、大学前の広い通りを横切り、本屋の角を曲がった所にある小さなタイヤキ屋に走った。冬になると、必ず何回かは買う。田舎の小さな駅の傍らにさくら茶屋というタイヤキ屋があって、母がよく仕事帰りに買ってきた。そこは種類も豊富で、チョコ、クリーム、小豆（あずき）、スパイシーなカレーもあった。母は決まって小豆だった。
大学の構内を、夜八時を過ぎても多くの学生たちが連れ立って歩いている。店の前にも、学生が並んでいる。中には知った顔の学生もいて声をかけられた。それに応えながら、昼以降何も口に入れていないことに気付いた。途端に、お腹が鳴った。ここにはクリームと小豆の二種類だけだ。

紙袋を胸に抱え歩く。ホカホカと温かい。クリームの匂いがたまらない。

校門から研究棟が並ぶ広い通りを曲がり薄暗い細い道に出た所で、折り曲げてある袋の口を開けた。一つ取り出し、顔を袋で隠すようにして一口噛（か）んだ。ふうと、思わず息が漏れた。そのとき、研究棟の方から声がした。

「わあ、ずるいなあ。一人で、つまみ食いとは」

東入り口の石段に、白衣をひっかけた白崎五郎が腰を下ろしていた。

雪乃と同じ地域生態学科の准教授で、研究室が二つ隣だった。京都の大学からこの春、移ってきたばかりの若手研究者で、妻と子どもの三人家族だと、新任あいさつのおり、教授に話しているのを聞いていた。

雪乃は食べかけのタイヤキを慌てて袋に戻し背中に隠した。頬が赤くなるのがわかった。取り繕う言葉も浮かばない。

外灯の下の五郎は、七歳年上とは思えないいたずらっ子のような目をして、雪乃を見上げている。

「どう、ことは、相談なんだけど。口止め料にその袋の中のタイヤキ一匹、っていうのは」

黒のセーターにジーンズ姿。学生と間違えられてもおかしくない。

構内のあちこちで、学生たちの声や金槌（かなづち）の音、紙を裂く音などがしていた。ミシンの音が二階から聞こえてきた。雪乃と同じ研究室の学生の沙織が布の切れ端で被（かぶ）り物を縫い始めたのだ。

「口止め料？」

雪乃に笑いがこぼれた。

「クリーム？　それとも小豆？　先生、どちらがいいですか？」

「うーん。クリーム、でもね、食べかけはちょっと遠慮するよ」

「まあ」

袋からタイヤキを取り出し差し出すと、五郎は軽く頭を下げ受け取った。その横を通り過ぎようとしたとき、「ちょっと、座らないか」と自分の座っている横を手で示した。

長い足が伸びている。雪乃が袋を抱え一段下で立ち止まっていると、また石段をたたいた。

「じゃあ、ちょっとだけ、おじゃまします」

五郎から少し離れて腰を下ろした。

大きな口を開けタイヤキを口に入れる彼の横顔を見る。一心にタイヤキを頬張っている姿は、まるで子どもだった。

「先生、お腹が、よっぽど空いていたのね」

「えー、君に言われたくないね。それを言うなら、君こそ。腹が減ってはイクサが、って顔、してたぞ」

雪乃は思わず、口を押さえる。また赤面してしまう。

「君も一緒に食べようよ」

三郎に促され、袋から食べかけのタイヤキを取り出した。

二人並んで、タイヤキを食べている。

初めて口を利いたばかりなのに、緊張していない自分に、雪乃は内心驚いた。初めてのひとには、必要以上に緊張を覚える雪乃だった。

「ところで、雪乃さんだったよね」

食べ終えると彼は伸ばしていた足を引っ込め、背筋を伸ばし、自己紹介をした。

「改めて。僕、白崎五郎です。よろしく」

雪乃は急いで立ち上がった。

「改めまして、漆原雪乃と申します。よろしくお願いします」

頭を下げた。五郎が赴任してきたとき各研究室を回っていて、互いにあいさつは終わっていたのだが。

五郎は楽しそうな顔を見せた。

「タイヤキ、学生に届けたら、降りておいでよ。いいもの見せてあげるから」

「いいもの?ですか?」

五郎はすでに背中を見せて、研究棟の裏にある果樹園の方角に歩き始めた。

「先生、ちょっと待っていてください」

雪乃は慌てて階段を二階まで一気に駆け上がった。ドアが開け放してある。学生たちが大きな演習机の上に、色とりどりの紙や布を広げ作業をしている。その中の一人が声を上げた。

「雪ちゃん。遅い!　何やってたんだよ」

雪乃は返事もしないで、机にタイヤキの入った袋を置くと、「用事ができたから」と言いおいて、部屋を飛び出した。

「雪ちゃん。一緒に食べないの？」

と廊下まで出て叫ぶ学生の沙織に、

「わるーい。もう食べたから」と答える。声が弾んだ。

階段を下り、五郎が歩いていった先に目をやる。薄暗い闇が沈んでいて、雪乃は足が前に出ない。

「おーい。こっちだ」

白衣の輪郭が、坂の入り口にぼんやり見える。走った。両側に果樹園が黒く沈んでいる細い坂道を、五郎の後に続く。開けた所に出ると、五郎が止まった。

黒い空を指差す。

「う、え」

つられて、その先を見る。

「えー。きれい。知らなかった」

満天の星空が、二人の頭上に広がっていた。

学生時代の四年、働き始めて五年が経つのに、こんなに美しい星空を初めて見た。田舎育ちなのに、夜空を見上げた覚えがない。

「だろ。ここに来ないと。構内では、明かりがじゃまして、よく見えないんだよね」

五郎が地面に腰を下ろした。雪乃も隣に座る。湿った土を感じるが、服の汚れなどまるで気にならなかった。

横で、がさがさと木を揺らす音がしたかと思うと、さわやかな香りが漂った。

「甘いものの後には、お口直しってやつだ。どう?」

五郎が小さな蜜柑(みかん)を半分に割って、雪乃の掌(てのひら)に載せた。甘酸っぱい匂いが広がった。

五郎の白い長い指が、暗がりに見えた。長い指。

「どうした?」

「なんでもない。あっ、なんでもないです」

雪乃はいつの頃からか、顔でもスタイルでもなく、男性の手に一番に目が行くようになった。男の長い指に、性的魅力を感じるようになったのは、いつからだろう。

夜空を見上げながら、蜜柑の皮をむき、口に入れる。さわやかな甘さが広がる。

二人、黙ったままだ。

雪乃は初めてだった。真っ暗な果樹園に二人だけで、それも今まで口を利いたこともなかった男性といるのに、それなのに恐怖も居心地の悪さも感じなかった。男と付き合ったことがなかったわけではないが、緊張しすぎる雪乃に男の方が白けて離れていった。

五郎は、いつまでも黙ったままだ。

流れ星を見つけた。触れるほど近い五郎の横顔を見た。

わかってる、と言うように、五郎はうなずいた。

流れ星に願い事を、そう思ったとき、雪乃は自分には特に願い事がないことを思い、母を思った。タイヤキを食べたせいかもしれない。

小学校の教師をしていた母から、自分というものを持ちなさい、意思をしっかり持ちなさい、と子どもの頃からよく言われた。だが、雪乃にはそのことが今もよくわからない。

ただ、意思がないから、アルバイトのような仕事しかできないし、恋愛もできないのだと、雪乃は思った。

——わたしは……。

五郎が立ち上がっていた。座ったままの雪乃の前に手を差し出している。暗くて、どんな顔をしているのかわからない。雪乃は恥ずかしさが先に立ち、その手を握れない。気付かないふりをして、腰を上げた。五郎は先になって坂を下りていく。その背中を見ながら、五郎の手を取らなかったことをすぐに後悔した。

タイヤキを並んで食べた石段の所まで来ると、五郎は「じゃあ」とだけ言って、先に階段を上っていった。同じ階だから一緒に行けばいいはずなのに、拒否されたようで、さっきまでの思いがしぼんでいく。振り返り空を見上げると、薄暗い空に二つ三つしか星が見えなかった。

翌日、五郎が廊下を向こうから歩いてきて、研究室に入るところだった。頭を下げると、

「昨日は、タイヤキありがとう。また、こっちにも差し入れを、頼みます」

大きな声で礼を言い、五郎は部屋に入った。

大学祭は職員の家族や他の大学の学生、一般の人であふれ、いつものどかな構内が混雑しにぎわっていた。沙織が縫い上げたものは、男子学生の着るフラダンスの衣装だった。学生がそれを着て構内を練り歩いていた。五郎はどこにいるのか、その後顔を合わせることがなかった。

福井では想像もできない十二月の澄み切った青空。

雪乃は、事務棟に向かう広い通りをゆっくり歩いていた。

事務棟に隣接した図書館の庭で談笑している学生たちにも、庭の隅の茶色い草草にも、のどかな日差しが届き温めていた。

「ああ、いい気持ち」

雪乃は空に両手を伸ばし深呼吸をした。

グラウンドでは、学生たちがバレーボールを楽しんでいる。

雪乃を呼ぶ声がした。

声のした方を振り向くと、バレーボールの輪の中に、背の高い五郎がいた。

五郎が手を振った。両手を交差させ大きく手を振っている。一緒にいた学生たちが一斉にこっちを見た。五郎が冷やかされている。軽く頭を下げ足早に事務棟に逃げ込んだ。

——嫌だわ、先生ったら。

持っていた書類を胸に抱いた。

五郎の明るさが、かけがえのないものに雪乃には思えた。

好きになり始めている、胸の内をのぞき見ると、それは、妻も子もいる五郎だから、緊張しなくて済む、安心できる関係だと思っている自分がいるのだった。

大学三年の夏、付き合っていた同じ学年の彼と雪乃の部屋で初めて関係を持った。ことが終わり、彼はすべてを吐き出した後の気だるさに微睡（まどろ）んでいた。その傍らで、雪乃は長い緊張にひどく疲れていた。初めての経験には少しの痛みを覚えただけで特に何も感じなかった。緊張で固まってしまった自分の体が、ひどく恥ずかしかった。そのとき、雪乃の口から言葉が出た。

「二番目くらいに好きなひとだと、もっと」

そのとき眠りかけていた彼は、「二番目？」と聞いて目を開けた。

「雪ちゃんは、二番目の男ともやりたいんだ」

なぜ、あのとき、あんな言葉が口を突いて出たのか。

しばらくすると、彼には好きなひとができた。

「君を二番手にして付き合う気は、僕にはないから」

彼はバカにしたような笑いを見せた。自分の愚かさにあきれて、雪乃は笑い返した。

二年に一度しか帰らない故郷が、雪乃から日に日に遠くなっていくようで、ときに、たまらなく寂しくなる。それなら帰ればいいのだが、帰らない日が続いて敷居がどんどん高くなっていく。寂しさが、五郎を知ってからすこし薄らいでいる気がした。

雪乃は仕事に就いてから今日まで、始業時刻の一時間前には研究室に入るようにしていた。

窓を開け机の上を拭き、お湯を沸かす。それから読みかけの本をめくる。この朝の時間が雪乃は一番好きだった。こんな静かな時間が永遠に続けば、一人でも大丈夫だと思えた。それだけで十分に幸せだった。

階段を上ってくる五郎の足音に、いつしか気付くようになった。

静かな時間に音が入り込む。それまでも同じようにあったはずの音が、今は、特別な音になった。

軽やかな五郎の足音が聞こえると、本に栞を挟み、じいっとそれに聴き入る。部屋の前を通り過ぎ、カギを開ける音がして、ドアが閉まる。

聴き届けると、雪乃は安心して、また本を読み始めた。


あるとき、すれ違い際に五郎が聞いてきた。

「雪乃さんは、いったい何時に、来てるんだい。僕が来るときには、必ずもう着いてるから。この前も一つ早いバスで来たんだけど、その日もすでに来ていたんだよね」

ああ、あの日のことだと、すぐにわかった。机を拭いているとき、前の廊下を歩く足音にいきなり気付いた。いつもより早い時間だったから、階段を上る五郎の足音を聞き洩らしていた。

「ええ、いつも、八時前には」

「ふうん。一時間も早いんだ。それだと、僕はバスを二つ早いのにしないといけないよ」

五郎の言葉に、雪乃は慌てた。胸を打つ音が外に聞こえないかと緊張する。いけない、いけない、大げさに考えて緊張したりしたら、また関係が壊れてしまう。

雪乃は必死にさり気なさを装う。

大学は駅から西にバスで十分の所にある。五郎の住むマンションは、逆の駅東にあった。

「わたしのアパートは、大学に近いですから」

「うん。ちゃーんと学生から聞いてるよ。もしかして、タイヤキ屋の隣じゃないよね」

「まさか」

二人、顔を見合わせ笑った。雪乃も自然に笑うことができた。

五郎が大学に来る時間が、少しづつ早くなった。

子どもの保育園の送迎はどうしているのだろう、と初めて五郎の家庭を思った。すべて妻に任せきりのタイプには見えない。

大学の若い研究者は子煩悩の人が多いのか、自転車の後ろに子どもを乗せて送り迎えをしているのを雪乃はよく目にした。食堂では、保育園の給食のことなどを熱心に話しているのを聞いた。だが、五郎の姿をそういう場で見かけたことはなかった、と気付く。

三歳の男の子がいることは、前から知っている。

五郎は、雪乃が淹れるコーヒーを毎朝飲みにくるようになった。五郎が映画の話を、雪乃が好きな作家の本の話をすることが多い。

「映画は、必ず一人で見るんだ」

と、何気なく付け足すように五郎が言った。一人で見るのが好き。それは雪乃とは一緒に行かないということを遠回しに言っているのか、それとも。五郎が妻との関係を雪乃に言ったつもりか。

雪乃は聞こえなかったふりをして、カップを持つ。

雪乃が読み終わった本を五郎が自分の部屋に持っていくこともある。昼休みにその本を手に、構内をぶらぶら歩いている五郎を見ることがあった。

ある日、五郎が将棋盤を両手に抱えてきた。

机に降ろすと、子どものように得意気な顔をして、「教えてやる」と言った。

駒の並べ方から教わった。勘がいい、と褒められると、五郎に褒められたくて将棋の本まで買い秘かに勉強した。五回に一回くらい勝つようになった。勝つことが単純にうれしくて夢中になった。

雪乃が仕える教授は、昼休みになると大学の近くにある官舎に帰るので、五郎は将棋をしようと言っては昼休みにも顔を出す。その場にいた学生たちが五郎の相手をすることもある。

将棋盤を持ち込んだ日から、それは雪乃の机の横に置いたままだ。

その日は二人だけだった。五郎が初めて雪乃の親のことを聞いた。

「雪乃のご両親って、どんな人？」

五郎の長い指が、将棋の駒を挟んだまま宙に止まっている。

「父は中学の教師です。母も以前は教師をしてました」

「ふーん。二人とも先生だったのか」

額にかかるさらさらした前髪、その下の大きな目が優しく雪乃を見る。

「じゃあ、雪乃は、けっこう大変だったな」

駒を挟んだ手で、雪乃の頭に触れる。触れたかどうかわからないようなさりげなさだった。いつの間にか、二人でいるときは、雪乃さんが雪ちゃんに、今は雪乃になっていた。

「……たいへん？　やっぱり、学校の先生の子は大変って思います？」

「まあね。親も変な見栄張るから。ごめん。違った？」

「大変ってこともなかったですけど。わたし、できの悪い娘だったから、親を失望させちゃったんだと思う」

「ふーん。失望か。失望ねえ。親は勝手に夢なんか見てさ、困るよね。子どもに押し付けられても」

二人が盤に目を戻す。

「親は、子どもにとっては凶器だ、って言ったひとがいるからなあ」

五郎がポツンとつぶやく。

「凶器?」。雪乃は五郎の顔を見た。五郎は顔を上げないで、将棋の手を考えている。雪乃はこの頃ますます腕を上げた。

雪乃は小学校に上がる前から、親が学校の先生だと子どもの出来も違うね、雪乃ちゃんは賢いねえ、と近所の大人たちによく言われた。父が中学の教師、母も元は教師だったことを知らない人は村にはいなかった。小さな村だった。クラスのほとんどの子が農家の子だった。先生からも友達からも、いつも特別な目で見られているように、雪乃は感じた。それを、初めは嫌ではなかった。むしろ誇らしかった。自分も学校の先生になることを夢見ていた。附属中学の受験に失敗するまでは。

六年の夏休みに入る頃だった。夕食を終えると、母が父に話しかけた。

「雪乃を、附属中学に行かせましょうよ」

わたしは何のことかわからず父を見た。父もわけがわからんという顔で、地元の中学校でいいんじゃないか、どうしたんだ、と聞いた。

母が大学生のとき、教育学部の実習で、附属中学に行ったのだという。

「附属中学の子は、そこらの子とは違うのよ。大学生より知識も豊富な子がたくさんいて、頭の出来がまるで違うの。雪ちゃんもそこに入れば、きっと将来が違ってくると思うのよ」

父は、ふうん、そうか、と雪乃の顔を見て言った。雪乃は、みんなと違う学校に行くことに少し不安を覚えたが、母のうれしそうな顔を見て、きっとそれがいいだろうと思った。あのとき、みんなと同じではいけないような気が、雪乃はした。

夏休みに入ると、母が中学受験の問題集を買ってきた。今まで見たことのないほど分厚いものだった。毎日少しづつやるように言われたが、夏休みが終わる頃には、机の隅に置いたままで開くこともなくなった。夏休みの宿題のプリントなどの下になって、問題集は、いつしか忘れた。

雪乃の小学校の成績はオール五だった。国語や算数はもちろん体育も音楽も得意で、苦手なのは図画くらいだったが、それも四がつけられることは滅多になかった。だから、雪乃はことさら受験勉強をしなければという気持ちにはならなかった。母も、問題集をチェックするというようなことまではしなかった。

同じ小学校から、四人が受験した。男の子一人と女の子三人だった。雪乃が受験するとわかって、仲良しの二人が一緒に受けることにしたのだった。結果、雪乃と友達二人が落ちた。周囲は驚いた。クラスのみんなの雪乃を見る目が、あのときから変わったような気がした。誰より自分自身が、初めて自分のことを知った。合格した男の子は同じクラスの目立たない子だった。

「あの子の両親、両方とも大学は出ていないんですよ。雪乃ちゃんの方が、絶対、頭はいいのに」

と、落ちた子の母親が、合格した子のことを玄関先で母に話していた。

一番がっかりしたのは両親だった。雪乃の姿が見えない所で、二人暗い顔を突き合わせ、どこを間違えたのか、何がいけなかったのか、話していた。

「何がいけなかったのか」。そう言ったのは父だった。

雪乃を誰も責めたわけではなかった。だが、責められるより辛かった。

自分が努力しなかったから落ちたのに、まるで他に大きな原因があるように両親が話している。いたたまれなかった。

あの頃から母が言うようになった。

「雪乃には意思というものが、まるっきり感じられない」

高校は、親の望む所に受験さえできなかった。

雪乃は家を出ることを考えた。子どもの頃からなじんだ冬の暗い空が、急に嫌になった。上から頭を押さえられているようで、苦しくて息ができないような気がした。

子どもの頃見た富士山と静岡の明るい空に憧れた。

子どもにとって、親は凶器？　そんな風には考えたことがなかった。

「先生は？　五郎さんは？」

二人だけのときは先生とは呼ばないでくれと、五郎から言われていた。

「僕か。僕は、男三人兄弟の真ん中だからな。案外楽だった……かな。兄は東大出て父と同じ霞が関。弟は、……面白いんだ、こいつが。両親に反発したんだよな。中学出るとすぐに家を出た。今、九州にいる。鹿児島でさ、寿司、握ってるよ」

家族の話を初めて互いに打ち明けた。

「お寿司屋さん。寿司職人ね、いいな、いいですね。五郎さんは、どうだったんですか？　親に反発とか、しなかったんですか」

「うーん。反発ってゆうのとは違うね。だって、兄は父と考え方もよく似ていたんだけど、僕は子どもの頃から違っていたから。まるっきり。父は父、僕は僕、って早くから思ってた。父も母も凶器になって迫るほど、僕には期待してなかった。兄が、そういう意味では、一番大変だったんじゃないかなあ」

「お兄さんって。先生、いえ五郎さんよりもっと優秀だったんですか？　親はそれよりもっと優秀。何だか、しんどそう。でも、……そう言えば、なんで五郎、なんですか、いえ、次男だったら、二郎とか……」

「よくぞ、聞いてくれた。それがね、ホント、笑っちゃうんだけど。当時の父の上司ってゆうのが、すごいやり手で、霞が関では有名だったらしい。わかるだろ」

「えっ、つまり、そのひとの名を?」

「そう、それ。あり得ないよな。いや、父ならあり得る話でさ。だけど、そっちの五郎さん、途中でこけて、理由は知らないんだけど、出世街道から外れたらしい。それもあってかなあ。五郎に期待してもいかんって、なったのかな。僕は案外、楽だった。それに比べると、雪乃は一人っ子だから」

「ええ。そう、かもしれません。一人っ子は、大変。……わたし、親といると、息苦しくなっちゃったんです。だから、逃げてきちゃった」

雪乃は初めて本音を漏らした。五郎が雪乃を見つめた。

「雪乃は真面目だから、な」

駒を挟んだ指で、膝の上に置いた雪乃の指先にさわった。とても自然で、静かな触れ方だった。それでも、雪乃は恥ずかしくて、その手を振り払い、笑い返した。

「五郎さんは、もっともっと、真面目です」

五郎は何も言い返さず、駒を手にしたまま考えるように盤を見つめた。二人はまるで、真面目を壊そう、と共犯の誓いをしているようだった。

雪乃が窓を開ける。研究棟の前に立つコブシが蕾(つぼみ)をつけ始めていた。

五郎が正門からまっすぐに延びている広い通りを歩いてくる。遠くから研究棟に向かって手を上げた。

カーテンの陰に隠れて、雪乃も手を振る。

駆け足で階段を上ってくる、いつもより大きな足音が聞こえる。

ドアを開け、五郎が笑顔を見せた。

「おはよう」

少年のように瞳を輝かせ部屋に入ってくる。

右手を背中に隠している。

「おはようございます。何?」

雪乃が近づくと、目の前に、白玉椿を一枝差し出した。

「どうしたの？　このお花」

雪乃の掌に白玉椿の一枝を載せる。よく見ると、開いた花の下枝に、見落としてしまうほど小さな蕾が二つあった。

雪乃は胸にそっと抱いた。

「この前、雪ちゃんが沙織に話していたの、聞いてたからね」

昼休みに学生の沙織と好きな花の話をしていた。それを五郎は覚えていてくれた。

「だから、狙っていたんだよ」

「狙って？　まさか、五郎さん、あの大学の横手にある家の、庭のを……」

「そう、そう」

「そうそう、じゃあないわ。見つかったら大変よ。もう」

「だから、見つからないように、朝早く、一枝だけ頂戴してきたんだよ。それに、雪乃。花泥棒は許されるっていうよ。そうだろ？」

水を入れた素焼きの小さな花瓶に差し入れ、机の端に置いた。

五郎が雪乃の後ろに立った。

「いいねえ。でも、何だか……」

「何だか、なんですか？」

「いや、なんでもない」

「あっ、もしかして、五郎さん。ひどいこと、言おうとしたでしょ」

雪乃がにらむと、ごまかすように、「雪ちゃんが、かすんで見えちゃう」と笑った。

雪乃は地味で目立たない。白玉椿も寂しく見える。どちらも寂しいと言いたかったのかもしれない。後になって、雪乃は思った。

春の日の穏やかな朝、五郎が珍しく外に雪乃を誘った。

大学の裏門を出て、明るい雑木林の中の道を進む。朝の二人だけの時間を毎日持ち続けていたが、外に出ることはほとんどなかった。

五郎はいつもと違っていた。雪乃に話しかけてこない。黙って前を歩いていく。

グレイの短いコートに黒のコットンパンツ。将棋をしていてもときどきこんな風に黙り込むことが、この頃多くなった、と後ろ姿を見つめながら思う。

考えていることがわかる。このままでは苦しくなって、五郎との関係が壊れてしまう。どうにもならない関係。焼けつくような思いが、雪乃から無邪気な笑いを奪った。五郎も悩んでいる。苦しむ五郎を後ろから抱きしめたい。

あの日から、まだ七カ月。無邪気にタイヤキを二人で並んで食べた日から七カ月しか経っていない。あの星空を、あれから一度も見ていない。

まだ何も始まってはいない、とごまかせなくなっている。出会ったときから始まっていた。

今だったら……。今なら引き返せる。

このまま会わなくなればそれで終わる。そうすれば、誰も傷つけることはない。

誰かを傷つけてもいい、そう思うときがある。それが怖かった。

だが、五郎を失うのは、もっと怖かった。誰かを傷つけても五郎と一緒にいたい。

突然、五郎が止まった。

雪乃は背中に顔をぶつけた。

「あっ、ごめんなさい」

一歩下がった。前を向いたままだった五郎がくるりと振り返った。五郎の目が真剣だった。五郎はすっと手を伸ばし、雪乃を引き寄せた。

そのまま、二人が不器用に黙って立っていた。

五郎の胸に顔を埋め、目を閉じた。五郎の熱い手が雪乃の背中をとらえている。

五郎の指が雪乃の顎に触れた。泣きそうになるのを耐え、五郎を見た。冷たい五郎の手が、雪乃の頬を包む。大きな目が怖いほど真剣に雪乃を見つめ、顔を近づけてくる。唇にそっと触れた。

「雪乃、好きだ」

雪乃の細い体を、決して離すまいというように強く抱きしめた。

雪乃は頭の芯が痺(しび)れるほど、しあわせを感じた。抱きしめられるだけで、すべての力が抜けた。

「このまま離さないで」

雪乃の思いが五郎の胸にこぼれた。

翌日から、五郎が朝早く大学に来ることはなくなった。

そうなるだろうと、雪乃には予感があった。

バスで通勤する人に紛れて、五郎はいつの間にか大学に来ていた。

階段を上ってくる軽やかな足音も、部屋の前を通り過ぎる静かな音も、雪乃には聴き分けることができなくなった。

確実なものなど二人には一つもなかった。二人に明日は二度と来ない。

あれが最後だったのだ。

五郎は、素朴なひとだ。

学問の世界に没頭している教授の姿を、若者のように思うことがある。だが、教授は素朴な人ではなかった。五郎は日常の物事を複雑には考えない。シンプルにとらえる。そんな五郎を好きになった。

雪乃は、初めて恋をした、と思った。だが、相手にはすでに一番目の人がいた。雪乃は二番目で良かったはずだ。二番目がいいから、と五郎に言いたかった。

五郎が苦しんでいる。苦しむ五郎を見るのはつらい。

つらい気持ちのもっと奥に、五郎の特別の存在になったということに恍惚(こうこつ)としている自分が確かにいることを、雪乃は知っていた。

五郎は雪乃を遠くに認めても、もう手を振ることはなかった。廊下ですれ違うときも笑顔で軽く言葉を投げかけることはなく、暗い目で、雪乃の目の奥を刺すように見つめるだけだった。

夏休み、学生たちのいなくなった構内は静かだった。教授はドイツでの研修も含めて、一カ月の休暇を取っていた。

雪乃は、いつもと変わりなく誰より早く来て、窓を開けた。肌を刺す真夏の日差しに、通りのケヤキの葉は白く揺れている。

去年の今頃は、まだ五郎と特別な出会いはしていなかったのだ。

あのときに戻るだけだ。自分に何度も言いきかせるのに、五郎の姿が見えないと、途端に何も手に付かなくなる。五郎と話さなくなってずいぶん経つ。それでも、姿さえ認めることができれば、心は慰められた。

姿さえ確認できれば、生きていけた。

それが、一週間前から彼の姿を見ていない。

窓の外を眺めても、彼の姿はなかった。部屋の前を通りすぎても、彼の声は聞こえてこない。

きょうも彼を見ることができなかったら、誰かにそれとなく聞けばいい。そう思いながら、それができない。

どうして、こんな意地悪をするのだろう。五郎を恨む気持ちになっている。

五郎の電話番号もアドレスも知っている。だが、互いに一度もそれを利用したことはなかった。日に何回も携帯を手にとる。光る画面には何もなかった。

夏休みだから、家族旅行に違いない。そうであってほしいと思う。それなら、ここに必ずいつかは帰ってくるのだから。帰ってきてくれたら、もうそれだけでいい。話ができなくてもいいから顔を見せてほしい。明日は来るだろう、明後日は。毎日思い続け、夜も眠れない。それでも朝が来るのを待ちわびて、体を引きずるようにして大学に向かった。

十日が過ぎた。体が自分のものでないように重かった。

夜半過ぎから降り続いた雨が、朝になっても上がらなかった。

通りに面した窓のガラスが鳴る。ラジオで大雨警報が出されたことを知る。雪乃は大学を休むことを考えなかった。きょうこそ、きっと彼が来ている。毎朝、そう思うようにその日も思った。

起きなくては。

彼に会いたい。彼の姿を遠くから見るだけでいいから。

目が覚めても、頭が上がらない。

このまま死んでしまう。そんな気がした。誰にも気付かれないままに死んでいくのだと思った。死ぬ前に、どうしても五郎の声を聞きたかった。

ラジオから、歌が流れていた。

風邪をひいた男が、すすり泣くように歌っていた。

「棄(す)ててしまえ、そんな恋
棄ててしまえ、そんな恋」

ラジオを消す。棄てることなどできない。

一度だけなら、電話をしても許されるのではないか。ベッド横の書棚に、携帯は置かれたままだ。

手を伸ばす。五郎の名前を見つめる。画面に、ぽたぽた涙が落ちた。

もう、会えないの？　このままわたしたちは、別れてしまうの？

手にした携帯をまた書棚に戻す。電話をかけることはどうしてもできなかった。彼の妻を傷つけたらいけない。まだ今は何も起こっていないのだから、このまま別れることにしたのだ。

五郎はいいひとだから。五郎は優しくて、とっても真面目な人だから。

五郎は強く決意したのだ。別れることを。きっと諦めがついたのだ。

一人ぼっちのわたしとは違う。五郎には、家族がいる。可愛い子どもがいるのだから。

雪乃は、雨の音を聞いていた。いつしか疲れて眠った。

翌日も大学を休んだ。

その翌日も、ベッドから起き上がれなかった。

わたしは道を外れて、泥水を飲んだのだ。

死んでも構わない。このまま死んでもいい。

そのとき、マナーモードの電話が震えた。五郎さん……。

研究室の学生、沙織からだった。明日は出勤するからと伝えたが、それから一時間もしないうちに、部屋のチャイムが鳴った。

ベッドから這(は)っていき、手を伸ばしてドアを開ける。

「心配したよ。死にそうな声だったたって、こいつが変なこと言うからさ」

にぎやかな学生が隣の沙織の頭を軽くたたき、部屋に入ってきた。

「雪ちゃん」

沙織が、三和土（たたき）に座ったままの雪乃の体を抱き起こそうと、脇の下に両腕を回し入れ、大きな声を上げた。意識を失った。

近くの病院に運ばれた。

医師が、学生たちに検査結果を伝えている。

どこにも異常は見受けられないが、脱水症状があり、体が弱っている。大事をとって、三日間くらいは入院させた方がいいだろう、と言っている。

「雪ちゃん。実家に電話して、来てもらった方がいいんじゃないですか」

医師が部屋から出ていくと、すぐに沙織が言った。雪乃は小さな声で「いい」と断る。

でも、と言いながら、何かを察したのか、沙織はそれ以上は言わず部屋を出ていこうとした。

「ありがとう。迷惑かけてしまったわね。ごめんなさい」

雪乃は体を起こし、礼を言った。


三日が過ぎた。

病院の朝は早い。カーテンを開け、遠くの山を眺めた。

夢に、母が現れたことを思い出した。もう、ずいぶん長い間、声を聞いていない。母はいつでも正しくて、迷いのないひとだ。どうして、いつもあんな風にいられるんだろう。母には好きな人がいなかったのだろうか。母の恋など想像もできない。苦手だったが、無性に、確かな母の声を聞きたくなった。

窓の外を見て、ぼんやりしていた。

「雪乃」

振り向くと、五郎が廊下に立っていた。黒目だけが光る青白い顔、スポーツ刈りにしていた髪がずいぶん伸びていた。

雪乃は思わず二三歩足を踏み出し、とどまった。五郎に背中を向けた。

五郎さん……、唇が震えて声にならない。

五郎の足音が近づき、雪乃の肩を掴(つか)んだ。

「雪乃。……すまなかった」

「雪乃さーん。きょう退院ですね」

看護師が書類を片手に入ってきた。五郎は雪乃から離れて、部屋の隅に退いた。

退院の荷物は紙袋一つだった。それを五郎が持ち、病院の玄関からタクシーに乗った。

「大学を過ぎた次の交差点で、停めてください」

五郎が、年のいった運転手に告げる。

雪乃の手を、五郎が強い力で握っている。

――どこにもやらない。

五郎が、顔を寄せ耳元で囁いた。

別れることなんて、できない。もう、離れられない。雪乃は五郎の肩に顔を押し付けた。

アパートの前に誰もいないのを確かめ、タクシーを降りた。三階建ての小さな学生アパートだった。各階に五室ある。雪乃の後をついて五郎が階段を上がる。雪乃の部屋は二階の階段のすぐ横だった。部屋の前で、雪乃は五郎を振り返った。初めて五郎を部屋に入れる。部屋は、三日前に出ていったままだ。空気が濁り、ひどく暑かった。

何日も寝込み、部屋の掃除もしていない。シャツやホームウエアがベッドの上や椅子に脱ぎ捨てられ、キッチンの流しには茶碗や箸が汚れたままあった。

雪乃が窓を開けようとすると、五郎はそれを遮り、雪乃を強く抱きしめた。五郎の顔が近づき唇に触れた。雪乃がためらいがちに薄く唇を開く。五郎の熱い舌が入ってくる。我慢できなくなったように、雪乃の舌に絡ませる。雪乃も激しくそれに応えた。

ベッドに二人もつれ倒れた。

雪乃の名を五郎は何度も呼んだ。額に頬に顎に首筋に唇を這わせ、声を絞り出した。

「会いたかった。雪乃」

「わたしも」

五郎は雪乃が息ができないほど強く抱きしめ離さない。

「五郎さん。どこに、どこに、いたの？」

「弟の所。……息子だけ連れて、九州に行っていた。雪乃を忘れようと。忘れなきゃいけないと思ったんだ……」

雪乃に覆いかぶさる五郎の目に涙がにじんでいる。

「でも、できなかった。できるはずないよ。忘れることなんて、どうしてもできなかった。戻ってきたら、雪乃が入院したって聞いて。僕は……」

五郎の言葉が詰まる。

雪乃の頬にも涙が伝った。二人はしばらく黙って抱き合った。

雪乃のシャツの下に、五郎の手が伸びる。薄い胸をやさしくやさしく撫(な)でる。乳房を五郎の掌が包む。

雪乃は目を閉じ五郎の胸に顔を埋める。

五郎の手が雪乃の腿にあるのを感じた。きつく閉じた足を、五郎が開いていく。唇を初めて合わせた朝は、それだけで良かった。今は、五郎の何もかもを求めてしまう。

その日から、雪乃の部屋に五郎が通ってくるようになった。

五郎が仕事を切り上げて早く帰る火曜と木曜の八時過ぎ、と二人で決めた。雪乃は風呂を沸かし、五郎が来るのを待つようになった。

五郎の来る前の日には、花を買い、いつもより時間をかけて掃除をした。窓の桟も、濡らした雑巾で拭いた。隅から隅まできれいにしていると、気持ちが弾んでくる。和食が好きな五郎のために、味がしみこむように煮物を前の日から作って待つこともある。

だが、心浮き立つ日は長くは続かなかった。

ふとした時間の隙間に、五郎の家庭を考えている。ため息が漏れ、萎えていく。そして、作ったばかりの料理を捨てたくなった。苦しくて、逃げ出したくなるとき、初めから、そして今だって、五郎を独占したいなどとは少しも思っていないと、言い訳をしないではいられなくなる。

懐かしい想いで買った桔梗をコップに挿し、テーブルに置くと、雪乃をいっそう寂しくさせた。このままではいけない。一日に何度も考えることを、また思った。

「ここが、一番、僕らしく、いられて、くつろげる」

来るなり、五郎はベッドに横になるようになった。天井を見ながらつぶやく五郎は、くつろいでいるようには見えない。目がくぼみ、顎も尖(とが)った。日に日に、五郎もまた元気がなくなっていくようだった。

次の日の夕方、何年ぶりかで母に電話をした。何もかも話したい。そして、大丈夫よ、と元気な声で母に言って欲しかった。

それなのに、結婚はしないから、と一方的に告げると、雪乃の方から切ってしまった。結婚について母から何かを言われたことなどなかったのに、雪乃は自分から言わずにいられなかった。母の期待に、またも応えられない自分が苦しかった。

秋の日差しがまぶしい研究室の窓辺に立って、あと二カ月もしたら雪が舞う北陸の空を久しぶりに思い出していた。

どこまでも明るいこの地に居場所がない。そんな気がした。鉛色の故郷の空が嫌いで、明るい日差しを求めてこの地に来たはずだった。

——雪が降ると不思議と音が消える故郷。

教授がいつもより早く退出した日、雪乃は久しぶりに五時前に仕事を終え、大学を出た。

五郎の来る日ではなかった。大学の図書室で借りた女性作家の本を、この日に読もうと前から決めていた。

毎日のように寄る本屋を外から眺めながら角を曲がり、タイヤキ屋の前を通り過ぎようとして立ち止まった。小豆のタイヤキを一つ買った。甘いタイヤキを食べながら、かなり分厚い読みごたえのありそうな本をゆっくり読む静かな時間。

前を見ると、アパートの前の狭い通りに、女が三歳くらいの坊やを連れて立っていた。肩までの髪、ベージュの地味なカーディガンに紺のパンツ姿のひとは中年くらいに見えた。顔を上げ一点を見つめている。

アパートの二階、雪乃の部屋辺りに目を止めている。そんな気がした。雪乃は、予感がした。後退（ずさ）りして、文房具店の前の自販機の横に、体を隠した。息をひそめ、待った。

坊やが手をつながれたまま、こっちを振り向いた。二重の優しい目が、五郎と似ていた。

やがて、女は背中を丸め、坊やの手を引いて雪乃の前を通り過ぎた。その横顔は、雪乃と変わらない若い女性だった。

思いつめたような、暗い顔をしていた。

――あんな女は嫌。

地味で、ちっとも美人じゃない。

雪乃はアパートの階段を駆け上がり、ドアを開け急いで閉めると、胸が痛くて立ちすくんだ。派手で、美人で、強い女。そんな女を勝手にイメージしていた。そうであってほしいとひそかに願っていた。五郎の妻は、そうであってほしいと。雪乃とはまるで違う強い女、独りで生きていける、母のような女だったら。そんな女だったら、まだ許されるような気がしていた。

心の奥に仕舞い込んで見ないようにしてきた罪悪感が、どくどくと流れ出て雪乃を溺れさせる。胸の奥が引き攣れるように痛んだ。

女の顔が、どこか自分に似ていた。

――帰りたい。

この地に来て、初めて故郷に帰りたいと切実に思った。

高校三年のときだった。放課後、教室に一人残っていると、国語の教師が、

「雪乃。雪乃の詩を見つけたのよ。ほら、読んでみて」

投げるように一枚の紙を渡した。雪乃が好きな独身の女性教師だった。

雪がはげしく　ふりつづける
雪の白さを　こらえながら
欺きやすい　雪の白さ
誰もが信じる　雪の白さ
信じられている雪は　せつない
どこに　純白な心など　あろう
どこに　汚れぬ雪など　あろう

長い詩だったが、一部分だけ覚えていた。雪乃はこの詩が好きではなかった。詩を目にしたときの、自分が裸にされたような恥ずかしさを思い出した。楽しみにした本のページをめくることもなく、タイヤキは袋に入れたまま冷たくなっていた。

翌日、夜になって、五郎が疲れた顔をして部屋に入ってきた。雪乃と目を合わさない。雪乃は自分の顔が蒼白（そうはく）になるのを感じた。手から、ガラスの小皿がすべり落ち、高い音を立てて割れた。五郎が別れることを決めた、と雪乃は直感した。今夜が、最後になる。

破片を拾う雪乃を、五郎は立ったまま黙って見ている。

ガラスの破片をキッチンに運ぶと、立っている五郎の前で、雪乃は黙ったまま裸になった。唇の端の痙攣（けいれん）が止まらない。唇を血がにじむほど強く噛んだ。ベッドに横になり、五郎を見上げた。

五郎は部屋に入ってからずっと無言のままだ。ブルーのシャツにVネックのグレーのセーター、細身の茶のパンツ、それらをはぎ取るように、五郎は怒った顔で脱ぎ捨てていく。ベッドサイドに立ち、裸の雪乃を見下ろしている。その顔には、女を抱く若い男のぎらついた欲望も、喜びのかけらもなかった。

きょうは、わたしが、このひとを抱く。わたしのすべてで。雪乃は初めて挑むように思った。

五郎の引き締まった裸体。厚い胸。長い指。

だが、雪乃の体の奥は冷えていた。おののきたじろぐほどの激しいものが、いま雪乃の内から燃え上がらんとしているのに、体は正直だった。

両手を伸ばした雪乃の上に、五郎は体を重ねた。

「雪乃。無理しなくて、いいんだ」

五郎の手が雪乃の短い髪を梳（す）くように撫で上げる。唇が雪乃の項（うなじ）を這う。

雪乃は五郎の背中に手を回しすがりついた。

「五郎さん。好き」

五郎が目を閉じたままうなずく。

「雪乃」

「五郎さん。五郎さん」

五郎の胸に頬を押し付け訴える。好きなの、好きなの。

別れる。きょうを最後にするのだ。

五郎の顔を見つめた。五郎の閉じた目から涙がこぼれた。

このひとがこんなに苦しんでいる。雪乃の口から嗚咽が漏れた。

雪乃は五郎の背中を撫でる。やさしく、やさしく撫でながら、すべてを記憶に刻もうとした。

五郎が囁く。

「雪乃。おいで」

五郎が雪乃を抱え起こした。ベッドの上で五郎は伸ばした自分の足の上に雪乃を乗せた。

濡れている雪乃の唇を五郎の唇がふさぐ。

ながい、ながいキス。

雪乃は胎児のように膝を曲げ小さく丸まって五郎の体に抱かれた。

部屋の外で、誰かが階段を下りていく足音がした。車のドアの閉まる音がしてエンジン音が遠ざかっていく。また、静かになった。

五郎は雪乃の額に軽いキスをすると、体をずらし立ち上がった。下着を身に着け、いつものパンツに足を通した。

これが、最後。こんなところを見られるのも、きょうが最後になるのだ、雪乃はまた泣きそうになるのを耐えた。

五郎は着替えるとベッドの端に腰かけた。雪乃は体に巻いたシーツを口元まで覆って、五郎を見ていた。

壁にピンで止めた、少し前に本屋で買った星座の写真に五郎は顔を向けたまま言った。

「別れることに。雪乃も、……決めたんだね」

雪乃はそれに返事をしないで、丸めてあった下着に手を伸ばしベッドから降りた。床に脱いだままのシャツを手にとり羽織ると、テーブルの椅子を引いた。

「タイヤキ食べた後、二人で見た星。思い出すな」

写真を見ている五郎の後ろ姿。

「あのとき、五郎さんから声をかけられなかったら」

「そう。僕が雪乃に声をかけなかったら、始まらなかった」

大学祭の前の日のあの夜。

五郎も椅子を引き、雪乃を見つめた。

「あれから、すごく長い時間が経ったような気がするよ。一年しか、まだ経ってないのにな」

手を伸ばし雪乃の手を取った。その手に目をやったまま、五郎は沈黙した。

やがて、決心するように口を開いた。

「会ったんだね」

「えっ？」

「うちの、に」

あのとき、……彼女は、雪乃に気付いたのか。気付いていて、それでも、黙って通り過ぎた。通り過ぎるしかなかった彼女の胸の内を思った。

隠れたつもりだった。自販機の横に隠れた自分が愚かで、見苦しく、恥ずかしかった。

「ええ……ごめんなさい。わたし、バカだった。あの、前から、気付いていたってこと、わたしたちのこと？」

五郎は顔を歪め、肩を落とした。覚悟をするように、深い息を吐いた。

「うん。そうらしい。そういうこと、なんにも言わないひとだから」

「それで、何って、言ったの?」

「雪乃のことをね。なんか、地味な人ねって。悪口っていうんじゃないんだ。僕が帰ると、いきなり、そう、言ったんだよ。それから、何だか自分に似ている気がするって。……そう言って、泣いた。泣いたとこなんて見たことなかった、これまで、一度も……。泣かれてしまって」

五郎がテーブルの一点に目を落としたまま低い声で話した。

雪乃は顔を両手で覆った。

「わたしも、同じこと思ったの。彼女がわたしに似ているって、思ったの」

雪乃の体の震えが止まらない。許されるはずがない。だが、許してほしかった。

五郎の家族を傷つけた。坊やの手を引いて黙って通り過ぎた女性。あの女性の家庭を壊してしまった。壊すつもりなんてなかったのに。目の前が真っ暗になるのを感じた。テーブルに突っ伏し、テーブルに額を何度も何度もぶつけた。

「ごめんなさい。ごめんなさい」

雪乃は謝り続けた。

「何してるんだよ。雪乃が悪いんじゃないよ。僕が。でも、雪乃を。好きになってしまったんだ。謝らないでくれ。謝るなんて、やめてくれ」

五郎は立ち上がり、雪乃の頭を胸に抱き寄せた。

五郎が耳元で、喉(のど)の奥から押しつぶしたような低い声を出した。

「最後の、雪乃、最後の、お願いだ」

五郎はキッチンに向かった。手に果物ナイフを握りしめ、床に胡坐(あぐら)をかいた。

雪乃の体が震えた。

「何、するの?」

「雪乃。ここに来て」

雪乃の体の震えが止まらない。立ち上がろうとして、椅子が後ろに倒れた。

足が動かない。這うようにして近づくと、五郎が背中から雪乃を抱くように座らされた。

五郎が何をするのか、今、何を考えているのか。怖かった。逃げようとしても、五郎が後ろから雪乃の体を抱きしめている。

雪乃の目の前、五郎の握りしめたナイフが光っている。

「雪乃。別れる。雪乃と別れるよ」

わかっている。わかっているから、やめて。ナイフを持った五郎の手が小刻みに震えている。

「どうしても別れるしか、雪乃と別れるしかないんだ」

「もう、いいの。わたし。わかっているから。だから、やめて、ナイフを置いて。お願いだから」

「雪乃、怖がらなくていい。雪乃に、僕が、何かするわけないだろ。そうじゃないよ。これは儀式だ。別れの」

「嫌」

雪乃は五郎の手から逃れようとするが、五郎がいっそう強く雪乃を抱きしめる。

「雪乃、僕のここに、ナイフを刺してくれ」

五郎の太腿に、ナイフの先が触れた。

「どうして。嫌よ。そんなことできない。……それなら、先に、わたしを刺して。わたしの体に。五郎さんを愛した印、ううん、罰よ。わたしの罪を忘れないために。だって、だって、本当に心から好きになってしまったの。苦しくて、もう苦しくて。……でも、諦める。だから、わたしの体に」

「………バカ。そんなこと、言わないでくれ。雪乃の体に傷なんて付けて、僕が生きていけるはず、ないじゃないか」

雪乃を背中から抱いた手に力を込めた。

ナイフを雪乃に無理やり握らせ、その上から五郎の手が覆った。

「僕は、ただ、痛みを覚えていたいだけだ。そうでないと、またすぐに雪乃の所に、戻ってきちゃうよ。そうしたら、もう、二度と、樹、の所に戻れなくなる」

五郎は必死で家庭に戻ろうとしている。

「いつき君。……」

「うん。樹木の樹だ」

「そう」

初めて知った、あの坊やの名前。

「樹に、……。樹に会えなくなったら、そうなったら、僕は、もう生きていけなくなるよ。だから……」

五郎がズボンの上から、ナイフを突き立てようとしたとき、雪乃は思い切りその手を強く払った。ナイフが部屋の隅に転がった。

見ると、五郎のズボンから血がにじみ出ていた。

「痛む?」

「バカ。雪乃が手を引くから。これじゃあ、かすり傷も残らないよ」

五郎は痛みをこらえるように顔をしかめ、少しだけ笑った。

「雪乃。僕は謝らないよ。だから、雪乃も謝らないでくれ。僕たちは本気で愛し合った。そうだろ。好きになってしまったんだ。だから。せめて、その印が、ただ欲しかっただけなんだ。雪乃を愛した印が」

五郎はよろよろと立ち上がった。

雪乃は悄然（しょうぜん）として、それを見ていた。

「帰るよ」

五郎はその言葉を残しただけで、もう、雪乃をふり返ることはなかった。部屋のドアが開いたとき、外を歩く人の声がかすかにした。ドアが閉まり、部屋に雪乃は取り残された。

真夜中、気付くと母に電話をかけていた。とうに寝ている時間だ。しばらく待っても、やはり母は電話に出なかった。帰りたいと伝えたかった。自分がどうかなる前に、心細さにこのまま死んでしまいそうだった。母にすがりたくて、メールを一言だけ書いた。

「帰ってもいいですか?」

電話を諦めかけた頃、スマホが鳴った。母からだった。

いつもの母の声とは違っていた。

母が泣いていた。泣きながら、何かを雪乃にわびていた。

麦わら帽子

一週間降り続いている雪が、その日もやむことはなかった。

深夜に、チャイムが鳴った。とうに死んでいる世界に鳴る音にしては軽すぎる。膝に置いた手が小刻みに震えている。かさかさに乾いた枯れ枝のような、ぽきりと折れそうな手の震えは、思い出せないほど前から止まることがない。

フロアースタンド一つ灯（とも）した薄暗い部屋の隅に置いた二つのボストンバッグには、二組（ふたくみ）の着替え、歯ブラシ、筆記用具、大学ノート、そして一冊の本が入っている。夫は植物学の分厚い本を、私は小さな詩集を入れた。

私の頭には重い金属が嵌（は）められていた。

すっかり老いた夫が顔を向けた。うなずき返した。夫は肘（ひじ）掛けに右手を置き、体を支えるようにして立ち上がると、私の腕を引いた。

とうとう来た、この日が。

夫の吐いた深い息が暗い部屋に残る。

終わりが近づいていた。夫と向き合った。夫が不器用に私の頬に手を伸ばした。夫の両手は氷のように冷たかった。今さら何も交わす言葉はない。夫に肩を抱かれ、もつれるように玄関に向かった。

二台の車から、強烈なライトが玄関を照らしている。立っている男たち二人の顔は陰になってはっきりしない。痩(や)せている長身の男は少年のように見えた。その男が無言で夫の腕を掴(つか)み乱暴に二人を引き離した。夫の背中にすがりつこうと思わず手を伸ばした私のわき腹を、もう一人の男が突いた。玄関の柱に胸を強打しうめいた。車に押し込められようとしていた夫が、押さえる男から逃れるように身を乗り出し叫んだ。

「せつー、せつー」

「あなた」

顔を覆った。

「あなた、もう」

うずくまる。

この場で、二人一緒に殺してほしい。

車のドアの閉まる音。顔を上げると、夫を乗せた車は急発進し、すぐに見えなくなった。

私は体を引きずられ、別の車に放り込まれた。


それは、ずっと前から動き出していた。

黒電話が、一斉に鳴り出した。

枕元の時計に手を伸ばし引き寄せる。目の前に近づけると、時計の針が十時四十分を指している。寝てまだ一時間も経っていない。

私は慌てて着替えを始めた。遅れてはならない。支給された安手の青いブラウスの袖(そで)に手を通そうとするが、震えてうまくできない。夫は布団の上に座って動こうとしない。

「あなた……早く」

「せつさんまでそんなものを着て、どうしても行くのですか」

「だって。何を言ってるの、行かなきゃ。怖い。捕まるわ」

「僕だって、恐ろしい。だが何を恐れているかと聞かれると、僕にはまだよくわからないんですよ」

いつも以上にゆっくりした口調は、気がおかしくなった人のようだ。

私は夫の布団の端でじりじりと焦り、次の言葉を待った。夫はしばし目を閉じていたが、

「眠り込んでしまって、気付かなかったことにしましょう」

と、いつもの軽いジョークを返してきた。

海に面した村は、三方を高さ三十メートルのコンクリートの壁で囲われていた。村民には、それがどういうものか知らされなかった。ある朝、目が覚めると、百三十三人が住む村は突然、牢獄（ろうごく）と化していた。

よそからの侵入者を決して許さないために設けられた高い壁だった。見張りを立て、捕らえた侵入者を村内の中央に設（しつら）えた広場に曝（さら）す。

村への侵入者を知らせる黒電話は、全戸に取り付けられ、それが鳴ると、村民は直ちに広場に集合しなければならなかった。どんな理由があろうと、それは絶対だった。班が組まれ、班員が互いを監視する防衛組織が出来上がるのに、三カ月もかからなかった。

離脱者は、侵入者と同等の処罰を受け、海の強制労働所に送られるのだ、と噂（うわさ）された。

翌日、青い封筒に入った呼び出し状が家に届いた。覚悟はしていたが、そのときはまだ、これから起こることを正確には、夫も私も予期していなかった。

外まで聞こえていたにぎやかな声が、班長の家の敷地に足を踏み入れ、外から声をかけ

ると、水を打ったように静かになった。騒いでいた子どもの声も静まり、誰一人声を発しない。

玄関の重い戸を引き、靴を脱いで廊下に立つと、奥から鋭い視線が刺さってくるのを感じた。

目の前に立った副班長に表情はない。彼は漁師だった。その彼は海を奪われた。彼の生きる術は絶たれたままだ。一言も発せず、座敷を指差した。

床の間を背に元役場の出納課長だった班長が座り、二十人余りが向かい合っている。震える手で夫のシャツの端を掴む。空いている座敷の真ん中に、夫と座らされた。小学校に上がったばかりの隣家の男子が、人差し指を立て狙いを定めるように目を細めるのが目の端に入った。輪ゴムが夫の眼鏡に当たって落ちた。夫はそれをつまみ、座った膝の前に置いた。すぐにまた人差し指を立て輪ゴムを飛ばす。今度は夫の胸に当たる。何度も夫めがけて輪ゴムを飛ばした男子の顔に憎しみがにじみ出ていた。

黒電話が鳴ってから十分以内に広場に行かなかった者を出した班は他にはなかった。班長が悔しそうに告げた。

自己批判と呼ばれる五時間は、謝罪と宣誓を迫られたが、そのどれにも夫は従わなかった。最後は力づくで夫の頭を副班長が押さえ込み、謝罪の言葉を強要した。私はその横で必要以上に謝り続けた。

すみません。すみません。すみません。すみません。すみません。

苦しいこの場から解放されるためだったら、私はなんでもした。それなのに、夫は。

家にいるのと、少なくとも表面上は同じに見えた。大学教授だった夫は恐らく、このような侮辱を受けたことがこれまで一度もなかったのだろう。だが、今はそんなことが通る時代ではなかった。昔、どこかであったような粛清が、今、この村で起きていた。

上から押さえられた頭を畳に擦り付けたまま、夫が私を哀れむように見つめていた。

ぴた、ぴた、ぴた、ぴた。

どこからか聞こえてくる音に頭を上げた。

村の衆がそれでいい、それでいいというように、私を認めた。

手の痛みにハッとした。

目を落とすと、私の右手が、夫の太腿をたたき続けていた。

ごめんなさい、ごめんなさい。すみません。すみません。

夫の横で頭を畳に擦り付け、泣きながら謝り続けた。

夕暮れに、二人は解放された。

二日後の朝、新聞を取りに出た夫が外から呼んだ。日頃もの静かな夫が、珍しく慌てているる声だった。

花壇が荒らされていた。植物を愛する夫は呆然と花壇の前に立っていた。私の大好きな忘れな草も執拗に踏みつけられていた。

ゴミ袋を取りに家の中に走った。一刻も早くこの忌まわしいものを取り除けて、跡形もなく均してしまおうと、泥混じりのまま袋に詰め込んでいった。

誰の仕業か、夫への悪意？　誰だろう。近所の人の顔を思い浮かべる。誰であってもおかしくなかった。この一年、誰とも口を利いていなかった。

その日から、始まった。

塀の落書きには、頭脳を壊せ、沼で働け、と書き殴ってある。

道で会っても、誰もあいさつを返さない。嫌がらせと無言の脅しが繰り返された。

そんなある日、庭に面した窓をたたく音で目が覚めた。

コツコツと小さな音。空は白み始めている。

怯え震える手で障子を開け、縁側に出てカーテンの隙間からのぞくと、青い顔をした娘が立っていた。

戦士の家族だけが、この村に入ることが許された。

だが、危険人物の、反逆罪のレッテルが貼られた私たちとの接触は危険だった。娘に災いが及ぶ。

慌てて庭の前の道に目をやり、縁側から娘を中に入れた。娘の脱いだ靴を素早く取り入れる。リビングの椅子に座ろうともしない娘は、しばらく見ないうちにひどく痩せていた。小さく折り畳んである紙を、テーブルの向かい側に立った私に投げつけた。紙を広げる。夫も寝室から出てきて、私の横でその紙に目をやった。

「反逆罪を犯した者の家族は、同罪とみなす」

と、赤い大きな字が躍っていた。

娘は、よくできる頭のいい子で、小学校から大学まで挫折もなく進み、連れ合いと二人、医師として隣町で働いていた。幼い頃からぜんそく持ちで病院に走ることが多かったが、大人になるとすっかりよくなった。それがまた、二年くらい前からひどくなっていた。

忙しい娘夫婦に代わって、孫の世話を引き受けてきた。その孫はすでに大学を卒業していた。もう何年も会っていない。

違う道を、孫は進んだ。私たちとは相容(い)れない、厳しい関係に至るであろう道に足を踏み入れ、長い時間が経っていた。

「なんということだ」

夫が声を振り絞る。

長女はうつむいたままだ。髪をまたいっそう短く切りそろえた頭を振って、両拳でテーブルを思い切りたたいた。

「みんな、この村を守るのに必死なんですよ。非常時なんです、お父さん。非常時！」

ヒーヒー、喉の奥が鳴って、細い体を折り曲げた。

隣の部屋の薬箱から吸入薬を持ってきて娘に渡す。娘が私を見た。長い間、娘はこの家には帰っていなかった。それでもこの家に来ていつ発作が起きるかわからない。万が一のために。私たちの娘が、いつ帰ってもいいように、用意してあった。

夫は、自分の椅子を持ってきて娘を座らせた。

娘を真ん中に夫と私と、三人の家族だったのだ。この家で。ついこの前まで。娘の肩に手を置く。

赤字の上に、ポタポタと涙が落ちる。娘が声を殺して泣いていた。

昼に、夜に、電話は鳴り続けた。

そのたびに、以前は村の世話役で気のいいひとだった班長と花好きの隣のおばさんが、私たちを表に引きずり出し、広場まで腕を取り無理やり歩かせた。

通りには、青いシャツを着た集団が、荒れ狂う海のように広場に向かっていた。ムチを地面に打ちつけながら、叫び声を発して進んでいく。広場の中央には高い台が設えてあり、そこに今度は若い女が転がっているようだった。この前は、痩せた老人だった。女の身に着けている服はすでに血まみれで、ところどころ破け、透き通るような白い肌が露わになっていた。それは不気味だった。周りの男たちは興奮し、ムチを打ち鳴らし雄叫び（おたけ）びを上げた。

前の方で一瞬音が消えた。周囲がざわめいた。

夫が、人々の間をかき分けて台の上によじ登ろうとしていた。

女を取り囲んでいる男たちに頼み込むように夫は頭を下げている。すると、夫のすぐ前にいた若者、十代かもしれない、が夫にムチを握らせようとした。周りの人々が一斉にはやし立て、輪は中央に集まっていく。夫の姿が見えなくなった。私の腕を強く握っていたおばさんもいなくなり、私はその場にしゃがみこんだ。

あの若い女もまた、頭に小さなライトグレイのベレー帽のようなものをかぶせられて、悪魔の液体を汲（く）みにやらされるのだ、命が続く限り。だが長くは生きられない。悪魔の液体は、草木も鳥も動物も生きとし生けるものすべてをじわじわと侵し殺していく。

海に立つ廃墟と化した建屋に悪魔の水と呼ばれる汚染水は溜めこまれ、その周囲に人が近づけないように幾重にも鉄線が巻かれているのだ、と夫が以前話していた。そこに罪人?が送り込まれ、建屋の汚染水を周りの何万とある沼に運ぶのだという。沼を持つ村を囲んでいる高い壁。そこを通る狭いトンネル。戦士と呼ばれる集団が住む特別区域に向かう一両だけの列車が走っていた。

翌日、夫は両側を見知らぬ男たちに抱えられ帰ってきた。口を開くこともできないほど憔悴していた。

「もう、終わりにしましょう。あなた」

それまで何度も呑み込んできた言葉を夫の耳元にぶつけた。背中が特にやられていた。赤くみみず腫れをおこしている。靴下を脱がせ足先を見て、悲鳴を上げた。十本の指がすべて紫色になっていて、小指はつぶれていた。夫は思っていた以上に頑固でプライドが高く偏屈者だった。それが、いっそうひどくなった。

縁側に薄日が斜めに差し込んでいた晩秋の午後、夫と私は、久しぶりに庭に出た。その頃はまだそれが許された。

小屋からチューリップの球根を出してきて、雑草が茂っている花壇の片隅に植えようとしていた。忘れていた長閑（のどか）な時間を持って夫の心を慰めたかった。せめて二人でいるときには、昔の穏やかなはにかみやさんで、ジョークを口にする夫に戻ってほしかった。

スコップで土を掘り起こしている夫の背中から、懐かしい匂いがする。掌（てのひら）を当て、そっとさする。お日さまが当たって暖かい。傍らにいるだけでいい。

「ねえ、あなた」

夫が振り向いたとき、家の前で車の停（と）まる音がした。二人慌てて隠れるように屈んだ。前の道に目をやった。

青い服、青いズボンの、目深に黒い帽子をかぶった男が降りてくるのが見えた。

初めて見る上下の青い制服は、最も忠実に仕える戦士の証明であった。

夫の顔が強張るのを見て、思わず口を覆った。逮捕、の二文字が浮かぶ。

土の付いた手で夫の洋服を掴み、夫の背中に隠れた。

「ナカニハイリナサイ。ハナシガアリマス」

夫も私も意味が呑み込めず、夫は小さなシャベルを、私は球根を手に、庭の隅に屈んだままだ。

同じ言葉を、機械音が繰り返した。

夫の腕にすがる。夫が私の腕を引き、二人立ち上がった。縁側まで進んだ。庭のナツツバキ、ヤマボウシはすでに落葉していた。うなだれ、茶色に敷き詰めた落ち葉を見ていた。

「ヒサシブリニ、コノ、イエニキマシタ」

夫が私を見る。二人、顔を上げた。

孫だった。確かに顔は、孫の顔だった。

成長した孫を見るのは何年ぶりだろうか。

顔は確かに孫の顔だ。だが、気配がまるで違った。無機質な気味悪いものが、孫を包んでいた。

「アナタタチハ、トテモマズイジョウキョウニオカレテイマス」

夫の服を掴む手に力が入る。やめて、やめて。心の中で叫んだ。夫が縁側に腰を下ろしたまま背筋を伸ばすのを感じた。

「元気でしたか。この縁側でよく遊んだものですが、覚えていますか。君が生まれたときに植えた木がこんなに大きくなった。夏には、白い花がいっぱい咲いていたのですがね。見せたかった」

こんなときにも丁寧に話す夫の言葉は、どこか間が抜けて聞こえた。口の中が渇いた。

男は木々を見上げるでもなく、

「コノママデハマズイコトニナリマス。……オクラレルヒガ、チカヅイテイマス。リストニ……ナマエガノリマシタ」

一息つくかのように、男は肩を下げた。

男の目が、壊れた門扉の辺りを見た。

毎年丸く刈り込む躑躅(つつじ)があった。

遠い日、その傍らには、小さな鋏(はさみ)を手に、私のまねをして遊んでいる麦わら帽子をかぶった幼い智也がいた。

伸び放題で形も崩れた目の前の躑躅が、今のわが家を語っていた。

……むかしむかし、優しいひとびとの住む青い美しい星がありました。そこには、おじいさんとおばあさんと可愛い男の子が住んでいました……。

智也。

昔話を覚えているかい。

夫が腰を上げた。夫の顔を見た。老いて、シミの浮かぶ顔に一筋流れる涙を拭こうともしないで、孫の智也を見つめていた。

智也。おまえは本当に信じているのかい。私たちがそれをじゃましているのかい。

私は口を開きかけた。男は一度も視線を合わさないまま、車に向かった。

車のドアを開ける。

と、かぶっていた制帽を投げ入れ、車の助手席から何かを取り出した。

ふりかえると、それを頭に載せた。

麦わら帽子だった。小さな麦わら帽子が風に舞った。

「母さん。母さん一人だけ、なんとか助かります。すみません。二人は……無理でした」

一両だけの電車は青い制服の戦士とぺらぺらの安物の青いシャツを着た人々で混んでいた。男も女も子どももみんな青、車両が青一色で染まっていた。

人々は皆、戦士の家族だ。

胸の動悸(どうき)が早くなる。智也は手の届かない所に行ってしまった。なぜなの？　何度も胸の内で智也に問い続けてきた。だが、今となっては、それもその子の道だと諦めるしかない。

最期にもう一度だけ会っておきたい。会いに行きたいと告げたとき、夫は厳しい口調で言った。

「何かを、何かを確かめに行くのだったらやめた方がいい。今さら、無駄なことです。ただ、顔をもう一度見たいと、見ておきたいというのなら、それだけにしなさい」

出がけに私を慰めるような眼差しで、私と同じ思いを胸の奥底に閉じ込めて、夫は私を見送ってくれた。

確かめることなど、もう一つもない。遠い所に行ってしまった孫を、老いた私がどうにかできようはずがない。ただ、死ぬ前に、たった一人の孫に会っておきたかった。

娘を、智也の母親を、恐らく大きな犠牲を払って、智也は助けてくれたのだ。

それだけでいい。

智也が悪いのではない。

智也の生まれるずっと前から、汚染水は溜まり続けていたのだ。何年も何十年も見て見ぬふりをしてきた大人たちのツケが回ってきたのだ。

この小さな村に。

そして、誰もが追い込まれた。気のいい役場勤めの班長も、腕のいい漁師も、花好きの隣人も、誰もかれもが。

右腕に誰かの手が触れた。顔を上げると、青い制服の男がいた。一瞬、孫の智也かと、泣き出しそうになって、ハッとした。屈んで私をにらんだ顔は、智也より幼かった。ぼんやり見つめ返す私の腕を掴んだ。何が起こったのか、わからない。「痛い」。声が漏れた。

「アナタハ、タチアガリマセンデシタ。バンゴウヲ、イイナサイ」

機械音が命令した。何のことかと、周囲を見回した。

うかつだった。智也のことに心を奪われ、戦士に立ち上がり敬礼することをしなかったのだ。

遠くから背伸びをして、こっちを見ている者もいる。みな、成り行きに固唾(かたず)を呑んで見守っている。殺気立った気配。

私の番号、それはもうはっきりと記憶できている。口を開きかけた。が、すぐに気付いた。既にブラックリストに載っている番号を告げたら、この場で逮捕されてしまうに違いない。そうしたら、二度と智也に会えなくなる。そして、せっかく智也が助けてくれた娘の命も危うくなる。私は、ぼんやりした顔を装った。隣に座っていた中年の男が、体を少しずらし、通路に立つ若い男を見上げた。

「あのう、おばあさんは、さっきから寝ていたみたいだから、気付かなかったんだろうよ。許してやってくださいよ」

上目づかいに言った。周囲の者も、気落ちしたようにバラバラと座った。青い制服の男は、何か言いたそうな顔を一瞬したが、面倒なことを避けるように足早に前の席に帰っていった。隣の男は私の左側に体をくっつけるようにして、言った。

「あいつら、人間の顔をした、ロボットだから」

ロボット。智也、おまえもそうかい。ロボットになってしまったのかい。でも、ロボットが麦わら帽子をかぶったりしないよね。智也の体には、人間の温かい血が流れている。ばあちゃんにはわかる。確かめなくても、ちゃんとわかってる。おまえは優しい子だった。幼い智也の笑った顔が浮かんだ。

車内には自分だけが取り残されていた。隣の男もいつ降りたのか、空いた席に汚れた手拭いが落ちていた。

電車が停まっている。窓の外を見る。すべてが青一色の壁に閉じ込められている。

右手に手提げ袋を持ち直し、痛む腰を伸ばして立ち上がった。見渡す限り青いトンネルの中のようだ。電車を降りたひとたちが、戦士と対面するために並んで順番を待っていた。

その後ろにつこうと進みかけたとき、右側に庭の続きのような芝生が広がっているのが見えた。

ふらふらと芝生に向かって歩く。どこまで行っても空がない。芝生に触ってみる。乾いた感触、人工芝だった。はるか向こうに、灰色の大きな建物が見えた。

そこで、智也が待っているような気がした。重い足を引きずり、近づく。

建物には、一つも窓はない。同じ大きさの建物が何棟も並んでいる。誰もいない。電車を降りた人たちはどこに消えたのか。

手続きをしないで出てきてしまったことに初めて気付いた。

芝生に足を伸ばした。頭が割れるような高い音。思わず足をひっこめ、そこを離れた。右に曲がった所に、刑務所を思わせるような高い建物。そこにも、やはり窓はない。見上げても、どこまでも建物は高く、空はなかった。

それはとても変わった建物だった。数えきれないパラボラアンテナのようなものが随所に貼りついている。大きな岩にくっついている貝のように見える。近づくと、また、頭の痛くなるようなギーンという音が鳴り始めた。耳の奥底で鳴っているような気がして、頭を振った。立っていられなくなり、うずくまった。

どこからか、たくさんの足音が近づいてくる。

頭上で声がする。またあの機械音だ。

「マサカ、コンナトコロニ、ロウバガハイリコムトハ」

「ドウシマスカ?」

「ショチシテ、オクリカエセ」

「ハッ」

いくつかの足音が遠のいていく。腕を両側から抱えられ、運ばれる。どこに連れていくの？　智也を呼んでください。孫に一目会わせてほしい。それだけだから。

金属音が近づいてくる。

頭のすぐ上でプロペラが回っていた。意識が遠のく。

夫が背中に夕日を受けて立っていた。顔の表情は陰になってわからない。

気付くと、私は家の庭に腰を落とし呆然（ぼうぜん）としていた。どうしたのだろう、頭の芯が重い。両手で体を支え起き上がろうとするが、体がグラグラ揺れ花壇の端につまづいた。夫が慌てて近づいてきて私の横に腰を下ろした。

「会えなかったんだね？」

頭が重い。手をやると、何かが覆っている。はがそうとしても取れない。張り付いたまま だ。これ、何？　どうしたの、これ？

もう一度両手で頭にさわる。固いヘルメットのようなものが載っている、とろうとして力を入れるがとれない。ベレー帽に見えるあの……帽子。

「あなた、これ、これは……あの異星人たちがかぶせられているものと、まさか、同じものなの？」

夫が両手で顔を覆う。

「行かせなければよかった、せつさんをやらなければよかった。まさか、せつさんにまでそんなひどいことを」

夫はいつまでもつぶやき、声を殺して泣いた。

私の頭は、錆びついた歯車のようにギシギシと音を立てている。

夫は涙を拭い、私の膝に目を落としたまま、また聞いた。

「結局、せつさんは、智也には、会えなかったんだね？」

智也に？　私は会いに行ったの？　わからない。

私はあれに乗せられて、ここに落とされた。思い出そうとすると、頭が締めつられ、ギーンという音がかぶっているものの内側から響いてくる。

夫は腰を上げ、玄関の辺りに目をやった。

「うちの中も、ひどいもんです」

玄関の引き戸のガラスが割れている。夫に支えられ足を踏み入れると、廊下に本や衣類が足の踏み場もないほど散らばっていた。私の小さな本棚が倒され、つくりつけの天井までの本棚から本が消え、水を張った台所のシンクや風呂場に本が投げ込まれていた。

「何もかも捨ててしまいましょう。お互い好きな本を一冊だけ残しておけば、それで、もういいでしょう」

夫の声はいつもと変わらず静かになっていた。

「そんなに、もう、長いことにはならないだろうから」

牢獄につながれ沼に汚染水を運ぶには、私たちは老いていた。

だが、夫はまだ使い道があると思われたのかもしれない。沼に捨てられるだけの私の何百倍もの苦しみが、夫の前に待っていた。

私を乗せた車は、駅に向かった夫とは逆方向に進み、やがて沼に続く細い道に入った。

海鳴りを聞いた、気がした。

父の失踪

仕事を終えた部屋には、窓から西日が差していた。

まちなかＮＰＯの事務所には、来週他市で開かれるイベントの準備に朝からほとんどが駆り出され、向かいの席の去年入ったばかりの職員と私だけが残っていた。その彼女も、五時を回ると、「久しぶりのデートなの。お先に」と明るい色のワンピースを翻し帰っていった。

彼女の机に書類が出ていた。オレンジ色に染まった書類に手を伸ばす。見ると、市民から寄せられた町興しのアイデアやさまざまなイベントの企画がまとめられた重要な書類だった。うっかりは、きょうに始まったことではない。笑顔美人についつい甘くなる。

書類を棚のファイルに挟み、部屋を確認し外に出た。

明日は土曜で、仕事は休みだった。久しぶりに、大学の友人とショッピングの後にランチをすることになっている。

　大学時代から住んでいる三階建てアパートは、仕事場までバスで十五分かかる。就職が決まったとき職場近くを探したが、いざとなると引っ越しが面倒になり、すでに七年になる。女子専用というのが安心だった。

　木造アパートのエントランスに設置されている集合ポストをのぞく。ダイレクトメールやチラシのほかに一通の封書があった。今どき滅多に目にしない、一回り小さな縦長の白い封筒だった。何も入ってないかのように薄い。裏返すと、差出人の名前がない。階段を上りながら考えるが、思いつく相手はいない。二階の部屋の前で、もう一度封筒の表を見る。木下舞子様とある。私宛に間違いなかった。

　鍵を差し込み、ドアを開ける。靴を三足置いたら余地がないほど狭い三和土(たたき)でパンプスを脱ぐと、学生時代から使っている机の上に、バッグと白い封筒を置いた。チラシ類などをゴミ箱に捨て、不安を覚えながら、洗面所で手を洗う。すぐに封を開けたいのに、ためらう。名も書かずに送られてくるものとは、誹謗(ひぼう)中傷の類だろうか。今まで、そんな経験など一度もなかった。

　ペン差しから鋏(はさみ)を取り、おもむろに開けた。便せん一枚が入っていた。

「湯村友和氏が先日亡くなりました」

と書かれている。その横に墓地の住所が記され、「籠れ山の中腹です」とあった。

便せんの真ん中に、二行あるだけで、他には何もない。まるで役所からの通知のように素っ気なく、震える手で書かれたような文字はひどく弱々しかった。

湯村友和。私の父だった。

「私の本当の父が、亡くなった」

吐く息と一緒に声が出た。

床に座り込んだ。二十年余りも消息がわからなかった父だ。お父さん、と声に出して呼ぶ相手が突然いなくなった日のことは、二十年余が経った今もはっきり覚えている。ずっと胸の奥底に沈んだままの父だった。

その父の死亡を誰かが知らせてきた。突然すぎて、悲しいという気持ちは起こらない。驚きと正体の知れないものへの恐れに、手紙を持つ手が震えた。

誰が、この手紙を送ってきたのか。どうして名前を明かさないで知らせてきたのか。

父がずっと独りだったとは考えにくい。誰かと新しい家庭を持っていたに違いない。

父が二十年もの間、いったいどこでどんな暮らしをしていたのか、何もわからなかった。

墓地の住所が、父の故郷と同じ北陸のＦ市になっていた。

Ｆ市に、何かがある。

父と暮らした家に、何か残っているかもしれない。父と同じ静岡の大学に合格が決まった日以来、あの家には一度も行っていない。

あのとき、押入れに、父宛の年賀状などが入った箱があるのを見つけた。

もしかしたら、あの箱に、父のことがわかる何かがあるかもしれない。

スマホで時刻を見ると、六時半になるところだった。今から父の家まで行けば、向こうに着くのは七時を過ぎる。それから探し物をして、こっちに帰るのは夜遅くなる。明日にした方がいい。明日早目に家を出れば友人との約束にも間に合う。そう思いながらも、明日までとても待てなかった。

すぐにアパートを出る。帰ってきたばかりの道を小走りに行く。バス停のある広い通りに向かう。父の家は静岡駅の一つ手前のバス停で降りるとすぐだ。仕事場とは逆方向になる。運よく五分も待たないうちに、バスは来た。金曜日で駅に向かうひとが多いのか、バスは混んでいた。

小学校に入学して間もない頃だった。父が忽然と姿を消した。

　父は大学を出ると、建築設計士として木下建築事務所に勤めた。そこで、母と出会った。事務所は静岡駅からそれほど遠くない天満宮の通りを一本西に入った、五階建てビルの三階にあった。

　母の話によると、その日、父は昼休みに外に出たまま午後になっても戻らなかったという。何があったのか、思い当たることが母にはまったくなく、警察にも何度か足を運んだ、と聞いた。北陸の小さな漁村に父の実家はあり、老いた祖父が一人で暮らしていた。電話では埒が明かないため、近所に住む伯父に同行を頼み、母は祖父を訪ねた。息子が行方不明と知った祖父は青ざめ寝込んでしまった、という。

　父の消息を知る者は、誰一人いなかった。

　仕事を終えるとどこにも寄らず家にまっすぐ帰ってくるような、父は真面目なひとだった、と母は話した。マラソンが唯一の趣味だった。酒が好きで晩酌は欠かさなかったが、外で飲んで帰ることは一度もなかった。目立たない、おとなしい人だったのだろう。私はどちらかと言えば、母より父に懐いていた。

　あの日、小学校に上がってまだ間もなかった私は、うれしくてランドセルを背負ったまま玄関を出たり入ったりして、両親の帰りを今か今かと待っていた。

アルバムに申し訳のように一枚だけ残っていた写真。三歳くらいの私と、私の手を握る若い母、気の弱そうな目をしたスリムな父は、二人と少しだけ離れて立っていた。

父のことで、覚えていることは少ないが、子ども用の自転車に乗る私の横を走っている姿はぼんやりだが浮かぶ。自転車の色は水色だったのを覚えている。女の子は赤かピンクに決まっていると言う母に、私は珍しく逆らったらしい。

父は走りながら、ときどき自転車の私に声をかけた。そんなときにはいつも母はいなかった。夕暮れ、水の流れていない白い川を横目に見ながら、父が走っていた。たまに、父は土手に腰を下ろし、小さいスケッチブックに風景を描いていたこともあった。

父がいなくなり、母は痛みにじっと耐えるように、いつも唇をぎゅっと噛んだような顔をしていた。そんな母に、おとうちゃんは？おとちゃんはいつかえるの？と私は泣いて毎日訴えた。父親っ子だった。

離婚届に父の署名したものが送られてきたのは、いなくなって一年余りが過ぎた頃だった。住所は父の実家になっていたが、杳として、行方はわからなかった。

母は変わらず設計事務所で働いていたが、父がいた頃のようには、早く帰ることはなくなり、夜も私一人置いて出かけることが多くなった。子どもを抱え経済的に大変だったのだろう。母が父のことを忘れてしまったように、子どもの私には見えた。

五年生の夏休みだった。珍しく仕事を休んだ母が、宿題もしないでテレビを見ていた私を注意するでもなく、話がある、と改まった口調で言った。

「お母さん、再婚することにしたの」

窓の外で、さっきまで聞こえていた蝉時雨（せみしぐれ）が止（や）んだ。

父がいなくなって四年が経っていて、母にはそんな人がいるのではないかという、ぼんやりした予感があった。だから、驚かなかった。それが、再婚相手を知ると、言いようのない嫌悪感を覚えた。両親の勤務先の所長だった。

これまで何度も会ったことがある。妻子のあるひとで、母より十歳も年上だった。

父がいた頃から、事務所には母によく連れていかれた。そのたびに、そのひとは子どもにもわかる高価なプレゼントを用意して待っていた。通された所長室の窓から、製図板に向かう父の細い背中が見えた。事務所での父は、家にいるときとは違って、私と顔を合わせるのを避けているように見えた。

私は湯村から、母の姓の山崎に、そして木下舞子になった。マンションに移り、新しい三人暮らしが始まった。父と住んでいた家は売却しないまま残してあった。

所長との三人の生活は居心地が悪かった。母は、それまで私が見たことのない女の顔をつくり、所長に柔らかな声で甘え、所長の私を見る視線は、壊れものを扱うようにおどおどしていた。すべてがうっとうしかった。

高校進学について母に聞かれ、女子寮のある隣県の私立高校に行きたいことを唐突に告げた。マンションの三人の暮らしから逃げ出したくて、前々から決めていたことだった。母は「なぜ、何が不満なの」と言って涙を見せた。その後、何かを口にしようとしたが、所長がそれを目で止めた。

私が寮に入ると、母は何度か様子を見にきたが、一人で来ることは一度もなかった。必ず隣に、高価なスーツを着た所長が立っていた。私は逃げ隠れすることもできず、食堂のテーブルに向き合った。母一人が気を使い、私と所長に交互に話しかけた。所長がそれに言葉少なに応えた。二人が手持無沙汰をごまかすように私の知らない話を始めると、私は洗っていない汚れたスニーカーを見せつけるように足を組み、黙り込んでいた。

大学に合格が決まった日、アパートを決めたその足で、久しぶりに、父と住んでいた家に寄った。思えば、建築設計士の家にしては普通すぎる家だった。新築ではなかったのかもしれない。縁側のカーテンを開けた。

子どもの頃、縁側に腰かけシャボン玉を飛ばした思い出がふっと蘇（よみがえ）った。東向きの縁側は、日が差しこんで明るかった。青い空をシャボン玉がふわふわ上っていく。庭先から父がマキの枝を切る鋏の音が聞こえていた。

夕暮れになっていた。居間に一人座っていると、外の気配をうかがっている自分に気付いた。今にも玄関の引き戸が開き、舞子帰ったよ、と少しも変わらない父が部屋に入ってくるような幻を覚えた。大学生になった私が、小学一年のときいなくなった父を待っていた。

駅の一つ手前のバス停で降りたのは私一人だった。バスを降り、暗い坂を上っていく。家は市街地を抜ける緩やかな坂の途中にある。外灯の先に、洒落た洋風の隣家が見える。門灯が灯り、カーテンの隙間からも明かりがもれている。

足早にそこを通り過ぎ、真っ暗な家の前に立った。

父がいた頃のマキの木の生垣は目隠しフェンスに変わった。引き戸の鍵穴を手で探り、アパートの鍵と一緒につけてある鍵で開けた。壁の電気のスイッチを押すと、ジジッと音を立て、蛍光管に明かりが灯った。電気も水道も止められてはいなかった。カビ臭いにおいがして、畳も廊下も埃で白く覆われている。人の住まない家は、静かに朽ちていくようだった。

和室の電気をつけ、逸る気持ちを抑え、押入れの戸を引く。重ねた座布団の上の紫色の和紙を貼った菓子箱を座敷の真ん中に置く。一息吐いて息を整え、箱を開けた。

古い年賀状や観光案内などに紛れ、私の絵が一枚だけ出てきた。小学校に入るもっと前、三、四歳の頃の絵だ。肌色のクレヨンで塗った丸の下に、水色の四角、そこから大きな手が出ていた。父の日に書いたものだろうが、覚えがなかった。裏返すと、ひらがなで、ゆむらまいこ、と書いてある。

本当の私の名前、湯村舞子。鼻の奥がつんとした。

箱の中を見ていく。役所からの通知や水道料金電気代の通知などいらないものばかりだ。年賀状の束が輪ゴムで止めてある。父宛のものばかりで、ほとんどが仕事関係だ。

その中に普通ハガキを見つけた。

差出人の住所がF市になっている。

茶色く変色していたが四角い文字で、湯村友和様とある。裏返すと、松田博史と書かれている。

元気にしているか、と近況伺いの後、長男が静岡の大学を志望しているから、もし息子が合格したら、そちらで一度会いたい、と書かれていた。

追伸
友和君を最近こっちで見たって聞いたけど、ときどきはF市に帰っているのか。今度こちらに帰るときは連絡してください。久しぶりに会って話しをしたい。

日付から、父がいなくなって三年が経っているのがわかる。その頃父をF市で目撃したひとがいるらしい。そうなると、事件とか事故とかの可能性は低いのではないか。父の意志でF市に戻ったことになる。母と私を捨てて、どうして、F市に戻ったのか。家族に何も言わないで、姿を消す必要とはどういうことが考えられるのか。何が父の身に起こったのか。好きな人ができたとしても、行方をくらます必要などなかったはずだ。

母は、このハガキを見て、どうしただろう。何か行動を起こしたはずだが。私が小学校四年の頃で、母が再婚する一年前になる。あの頃、母は父のことを話題にしたことなどなかったのではないか。父のことを忘れてしまった母に、ひどく寂しい思いをしたことを覚えている。父を探そうという気持ちは、あの頃にはすでに失せていたのだろう。

この手紙の、父の同級生と名乗る男に、恐らく母は連絡を取らなかった。そんな気がした。

ハガキを持ってアパートに戻るとすぐに、F市の松田博史の電話番号を調べた。固定電話があった。夜遅い時間で気が引けたが、案内された電話番号にかけた。

明日F市に行くことを決めていた。できれば、会って話を聞きたかった。

電話に本人が出た。湯村友和の娘だと名乗ってもすぐにはわからなかった。高校を卒業して三十七年が経つ。その間一度も会ってないとしたら、思い出せないかもしれないと、諦めかけたとき、何度かユムラユムラ、と唱えるようにつぶやいていたのが、

「ああ、カズ。カズのことやな」

と明るい声が返ってきた。高校時代、父はみんなからカズと呼ばれていたらしい。

「急なことで申し訳ないのですが、明日用事があって、そちらに参りますので、どうしてもお会いして、お伺いしたいことがあるんですが」

と、かなり強引に頼み込んだ。

「カズに、なんかあったんか」

「あっ、あの、いえ」

「何や、言いにくいことか」

「はい。いえ、まだ、何もお話しできることはないのですが。すみません。こちらからお電話したのに」

「いや。構わんけど。それで」

「あの、以前。以前と言っても、本当に、ずいぶん前のことになるんですが、父にハガキを。松田さんから頂いているんですが」

「ハガキ……、今、電話で話してるんや。先に入ってろや」

「おじいちゃんでないと、嫌や」

遠くで、子どもの声がしている。

「すみません。突然、妙な話で、夜遅く電話してしまって」

「いや。孫がさ、風呂はじいちゃんでないと嫌だって言ってきかんのや」

笑いながら話す。

「お孫さんですか」

父へのハガキにあった息子さんの子どもだろうか。父と同じ歳の松田に、孫がいた。

「ああ。そうやけど。とにかく、明日、会うことにするか。それにしても、急な話やなあ」

あきれている松田の声だった。卒業して三十五年も経つ高校の同級生の娘から突然電話がかかってくる。それだけでも驚くのに、その上、会ってくれと頼まれる。常識では考えられないことに違いない。

「すみません。本当に無理を言いまして」

「いやあ。まあ。明日やな。それなら午前中がいいんやけどな。どうや?」

「はい。十時にはそちらに着きますので。あの、駅前で、どこか?」

「ああ。駅前の喫茶店で。駅下りたら、すぐ目の前のビルの。そこで」

そう言うと、ぷつんと電話は切れた。喫茶店の名前を聞かなかったことを思った。

深夜、ハガキに書かれていたF市の籠れ山を検索した。


静岡を出るときには日がまぶしく輝いて暑いくらいだったのが、米原で北陸線に乗り換えると、車窓から見える景色は一変し、寒々と暗く沈んでいた。ランチの約束をした大学の友人には急用ができたことをラインで知らせた。

「姉さん、ひどお薄着やなあ」

通路を隔てた隣の席に、毛玉のついた灰色のショールを首に幾重にも巻き、そこから亀のように首を伸ばしこちらを見ている老婆がいた。

「どこ、行きなさる?」

「F市です」

「わてもや。帰るとこなんや」

話し相手をする気にもなれず、窓の外に目を向けるとすぐにトンネルに入った。北陸トンネルは長かった。老婆は大きな布の袋を膝に抱えている。視線に気付いたのか、

「名古屋で土産買うたんや」

袋の中から細長い箱を取り出して見せる。包み紙に「名古屋名物ういろう」とある。同じものが袋にはいくつも入っているようだった。

「ちょこっと用事で出かけただけなんやけどな、田舎やから隣近所に土産を買うて帰るんや」

袋の中をのぞき込んで、箱の数を確かめている。土産を近所の人に買って帰るような、昔からの温かなつながりが残っている地で、父は暮らしていたのだろうか。

父の人生が幸せだった、と思いたい。父の死を知って、黙っていなくなった父を子どものときのように恨む気持ちは薄れている。北陸の地で父が穏やかに暮らし、その最期が決して不幸ではなかったことを確かめれば、それでいい。そのために墓参りを決めた。

老婆は体を前に屈め眠り出した。

バッグの底に入れたハガキを出して眺める。おとなしい父が母と私を置いて家を出なければならなかった理由。

「新しいお父さんが来て、舞子ちゃんのお母さん、きれいになったよね」

近所のおばさんたちが話していた。

母と所長とは、本当に父が家を出てからの付き合いだったのだろうか。中学の頃から胸に貼りついたままの疑惑が、はっきり形になっていくようで、私は落ち着かなかった。

老婆はF駅に着く直前に目を覚まし、さっと立ち上がると荷物を両手に抱え前を歩いていった。構内に観光客の姿はまばらだ。桜の季節にはまだ早い。

老婆の言った通り、黒のワンピースの上にスプリングコートを羽織っただけでは寒かった。バッグからショールを出して肩を覆う。

駅前の喫茶店はすぐにわかった。駅の真向かいに建つ八階建てのビルの二階の窓に、店の名が、大きく書いてある。「ひまわり」と書かれた黄色の文字が風に揺れているように見える。

どんな人だろうか。今さらになって、何も知らない男と初めて会うことに不安を覚えた。ビルを入り、目の前のエスカレーターに乗り、一階に目をやると、コンビニ、土産物店、旅行会社などがあった。二階の中央にはオープンカフェがあり、その周りをブティックや蕎麦(そば)屋が取り囲むように並んでいる。まだ時間が早いからか、カフェに客の姿はなく、歩いている人もいない。奥に進むと、ひまわりと書かれた木のドアが見えた。松田との間で、何の目印も決めていなかった。ドアを押すと、「いらっしゃいませ」と若い女性の声が奥から聞こえた。

窓に向かって座る横長のテーブルの左端に、若い女性が一人いるだけで、ボックス席にも客はいない。後ろでドアの開く音がした。振り向くと、作業ズボンに黒っぽいブルゾン

を羽織った中年の男性がうかがうように見て、頭を下げた。慌てて、

「松田さんでしょうか。きょうはお忙しいところを申し訳ありません」

お辞儀を返した。

「いやあ、あんたが、カズの娘さんか」

松田は私の顔をまじまじと見ながら、入り口近くのソファに腰を下ろした。

窓の外に目が行く。駅が目の前に見えた。

「カズとは似てないなあ。お母さん似か。あっ、コーヒーでいいんか」

「はい」

電話とまったく変わらないさっぱりした話し方に安心した。

おしぼりと水を持ってきた店員にコーヒー二つ、それから悪いけど急ぐから、と付け足した。

「俺、時間があまりないから、本題に入るけど。カズに、俺が手紙出したたって」

「きょうはごめんなさい。突然、お忙しいところを」

立ち上がり、もう一度頭を下げた。

「いや、今朝な、急な仕事で呼ばれて、さ。こっちが申し訳ないよ。それで、俺が出した手紙って、覚えがないいんやけど」

「手紙、っていうか、ハガキですが。松田さんは、お子さんが、確か、息子さんがいらっしゃいましたよね」

「おう。それが、もうすぐまた二人目が生まれるんや。あんた、結婚は？」

「いえ。私はまだ。昨日の電話でお風呂に入りたいって言ってたお孫さんが、上の？」

「そうや。もうすぐ三歳になる」

コーヒーが来ると、松田は砂糖をスプーン二杯入れ、かき混ぜ、音を立ててすすった。

「あー、やれやれ、一息ついた。それで？」

気のいい中年の男の顔だった。ハガキをテーブルに置いた。松田は、すぐに手に取り、ハガキを裏に表に、何度も眺めている。

「ああ。これか、これか。ええっ。そうや。今話した孫の父親が、ここに書いてある息子のことや」

「はい。あの、ここに」ハガキの一か所を指で示す。「ここに、父をこちらで見かけた人がいるって書いてありますが。そのことで」

「ずいぶん前のこと、聞きたいんやなあ」

「すみません。どうしても、お伺いしたいことがありまして、ご無理を言いました」

松田はコーヒーカップを手にしたまま、私の目を見た。

「カズに、何かあったんやな？　まさか、行方不明になったとか。それはないな。今頃になって、そんなこと」

「すみません。はっきりしないことばかりですので、ある程度わかりましたら、松田さんには必ずご報告いたしますので」

父の死を、まだ松田には言えなかった。

「いや。報告なんてそんなんはいらんけど。あんまりいいことやないみたいやな。どんなこと知りたいんや。ああ、それから、どうでもいいことだけど。ハガキに書いた息子な。カズみたいに頭が良おなかったから。静岡は落ちたんや。父親と一緒で女つくるのだけは早いんやけどな」

そう言って声を出して笑ったが、すぐに真顔に戻った。

「何か、あの頃、カズにあったんやな。いや、見かけたって言ったんは、あんまり、いい話と違うんや」

松田が言いよどんでいる。

「あの、どんなことでもいいんです。教えてください」

「そうか。あのとき、確か、カズを見たって言ったんは、俺やカズと、俺らとおんなじクラスだった女の子なんだが。妙なやつとカズが一緒にいたって、話したんや」

「あの、Ｆ市で」

「そう。籠れ山って、低い山があるんやけど」

「籠れ山……」

「そうや。知ってるやろ」

　父が葬られている墓地は、籠れ山の中腹だと、あの手紙に書いてあった。

「いえ。知りませんが」

「そうか。そりゃそうやなあ。静岡の人間にまで、籠れ山の名は通ってないか。まあ、とにかく、そこで、カズを見たって言うんや。妙なやつとその女の母親と、カズが三人で一緒にいたって」

「あの。妙な人って、それは、どういう？」

「うん。同級生なんやけどな、その女が、な。どう言ったらいいか、変わってるっていうか、ちょっと気がおかしいっていうんか、高校の頃、カズのことをな、えらく片思いして、気持ち悪いやつだったんや」

「……」

「ああ、勘違いしたらあかんよ。カズは、そんな女、何とも思ってへんかった。迷惑してたんや。いや、カズは迷惑とは思わんかったかもしれんが。だがな、なんで今頃一緒にいるんか、気になってな。そうや、それもあって、息子の受験のこともあったけど、会って聞いてみようと思ったんや。それで、ハガキ出したんやったな。確か」

「その同級生の女の人も、静岡の大学に進学したんですか？」

「まさか。それはない。頭の悪い子じゃなかったけど。静岡には行ってないやろ。高校卒業して、ずうっと、母親と暮らしていたはずや。どこにも勤めもせんかったやろ」

「それが、どうして、父と？」

「うん。それがわからんのや。不思議なんやけど。まあ、一緒にいたところを見たって言っても、たまたま会っただけかもな。俺らなら、あいつとは話もせんやろうけど。きっと、偶然会って、あいつから話しかけられて、カズは知らん顔もできんかったんと、違うか。昔から、あいつと話すのは、カズだけやったから」

「そんなおかしな人と、どうして？　父は」

「そう思うやろ。俺もそう思ってな。誰からも敬遠されるような子やったからな。けど、カズは」

「父が？　なんでしょうか？」

「いや、カズに、高校三年やったかなあ。聞いたことがあるんや。なんであんなんと口利くんやって。相手にするやつなんて誰もえんかったしな。みんなに無視されるようなやつやったから。そうしたら、カズが言ったんや」

「父が、なんて?」

「嫌なこと一度もされたことないからって。そう言ったんや」

「その女のひとからって意味ですか? 父が?」

「そうや。そりゃあ、考えればカズの言う通りや。おとなしい女の子やったから。なんも、根性が悪いとか意地悪なやつってわけじゃなかったから。ただ、なんていうか、気持ち悪いやつっていうだけで。どこにも、そんなのって、クラスに一人くらいいるやろ?」

父が突然いなくなり、誰とも目をあわさず、一人になると泣いてばかりいた。あの頃の私こそ、周りからは気持ち悪く思われていたかもしれない。

「どうした?」

「いえ、なんでもないです。それで、そのひとと、父が」

「だからさ、カズがいくら優しいやつでも、冷たくしないってだけで、特別な関係になるっていうような女じゃないってことだよ。きっと、偶然会って、話してたのを、同級生に見られただけやろ」

「そうだったんですか。あの、ほかに父が親しくしていた人に、心当たりないでしょうか」

「うーん。ないなあ。頭がいいけど、おとなしいやつで、一人でいっつもグランド走ってるだけで」

父が特に親しくしていた人はなさそうだった。

「だから、さあ、できちゃった婚には、あのカズがって、こっちでさ、噂（うわさ）になったんや」

「……」

「だから、あんたの、ああ、舞子さんやったな。舞子さんのことや。愛の結晶は」

カズのこと、わかったら、ぜひ会おうって伝えてくれ、あんたも、一緒にこっちにまた遊びにくるといい。食べものもおいしいし、と優しい言葉を、別れ際に何度もかけてくれた。コーヒー代は私が、と言っても聞かず、さっさと支払いを済ませ、松田は先に店を出ていった。

頭が良くて足が速くて、おとなしい人。松田の話してくれた父は、思っていた通りの父だった。だが、肝心なことは何もわからなかった。胸がざわついている。

——おとなしいカズが、できちゃった婚。

松田と別れて、予め調べておいた近くの花屋まで歩く。店先に黄色や赤のチューリップが並んでいる。店内をのぞくと、空色のエプロンをした若い女性がホースを持って床に水を流していた。カスミソウに何か明るい花を添えて小さな花束にしてほしいと頼む。卒業のお祝いですか、と聞かれ、曖昧に首を振る。まさか、二十数年も前にいなくなった父親の墓参りだなどと誰が想像できよう。

タクシー乗り場に客待ちの車が数台並んでいる。先頭の車に乗り、籠れ山、っていうんですが、と小高い山の名前を言い、その中腹にある墓地に行きたいのだと言うと、七十過ぎに見える運転手が、ああ、と小さく答え、ゆっくり車を出した。街中を走り抜け、長い橋を渡った。

「お客さん、ここの人と違うよね」

「……ええ」

「感じ違うから。こっちは、初めて？」

墓参りに行く事情を聞かれるかと緊張したが、

「墓地のすぐそばまで車で行けるんやけど、初めてなら、麓から歩いて上った方がいい。途中に梅がきれいに咲いてる所があるから。いつもなら、とうに梅は終わってる時期なんやけど、今年は雪が多くて、まだ咲いてるから」

墓地まで行けばタクシー代は高くなるだろうに、商売っ気抜きに見える運転手の対応に、少しだけ胸が晴れた。松田と変わらぬ朴訥とした温かさがあった。

墓参りを簡単に済ませ、すぐに帰ろうと思っていたのが気が変わった。二度と来ることはないだろう地を、一人で歩いてみるのもいいかもしれない。

山の登り口に十台くらい停められる駐車場があった。料金を払って外に出ると、運転手がドアから顔だけ出して階段を指差した。

「そこから十五分も上れば着くやろうから」

頭を下げ終わらないうちに、タクシーは駐車場から出ていった。

見上げると、幅二メートルくらいの階段がゆるゆると続いている。風が冷たく、ひとの影もなかった。階段の左側には、家が立ち並び、右側は手すりがついていて、その下は崖だった。

どこからも物音一つしない。父は静岡を去り、ひっそりとしたこの町に住んでいたのか。父の生まれ育った漁村は、調べるとF駅から車で一時間半くらいの所だった。母のもとに離婚届が届いた翌年、漁師の祖父は一人息子の消息もわからないまま亡くなった。

誰かいい女ができて、誰にも言わずにこの地に戻り二十年余りを暮らしたのだろうか。その女が、今回、父の死を娘である私に知らせてきた。

何もわからなかった。

突然知らされた父の死。

まだ五十半ばだ。ずいぶん早すぎる。不治の病に侵されたのか。まさか、ホームレスになって、路上で……。悪いことばかりが浮かぶ。

　何があったのか。

　暗い石段を見上げた。

　できちゃった婚、まさか、カズが。

　おとなしいカズからは想像できんことだったから、みんなが驚いた。

　松田の言葉が、これまでずっと抱いていた違和感を現実のものにさせそうで、その不安に胸がかきむしられる。

　何もわからないのに、暗い予感に怯(おび)えた。

　とにかく墓参りをして帰るしかない。

　足元を見つめ一段一段上っていく。どこからか甘い香りが漂ってきた。運転手の話した梅が近くに咲いているらしい。足を止めると、石段が残り数段になっていた。その先は、左に折れる緩やかなカーブを描いて坂道が続いているらしい。

　一向に日が差さない坂の左側に、黒い板塀に囲まれた二階建ての建物が見えた。今にも崩れ落ちそうなほど古い。昨夜遅くに籠れ山を調べたとき、昔この坂沿いに料亭があったと紹介されていたのを思い出す。近づくと、いかにも昔栄えた料亭らしい雰囲気がある。紅梅が塀の上から枝を伸ばしている。門から中をのぞくと、苔(こけ)むした庭との境に、枝折戸(しおりど)

の付いた竹垣が割れたり抜けたりしたまま延びていた。

　引き戸の擦れるような音がした。玄関から鼠色（ねずみいろ）の着物に黒の帯をした背の高い女性が出てきた。白髪交じりのおかっぱ頭で、青ざめた顔がどこか異様に見える。思わず一、二歩下がった。足早にそこを立ち去ろうとしたとき、背中に声がかかった。低い声だ。

「ようこそ。お待ちしていました」

　振り向くと、女が頭を下げている。周囲を見回すが、誰もいない。気のふれた人に見えた。後退（あとずさ）りした。

「舞子さん、ですね。手紙、届きましたんやなあ」

　ひっと、息を呑（の）む。口元を両手で覆う。

「えっ、あの、なんで、どなたです？　父……」

　体が震え、歯ががちがち音を立て、後の言葉が続かない。

　白い膜に覆われた片目。気のおかしな女？

「よお、おいでてくださった。遠いとこを。どうぞ、中にお入りになって、どうぞ」

　声を聞いていると、電車で見た老婆よりは若いことがわかった。もしかして、松田の話に出た同級生、気のおかしな人というのは、この女のことだろうか。

　また一歩後退りする。怖い。理由もなく気味が悪かった。

「どうぞ。舞子さん。お父さんが、よお、あなたのこと、話されてました」

やはり、父を知っている人だ。女にからめとられるようにふらふらと後に続いて、家の中に足を踏み入れる。外よりいっそう暗い。広い上がり框(がまち)に、小豆(あずき)色のスリッパが出ている。その先に黒くて長い廊下が見えた。コートを脱ぎかけると、

「こっちは寒いですから、そのままで」

と、奥に入っていく。

女は、片足を引きずっていた。

靴箱の上にカスミソウの花束を置き、奥を見るが、明かりの差さない廊下は暗く沈んでいる。その両側に黄色に変色した障子の閉まった部屋が並んでいた。歩くたびに廊下がきしみ、ぎしぎしと音を立てた。

こちらです、女が一番奥の部屋の障子を開けて、待っている。

女の後ろから中をのぞくと、十畳の座敷の真ん中に大きな炬燵(こたつ)があった。ベージュ色の炬燵布団に青紫の毛布が掛けてあった。部屋に入る私を待って、女が障子の桟に手を添え閉めようとしたとき、廊下の奥から、ガタガタとドアの鳴る音がした。

女が振り向き、

「喜んでますのやろなあ」

と、ふっと気味の悪い笑いを見せた。

音がした方に足が向く。廊下の突き当たりの右手に、そこだけ古い家に不似合いな比較的新しい茶色のドアがついている。その奥が調理場のようで、ステンレスの大きな調理台が見えた。

目の前で、また、ガタガタと鳴る。

ぎょっとして女を見る。

「どなたか、いらっしゃるんですか」

尋ねる声が震える。もしかして。

女の白い目が、ドアのある辺りを見つめた。

「ずうっと、待ってたんやけどなあ。ほんとに、ようやく」

女はしんみりした声を残し部屋に戻ると、庭に面した縁側の窓を開け放った。

優しい香りが部屋に流れ込む。目に、緑の濃淡が広がる。苔むした庭園、置かれたいくつもの大小の石を苔が覆っている。右手に井戸らしきものにかぶさるように白梅の長い枝が垂れている。その枝には、折られて間もないような痕があった。古木の黒い幹にそこだけ白い木肌がむき出しになっている。

女は座り直し、急須にポットの湯を注いでいる。

「あれは？」

傷ついている幹を指差そうとしたとき、閉めた襖の向こう、あのドアの奥から、ざわざわとした気配がして、思わず口をつぐんだ。

もしかして、ほんとは生きているのではないか。あの部屋の奥に、父が隠れているのではないか。

亡くなったというのは、私を呼び出すための口実だったのではないか。

女は私の気持ちを見透かしたように、ボソッと言った。

「あの部屋で、お父さん、亡くなりましたんや。母と二人で葬式も何もかも済ませました」

「……」

「母と二人だったから、友和君を、お父さんを看ることができたんです。当時は、私よりずっと力も何もかも、母はありましたから」

松田が話した、あの母子のことだ。

「父をお二人が看病してくださった、ということでしょうか」

「はい。何もかも看させていただきました」

どういういきさつで、このひとたちに父は世話になったのか。同級生とその親、それだけの関係ではなかったのか。

何があったとしても、父は無事生涯を終えることができた。少なくとも野垂れ死にではなかったのだ。

名前のない人からの手紙は、父の惨めな死を予感させ、最悪なことを想像していた。

「ありがとうございました。本当にお世話になりました。父といいましても、私が小学生のとき、黙っていなくなってしまいまして。その後は、一度も会っておりませんでしたから。突然のお手紙に、正直戸惑いました」

松田には話さなかったことを女に話していた。女は掌（てのひら）の茶碗（ちゃわん）に目を落としている。女が何か言いよどんでいる様子が見える。

父はこの人に、お世話になったお礼とか、せめて食事代とかの実費だけでも支払ったのだろうか。病院にかかっただろうし、その費用を父は果たして払うことができたのだろうか……。そうしたことを何も考えないまま、ここに来てしまった。死を知らせてくれた人へのお礼を用意してこなかったことを悔やんだ。

「あの、私、父の死に動転してしまって、駆けつけて来てしまいました。いろいろお世話になったと思います。もしかして、父にかかった経費といいますか、それを。あの、父はお金を持っていたのでしょうか、ご迷惑をおかけしたと思いますが。私、何も考えないまま家を出てきてしまったものですから。後で、お支払いさせていただきたいのですが」

「お、金？　そんなことは。ここは祖母のもので、一人娘の母が祖母から遺産を。女二人では到底使いきれないくらい、たいそうなものを。それで三人悠々と生きてこれましたんです」

「三人、三人で生きてきた？　といいますと、父はやはり、こちらに。こちらで長くお世話になったということでしょうか？」

女は立ち上がり、床の間に置いてある小さな冊子のようなものを持って、私の前に置いた。アルバムだった。

女がめくる。

「これは！」

高校の入学式の写真、正門の前に立つ私だった。紺のセーラー服、白いソックス。はにかむように笑っている。母が写したものだろうか。

「どうして？　これが、ここに」

女は答えない。また、一枚めくる。

大学の正門前で友達と笑っている私。

とっさに女の手からアルバムを取り、めくっていく。

学校の帰り道、友達と歩く中学生の私がいた。体育大会の写真もある。高校の文化祭のスナップ写真もあった。

胸が苦しくなる。なんで、こんな写真が。誰が、いつ、撮ったのか？　息ができない。勝手に私と母を捨てて、二十数年もの間、便り一つ寄こさなかった父が、どうして捨てた子どもの写真をこんなに持っていたのか。

まさか、母が送るはずはない。母は父の居場所さえ知らなかったのだから。それとも、私には隠して二人は連絡を取り合っていたのか。だが、私に隠す必要がどうしてある？　父が？　まさか、父がこっそり私を撮り続けた？　そんなことは、あろうはずがない。

息苦しくて倒れそうだった。この部屋から出たい。外の空気を吸いたい。立ち上がろうとした私のコートの裾を女が座ったまま強く引っ張った。思いがけない力の強さだった。よろけて炬燵に両手をついた。

「待っていたんや。舞子さん。あんたさんを。友和君は、ずっと舞子さんのことだけを、な、毎日思っていたんや。本当に申し訳ないことをしてしまいました」

女の濁っていない片目が、怖いほど必死で訴え、頭を下げた。

頭頂部が、地肌が透けて見えるほど薄くなりかけている。

申し訳ないことをしてしまった、意味がわからない。女は、顔を上げ、ほうと一息つくと話し始めた。

「友和君と私は、高校の同級生で、友和君が勉強ができたんで、私も母親がびっくりするくらい、あのときは寝ないで勉強しました。ずーと友和君が好きで好きで、ホンマになんであんなに好きやったんやろうと、自分でもわけがわからないくらい好きになりました……。友和君だけが、私を気持ち悪いって顔をせんかったし、バカにせんかった。親切にしてくれたんです。私はいっつもぼんやりしてたから、先生が指名しても、どこのページのことかわからんなんて、しょっちゅうで。そうすると、近くの席だった友和君が、いっつも小さな声で教えてくれたんです。特に、話なんてできんでもよかったの。見ていられるだけで、幸せっていうか、もううれしくて、胸がどきどきして、友和君も私を見ていたから。見られているのをはっきり感じたの。そう、私が思い込んだんやけど。友和君はグランドを、いっつも一人で走ってた。野球部の子らとは離れて走っている友和君に私は、もう夢中やった。一度だけ、遠くから手を振ってくれたことがあったんや。そのとき、目が合った気がした。幸せすぎて死にそうやった」

老女のように見えた女の声が、いつの間にか若い女の子の声に変わっている。顔も若やいで上気して赤みが差している。

カズが言ったんや、何も嫌なことされたことないって。

松田の言葉。

父は、そういうひとだった。その父とこの女性との間に何があったのか。

写真を誰が撮って父に見せたのかわからないが、父はずっと私を見てくれていた。それは、確かなことのようだ。

何も、私は知らずにきた。

気温が下がったのか、体が凍えるように寒い。我慢して正座していた膝を崩し、炬燵に足を入れた。

「高校三年になると、もう、友和君なしでは寝ても覚めてもっていうような状態で、夜もほとんど眠れなくなりました。心配した母親が、病院に連れていったほど、どうかしてしまったんです」

女は手を伸ばし茶碗を口元に近づけ、ずずずと音を立てて茶を啜(すす)った。つられて茶碗に手を伸ばす。喉がからからに渇いていた。

「進路のことが、友和君の。心配で心配で、もうたまらんかった。友和君が県外の大学に進学するって、噂が耳に入って。居ても立ってもいられなくて……」

女は、はあー、と今度は大きな息を漏らした。

こんな話をいつまでするのか。そんな昔のことなど、どうでもよかった。

「この近くで、ずいぶん前のことですが、父を見た人がいるんです」

　女は庭に顔を向けたままだ。

「あの、もしか、それは。……すみませんが、そんな昔のお話などより、ここに来る前、父がどこで何をしていたか、ご存知でしょうか？　どうして、こちらで亡くなったんでしょうか。どういういきさつで？　あの、こちらには父はいつから？」

　今さら、何を聞いても恨んだり悲しがったりはしない。父がこれまでどう生きてきたのか、どういう人生を歩んだのか。子どもを捨ててまで生きたかった父の人生を知りたかった。

　惨めな死であってほしくない、と思い、どういう病で死んだのか知りたいと思い、ここに来るまでの父をどうしても知りたかった。

「私な、父親が、誰か知らんのよ」

　女が唐突に言った。

「母さんも、どの男の子どもか、わからんと言って。そんな家庭やった。だから、みんなにバカにされたんや。私のこと、気持ち悪いって。誰も私に近寄らんかった。だけど、友和君だけは違った。だが、ほんまに、友和君がみんなと違うんか、ある日な、試したんや」

「試した？」

「どこまで優しくしてくれるんか、試したかったんや。他の人とは違うって、友和君だけは、信じたかったから。子どもだましなアホなことや。教科書忘れたから友和君の教科書、貸してって言うたんです。困った顔したけど、黙って教科書、私に渡してくれたんや。自分が困るのに、それでも、な。友和君って、そんなひとやったんです。頼まれると、嫌って言えんのです。本当に優しいひとやった」

「もう、あの」

苛立（いらだ）った。話を遮ろうとしたが、女はどこか遠くを見るように白い目を泳がせた。

「私は母と二人でずっと生きてきました。この料亭は、さっきも言うたけど、祖母が会社の社長さんからいただいたもので。母もここで祖母と一緒に働いておったんです。それで、お客さんと関係持って。私を身ごもって。私は母が十八のとき産んだ子やから、母とはよく姉妹に間違えられました」

その二人が、父の最期を看取ってくれた。

「ありがたいと思っています。お二人には感謝しています。だから、どこで父を見つけ、どうしてここに運び込まれたのか、それだけを教えていただきたいんです。あの、そもそも、父はどこが悪かったんでしょう？　何の病気だったんですか」

「病気って、わけではないんや」

「事故……ですか？」

「ま、言うなら、そう、衰弱死やな」

「えっ、衰弱死？　どうして？　衰弱って。お二人が父を見つけたとき、すでに弱っていたということですか？　いったい父をどこで見つけてくれたんでしょうか？　いつから、父はこちらで、お世話に。あの、父は」

早く知りたかった。昔のことはどうでもよかった。目を逸らし天井を仰いだ女に詰め寄った。

「何が、あったんです？」

「高校三年の三月、今頃の季節でした。友和君の家は海の近くだったんやけど、バスに乗って、友和君に会いに行きました。すごく小さな粗末な家やった。そのとき、友和君は一人で家にいた。私は嘘ついて、友達が集まるから友和君も遊びにきてほしいって誘ったの。すごく、びっくりしてたけど、友和君、来てくれた」

女はおかっぱ頭に細い手をやり、苦しそうに息を吐いた。

「必死に、な、あんときは、考えて考えて、ついた嘘やった。料亭やから部屋がいくつもあるから友達がたくさん集まれる。それで、友和君に女の子五人と男の子たちが集まることになった、と。男の子が一人足りんから来てくれないかって。その頃はスマホも携帯もなかったし」

女は茶碗に手を伸ばすが空で、ポットの湯を茶碗にそのまま注ぎ、ふうふう吹きながら唇を濡らした。

高校生だった父親が、その先一体どうなったのか。だまされて、この女の家に来て、その後どうなってしまったのか。

耳を塞（ふさ）ぎたかった。座り直した。

この女は、ただ、父を助けただけの人ではない。震えが体を走った。

奥のドアは静まっている。

「人を好きになるっていうんは」

女が窓の外にまた目をやった。

風が吹いたのか、白梅が揺れた。ひとひらの花を、井戸が呑みこんでしまったように見えた。

声が漏れ出た。

「あれは井戸ですよね？　水は？　もうとうに枯れてしまっていますよね」

女の目が細くなり、一瞬青い光を放った。

「飲み水としては使えませんが、水は絶えてませんのや。……深い井戸です。上からのぞいても底は見えません。あそこに、昔、お客さんが落ちたんやそうです。酔っぱらって。でも誰もそれに気付きませんで、死体が上がったのは一週間も後のことだったそうや。あの井戸に、私も、何度身を投げようと思ったことか。小学生の頃から、何度も」

女の右目がまた白くどろりとした膜に覆われる。

「友和君は、約束通り、ここに来ましたんや。来んとけば良かった。今となっては。そうしたら、こんなことには。あれが大きな間違いの始まりやった。でも、そうやない。あの日に来んかったら、また、次の機会を狙ったんやろう。私はもうどうにもならんほど、好きやったから」

何が起こったのか。父は狂った女に片思いされ、女の家で。

父は。

不吉な予感に震える。耳を覆いたいのに、話の先に全身を傾けた。

「あのドアの……」

女が廊下の奥に顔を向けた。

「あそこは、昔、納戸だったんです。ドアもあんなんじゃなかった、引き戸でな。狭くて、人が一人横になれば身動きできんくらいの。そこで、待ったんや。母さんが全部な、段取りしてくれて。友和君をあの部屋に押し込んでくれた。私は、着ていたもの全部脱いで、裸で待っていたの。……何も身につけんと、真っ暗なあの部屋で、逃げようともがく友和君を無理やり、抱いたんや」

父が女に襲われた？　喉が詰まった。吐き気に襲われた。

高校三年の多感なときに。だから、静岡に逃げてきたのか、父さんは。

静岡に来て、全部忘れようとした。忘れることができたはずだ。

それなのに、どうしてまた戻ってしまったのか。

「あの夜、春の雪が舞っていました。友和君と、ことを終えて、……ほんとはよくわからなかったんやけど、ただ恍惚状態やった。ようやく、友和君を手に入れることができた。そう思ったんや。母は心張棒を外して、いなくなっていて、友和君は、外に逃げ出した。私は必死で追いかけたの。雪が降る中を必死で。友和君を帰したくなかった。坂を走って下りた。石段の所で、彼が急に止まって、振り向いたんよ」

肩が上下に激しく動き、はあはあと息を吐く女の顔は阿修羅の形相をしていた。恐ろしさに女から目が離せない。

「胸に飛び込もうとした私を、彼の腕が払ったんや。たいした力ではなかった。でも滑って、二人はもつれて、私だけ、崖から落ちたの。三メートルくらい下へ。背中をひどう打って。今みたいな手すりはなかったから……大けがして」

女はそのときのケガで足を……。

「長いこと入院しました。けど、足はダメやった。でもな、私は友和君と離れていても、ちっとも寂しくなかった。お腹に赤ちゃんがいるって、思い込んでいたの」

「妊娠？」

思わず女の顔を見る。

「一回のセックスで、子どもができたって、そう信じ込んでいた。昔だったから。本気でそう思っていたの。まだ、子どもだったんよ。妊娠してないってわかって。ショックで頭がおかしくなった」

背中が寒い。女への不信が深まる。恐ろしい予感に怯え、声が震えた。

「父を、その後も父を。追った。そうなの？　それで、それで」

泣きそうになるのを必死で耐えた。

「母が私を病院に入れたけど、病院にいるときは、どこもおかしくないって、医者が言うの。出たり入ったりやった。五年以上も病院に」

精神を病んで病院に入院していたという見ず知らずの女の家に、私はいる。そう思うと、急に怖くなった。恐ろしさに一時（いっとき）も早くここから逃げ出したかった。

だが、あともう少しで、父の失踪の真実にたどり着くことができる気がして、動けない。

「母が、言ったの。一目見たら気が済むんやったら、静岡に連れてってやると」

姉妹に見える二人が、父の住む静岡にやって来た。

「舞子さんを抱いて，三人、幸せそうやった」

女が私をにらんだ。

「許せんかった」

低いうめき声。

「私は子どもが、元々産めない体だったんや。それなのに、あんたのお母さんは。友和君と夫婦になってあんたを産んだ。それがどうしても許せんかった」

「そんな、そんなことは」

「違ったんや。お母ちゃんが、調べたんや。舞子さんのお母さんのこと。なんもかも」

「何もかも？　母の。何が、違ったんです？」

自分の顔が蒼白になるのを感じた。血が逆上し指の先まで動悸が打った。

「友和君はきっと断れんかったんや。優しすぎて。よその男の子を、自分の子として」

「よその子。私が」

私は父の子ではなかった！

膝の上で組んだ両手に力を込めた。……私は、所長の子だった。

母は、既婚者の所長との間にできた私を、私を、父に押し付けた。

私は、父とは血のつながりがない、赤の他人だったのだ。

他人の子を育てることに、父の我慢も限界になった。だから、家を出たのだ。

「お母ちゃんは、あの子を奪おうって言ったんや」

女の声が、遠くなる。

「舞子さん、あんたのことや。あんたを奪おうって、お母ちゃんが」

「どうして、何？」

「母は、私の目を覚まさせようと、わざと、そんなこと言ったんやと思う。そんなに友和君が欲しいなら、あの子を奪えば友和君だって、きっと私の所に来るって。自分のほんまの子でなくても友和君は、舞子さんを可愛いくてたまらんようやったから。友和君なら来るやろうって、母はそう言ったんや。私も、それしかないと思った」

狂っていた。母も子も。

「でも、そんな恐ろしいこと、本気ではなかったんや。ほんとや。ただ、友和君に会いたかった。見るだけでいいって。そのときは友和君を見るだけでいいって、思った。何度もこっそり会いに行った。母に連れられて」

そのうちに、会うだけでは気持ちがおさまらなくなった。

「小学校に入学したばかりの舞子さんに、学校の帰り、母が話しかけた。友和君を私が引き止めていて、その様子を見せたの。友和君を脅したんや」

知らない人に話しかけられた記憶、何度か呼び止められたような記憶が、うっすらとある気がした。

「自分の子でないんやから、さらおうと傷つけようと構わんやろって、母がとうとう口にしたの」

「やめて、もう、いいです」

「友和君が、とうとうここに来た。母が一度でいいから来てほしいって、来てくれたらもうあの子に近づかないからって。だから、こっちに一度だけ来てほしいって。それで、ここに、とうとう友和君は来たの」

女はうれしさを隠そうともしないで、幸せに満ち足りた顔つきに変わった。

あの、おとなしい父が所長に頼まれ私を押し付けられ、そのあげく、私のために脅され、狂った女に捕らえられた。

許せなかった。立ち上がり、思い切り女の顔をたたいた。女は、よろけて畳に片手を突いたがすぐに座り直した。顔色一つ変えなかった。

自分の子でもない私のために、父はここに来てしまった。

「あと少しや。全部お話したら、舞子さんはお墓に。参ってやってください。ずっと、舞子さんを待っていたんですから、お墓に行ってやってください。もう二度とお目にかかることはないと思いますから。最後まで、あと少しやから。どうか、聞いてください」

女が畳に額を付け、懇願した。これ以上何も聞きたくなかった。立ち上がろうとした。

ドアが鳴った。ドアに何かをぶつけるような音、ドアをたたく音。

女は奥に目をやり、「静かにして！」と怒鳴った。

誰かがいる。誰か、父が捕らわれてそこにいる。

立ち上がり、女が止めるより早く奥に向かった。ドアを引くが動かない。鍵がかかっていた。急に、音がやんだ。

「お父さん、お父さん。舞子です。お父さん。舞子が来ました」

お父さん、もう一度呼びかけようとした。後ろに近づいた女が、静かに言った。

静まったままだ。

「お父さんは亡くなったの。それは、本当のことです」

「じゃあ、ここにいるのは、いったい誰なの？」

ドアを思い切り引くが開かない。女がドアの前に立ち、帯の間に手を入れた。

青い小袋から鍵を取り出し、鍵穴に差し込む。

ガチッと音がしてドアが開いた。

窓のない、三畳ほどの部屋だった。

茶色い段ボールの箱に、新聞紙が丸めて捨てられている。そんな感じがした。狭い部屋に敷かれた布団の上に、白髪の老婆がうなだれて座っていた。

「母です。母が、死にかけているんです」

老婆は動かない。

「毎日毎日、顔の前で手を合わせ、殺してくれと頼むんです。目を離したすきに井戸に飛び込むつもりです。母のことは、私にはなんでもわかるんです。何もかも似ていますから。母も友和君を愛していました。友和君が死んでしまった途端に、生きる気力をすっかり失くしてしまって」

生きているのか死んでいるのかわからない女が、顔を上げた。色もない頬がこけ、すでに死の形相だった。目を閉じたまま、何かつぶやいた。

「友和君のとこに早う行かせてくれって、言ってるんです」

おぞましい女たちに、捕らわれてしまった父。

廊下を玄関に向かう。もう、何も聞きたくなかった。

足を引きずる音が後ろからした。

「もう、嫌！　もうたくさんです。私に近づかないで。父を私に返してください。お父さんを」

「舞子さんのために、ここに来たあの日、友和君を、母は監禁したんや。あの部屋に、お父さんを」

後ろから叫ぶように、女が言い放った。

父はこの家に、長い間監禁されていた。あのおとなしいお父さんが。全身から力が抜けた。父が哀れで、可哀想でならなかった。

廊下に崩れるように座り込んだ私の傍らを女が走り抜け、体を投げ出すように土間に落ちた。両手をつき頭を土間に擦り付けた。

この女を殺してやりたい。この家に火をつけてあの部屋に寝ている女とともども殺してしまいたい。憎くて憎くて、どうしようもなく悲しかった。

「舞子さんの写真を母が撮り続けたの。監禁した代わりに、無事を知らせる約束をしました。そのうちに、お父さんはもう、どこにも行く気がなくなっていって、鍵をかけんでも部屋を出なくなりました」

走るのが唯一の趣味だった父を、あんな狭い部屋に閉じ込めた。

震える体を屈め、泣き伏した。

涙がとめどなく黒い廊下にあふれ落ちた。

「しばらくすると、友和君は、お父さんは、もう何もしなくていいんやなあって、言うようになりました。どこよりも、ここが一番落ち着くと言うようになったんや。信じられんやろうけど、ほんとのことです。車椅子を母が押して、この周辺を三人で散歩をしました。最期はとても穏やかな顔をしていました」

女は土間に顔を向けたまま、低い声で話し続ける。

「あなたのことだけを毎日毎日話していました。他の人のことは一言も口にしませんでした。舞子さんのことだけを、片時も忘れていなかった。美しく成長した写真を毎日眺めていました。……一目会いたいが、もう無理やなあって、……それが最後の友和君の言葉でした……」

叫んだ。

「わああ」

土間に飛び降り女を思い切り突き飛ばした。着物の裾が乱れ、釘のように痩せた足が二本出ていた。仰向けに倒れた女の首に手をやった。女は両手をだらりとして動かない。

「殺す価値なんてないんや。母が息を引き取ったら、私はあの井戸に飛び込んで死にます。舞子さんが、手を汚さんでも。舞子さんに、手を汚させたら、あっちへ行って、友和君に顔向けできません」

はっとして手を離した。

女は土間に正座し、着物の胸元から四角い封筒を取り出し、私の前に差し出した。

封筒に、美和へ、とある。封筒を持つ手が震えた。

左下に子ども用の自転車が描かれていた。

水色の自転車。

父の繊細な素描だった。

封を開けると、中には写真が一枚入っていた。

父が大きな樹に凭(もた)れて立っている。優しい笑みを浮かべている。二十年余り経っているはずなのに、すぐに父だとわかった。子どもの頃見たままの父の笑顔だった。

「亡くなる一年前の写真です。信じられんやろうけど、友和君、とっても幸せや、と言うてくれました。穏やかな生活やったんです。舞子さんのお母さんが再婚したのを知らせたときには、もう、苦しまんでいいんやなあ、って。お父さん、ほんまに、ほっとした顔で言いました。ただ……」

女の顔がゆがみ、悲しみをたたえている。胸の内が張りつめるのを感じた。

「友和君は涙ぐんで言わはりました。これで、舞子が僕の子どもではなくなってしまうんやなあって。それは、それは寂しそうでした。友和君は、舞子さんの幸せだけを、ずっと願っていましたから。舞子さん一人だけやったと思います。友和君が愛したんは。他の人のことは名前さえ触れることはありませんでしたから」

写真の父と目を合わす。

長く離れていたのに、少しも変わっていない。

写真を裏返す。舞子の父、と書かれていた。

もう泣くまいと思うのに、嗚咽が込み上げる。唇が震え、声が漏れた。

震える指で、写真を大切に封筒に仕舞い、バッグに入れた。

土間に座り込んだままの老女から離れ、小さな花束を手に、ふらふらと外に出た。重い体を引きずるようにして坂を上っていく。右手に墓地の案内板があった。

低く垂れた雲の陰りに、山の斜面の墓地は鉛色に沈んでいる。

遠くまで来た、と思う。

この北陸の地で、父は長い間生きていた。父を愛しすぎた女と。

写真の父の眼差しは、あの女に向けられていた。そのことに気付いた。父の最期は幸せだったのかもしれない。

ただ一人の父。血はつながっていなくても、世界で誰よりも私を心配し愛してくれた父。

斜面を見渡すと、大小さまざまな墓が林立していた。このどこかに、父が眠っている。

あとからあとからこぼれ落ちる涙を拭っては、墓の一つ一つの名前を見ていく。

お父さん、お父さん。舞子です、舞子が会いにきました。

必死に呼び続ける。

父の墓が見つからない。

顔を上げた。墓地の一番高い段に、楕円形の墓石を見つけた。雲の間から一筋弱い光がその墓石をかすめた。

あの下に、父が眠っている。

気が急(せ)いた。這(は)うように進む。

墓の前に、何かがあった。

足が止まった。

墓前に、大きな枝ぶりの白梅が供えられていた。

林檎

机の上の本は、何日も同じページが開かれたままだ。

「あなた。行ってきますよ。昼ご飯は冷蔵庫のシチュー温めて……」

「お父さん。お母さんお借りするね。一人だからって飲みすぎないでよ」

玄関から妻と娘が二階にいる僕に声をかけてくる。やがてドアの閉まる音がした。三歳の孫と妻のはしゃぐ声が外から聞こえてくる。隣町の娘の家に、妻が二泊三日で出かける。娘婿が出張だという。いつものことだった。二歳年下の妻は頼りにされ、ますます元気だ。

窓から前の道路をのぞくと、妻と孫はすでに車に乗り込んでいる。娘が運転席のドアを開け、乗り込む前に振り向いた。目が合うと、笑って手を振った。それに応えて片手を上げた。車はゆっくりと走り出した。

机の本を閉じる。工学研究所を退職し三年が過ぎた。六十五歳まで縛られていた生活を終え、二十四時間が自分の時間になった。本を読み、あてのない旅もできると思っていたが、いざとなると面倒になる。工学の専門書から離れ、文学を一から楽しんでみようかと数冊買ってみたが、面白いとは思えない。一緒に旅行する友人もいない。

今、僕の心をとらえて離さないのは、ただ一つのことだった。気が急く。何カ月も前からこの日を待った。

押入れから一泊用の小さな旅行用鞄を取り出す。

七十を前に、今を逃したら二度と会えない気がした。このところ健康に不安を覚えていた。元々スポーツをする趣味もない。体力が落ちている。歩き始めると足の付け根辺りが痛くなり、息もすぐに上がる。いつか自由に歩き回ることもままならなくなる。そんな日が必ず来る。それほど遠い先のことではない。急がないと、会えなくなる。三十年余り忘れていた女性が、僕を呼んでいる気がしてならない。今のうちに会っておきたい。

焦燥と郷愁の彼方に、一人の女性が微笑んでいた。

きょうの日を、誰にも秘密にして待った。電車の時間に間に合うように、タクシーはすでに頼んである。鞄を開ける。中を改める。一泊分の着替えと読めなかった文庫本二冊、向こうは寒いだろうからと、ジャケットの下に着るベストも入れた。春のコートも出してある。

今さら……、と思う気持ちも一方にある。会ってどうしようというわけではない。ただ、別れた彼女に会いたい。別れたというより僕が捨てた。だから彼女の無事を確かめたい。七年付き合った女性だ。あの頃が、僕と彼女の人生には、確かに存在した。命あるうちに彼女の無事を確かめずにいられない気持ちが日ごとに高まった。

林檎(りんご)を持つ細い指が浮かぶ。ひもが解けかけているスニーカー。

僕が私立のS大学から研究所に赴任したとき、日菜子は高校を卒業し、隣の研究室に事務職員として働き始めたばかりだった。背は低く痩(や)せていた。肩までのさらさらした髪、一重瞼(まぶた)の切れ長の目の下には点々とそばかすが広がり、唇は薄く、どちらかと言えば、陰気な感じだった。親しく誰かと話しているのを見たことがなかった。いつでも所内をうつむき加減に歩いていた。

何がきっかけだったか、そんな彼女といつしか言葉を交わすようになった。二十六歳の僕が十九歳の日菜子と付き合い始め、キスを交わすまでに一カ月もかからなかった。これは恋とは違う、たまたま手の届く所に日菜子がいたから。そう思い込もうとしていた。あの頃の僕は、そうだった。

秋の日、研究所近くの雑木林に二人腰を下ろした。ひとの足音も鳥のさえずりも聞こえない。陽光に満たされた林、乾いた落ち葉の匂い、梢(こずえ)を渡る風の囁(ささや)きに、元々口数の少ない日菜子はいっそう静かにぼんやりしていた。僕は黒いリュックに入れたままの林檎を思い出し、日菜子に渡した。

日菜子は右手に林檎を持ったまま、戸惑うような不思議な顔をした。林檎をいったん膝の上に置き、渡したナイフを右手に、左手で林檎を掴(つか)むと恐る恐るむき始めた。三センチくらいの長さで厚い皮がポツンポツンと下に落ちるのを僕は笑いをこらえて見ていた。

日菜子の手が止まった。真剣な顔で林檎を見つめている日菜子の目から、唐突に涙がこぼれた。

「すみません。私」

と謝った。果物の皮がむけない女がいることに、僕は正直驚いた。

後日、大きな秘密を打ち明けるように日菜子は言った。高校三年の家庭科の実習試験。決められた時間内にキュウリを薄く均一に切るというものだったらしい。厚さだけは均一だったがキュウリ一本の半分も切れなかったという。クラスにそんな子は誰もいなかった。当然再試験だと覚悟した。それが廊下に張り出された合格者の中に、日菜子の名前があった。クラスのみんなが日菜子の顔を見た。誰もが、日菜子は落ちると確信していた。

「どうして……」

顔を見合わせ囁く声が聞こえた。日菜子自身が戸惑った。この結果をどうしたらいいのか、わからなかった。震える体を隠すように席に着いた。次の休み時間に間違いを家庭科の先生に言いにいこうと、そのときは思ったという。だが、再試験で合格できる自信がなかった。そのままやり過ごしてしまった。生きた心地はしなかったという。

その話を聞いたのは確か、日菜子が高校を卒業してずいぶん経っていたと思うのに、今どうしようかと悩んでいるような真剣な顔で話した。結局、それでどうなったの、と聞くと、わからない、先生もクラスのみんなも、まるでそんなことなかったみたいに、何も言わずに卒業してしまった、と言う。

長野出身の若い研究員が昼休みに、林檎二十個くらい入った段ボール箱を抱えてきた。僕は悪戯気分で、日菜子に「林檎むいてくれ」と言ってしまったことがあった。サッと日菜子の顔が青ざめた。果物ナイフをまるで重い鉈でも持ち上げるように手にした。林檎にナイフの刃を当ててむきかけると、一人の男が日菜子の横に立ち、手からナイフを受け取りむき始めた。日菜子と同じ歳くらいに見える彼は、神経質そうな青白い顔をしていた。その後、二人が近くの図書館の窓際に並んで本を読んでいる姿をよく目にした。名も知らない彼が、あのときどうしてあの部屋にいたのか、僕は気にすることもなかった。

タクシーがクラクションを鳴らす音に、慌てて外に出た。

春の日差しが庭の隅々まで届いている。コートはいらなかったかもしれない。日菜子の住む日本海の小さな町を、僕はこれまで一度も訪れたことがなかった。

東海道新幹線を米原駅で下車し、北陸線に乗り換える。階段を上っていくひとの足が速い。待ち時間が十分しかない。案内板を見る間もなく前についていく。寂れたホームに多くのひとが降り立ち、すでに入っている電車に乗り込んでいく。きょうが日曜だったと気付く。動き出すと、しばらくして電車は大きく一つ揺れた。さっきまで晴れていた空が重い雲に覆われていく。暗い山が両側から迫り、その間を縫うように電車は走る。山里が白い霧に霞んでいた。

あの彼が、アパートの僕の部屋の前に立ったのは、深夜だった。部屋に入ろうともせず、思いつめた顔で、何のあいさつもなく僕に迫った。

「先生は、日菜子さんのこと、どう思っているんですか」

彼は日菜子と似て、真面目で要領の悪そうな重い雰囲気を纏(まと)っていた。ごまかすことなど思いもよらないというような、まっすぐな視線に、僕はあのとき、嫉妬したのだ。

「大事なひとだよ」

いつもなら、日菜子のことを聞かれると、妹みたいな存在だ、と答えていた。二十歳を過ぎた日菜子は、慣れ親しんだ僕の目にも、はっとするほど美しく映る瞬間があった。焦点の合わない茶色の瞳。遠くを見るような眼差しに、男たちが惹きつけられた。日菜子に気のある職員は、同じように僕を問い詰め、そのたびに僕は笑って、「可愛い妹のようなものだよ」と軽く流した。だが、あの彼は他の男たちと違う危うさがあった。日菜子を取られてしまうような不安を覚えた。大事なひとだと答えてから、彼が日菜子と話しているのを見なくなった。彼はその後、退職したと聞いた気がする。

改札口に駅員が立っていた。自動改札ではない、こんな駅がまだあったのかと驚く。三十年前に届いた、日菜子からの結婚を知らせるハガキは、妻の目の届かない所に仕舞い込んだまま忘れていたが、今回探し出し、鞄の内ポケットに入れてきた。固定電話はないのか、家の電話番号を調べたがわからなかった。

構内に蕎麦のカツオ出汁の匂いが漂っている。日菜子の所に行く前に、軽く腹に入れておいた方がいい。腹は減っていないが、構内の一角にある立ち食い蕎麦の暖簾をくぐった。男ばかり五人が背中を丸めている。品書きを見る。とろろ蕎麦にするかおろしか迷っていると、後から入ってきた腰の曲がった男が「おろし、ひとつや」としわがれ声で言ったのにつられて、「僕もおろしを」と言っていた。

日菜子の住む町にとうとう来てしまった。割り箸を持つ手がかすかに震える。会わなくてもいい。遠くから無事を確かめるだけでもいい。弱気になっている。日菜子の住所を検索しストリートビューを見たときには、そこに日菜子が映し出されたらどうしよう、とバカなことを思って自分を笑った。三十年も前の住所だ。すでに転居してしまったかもしれない。それならそれでいい。先が長くない今になって、やり残したことを済ませておきたい。それだけだ。一言謝れたら謝りたいが、もし会えないとして、それは仕方ない。

蕎麦の味などまるでわからなかったが、気が付けば汁も飲み干し、空になっていた。丼を運び、「ごちそうさまでした」と声をかけると、中から、「おおきに、ありがとね」と白い三角巾をかぶったおばさんの元気な声が返ってきた。

ターミナルには、客待ちしているタクシーが数台停（と）まっている。日菜子の家は、ここから出るバスに乗り図書館前で降りれば、そこからすぐのはずだ。

暗い空から雪がちらつき、雪を舞わせる風が吹いていた。三月の末だというのに、ここはまだ春の気配がない。歩いている人もなく、閑散としていた。年中晴れている太平洋側の都会から、何カ月も日の差さない田舎町に嫁に来た日菜子の青い顔が浮かぶ。音のない灰色の沈んだ街に不安を覚える。七十前の男が、昔の女に会う動揺に、この暗さが追い打ちをかける。コートを羽織り、日菜子の家に向かう決心がつかないまま、駅から西へふらふらと当てもなく歩き出した。

日菜子は今年六十一になるはずだ。どう変わっているだろう。すでに孫の一人二人はいるかもしれない。美人ではないが、肌は透けるように白かったことを思う。薄い背中、尖った肩甲骨の間に茶色い黒子があった。

今夜は駅近くのホテルを予約してある。三十年ぶりに抱くことになるかもしれない。抱けるだろうか。妻とはもう何年も交わりがない。日菜子を想っても、若いときのような燃え上がるものがない。

駅前の大通りから左に折れ、短い坂を上がる。吊るしの服が店前にずらりと並んでいる。隣にはマッサージのメニューの書かれた看板が立て掛けてある。狭い間口の喫茶店、子ども服の店、カレーの店などが低い軒を連ねていた。下町の懐かしい雰囲気があった。

歩きながら腕時計を見た。時計を見ながら、日菜子と付き合った七年間、どこかで待ち合わせるようなデートをほとんどしたことがなかった、と思う。

毎朝、まだ誰もいない研究所内の広い庭を並んで歩いた。仕事の始まるまでの一時間余を一緒に過ごした。他愛のない話ばかりだったが、飽きることがなかった。二人でいるのが、心地よかった。休みの日には電車を乗り継いで山に登った。ややこしいことは一つもなく、とてもシンプルな付き合いだった。口数の少ない日菜子といると、心が乱されることがない。何を話さないでも日菜子がいるだけで満たされていた。

だが、結婚となると、そういうものとは違う、と最初から明確に思っていた。日菜子の両親は小さな町工場で働いていた。日菜子は三人姉妹の末っ子だ。僕の家に立つ日菜子を、どうしても想像できなかった。ダイニングの四人用の大きめのテーブルに、母と向き合って僕と弟が座り、一カ月に一度定期的に顔を見せる伯父が母の隣にある椅子を、僕たち三人と向き合う所に移して座る。全国的に名の知れた会社の役員をしている伯父は、戦死した父に代わって僕と弟を大学まで出してくれた。母は暮らし向きのことや僕たちの進路のことまで、なんでもこの伯父に相談した。伯父は、一家の主以上の存在だった。そこに顔を伏せて座る痩せた日菜子を思うと、まるで違う世界に迷い込んだ子羊を連想させた。明るいキッチンに立つ几帳面で器用な母の隣に、日菜子を並べることは想像できない。初めから日菜子との結婚は考えられなかった。あの頃も今も、僕は結婚を生活そのものだと考えている。日菜子と僕は、そうしたしがらみから逃れ、気持ちよく漂うシャボン玉のようなものだった。

いつかは消える。

日菜子にそうしたことを僕は話さなかった。卑怯だった。

伯父は僕が大学に合格すると、将来の生活についていっそう熱心に話した。伯父に勧められるままに見合いをし、三回目で妻に会った。あっさりした性格でよく笑うひとだった。会ってすぐに結婚を決めた。

いざとなると、日菜子にそのことを打ち明けることができなかった。話があると伝えたまま、一カ月もの間、ずるずると先に延ばした。その間に、日菜子からは何の話かと迫られることは一度もなかった。あの日、傾きかけた夕日を背にして帰る日菜子が、テニスコートから見えた。とっさに走り寄り、呼び止めた。コートの端まで連れていき、軽い立ち話のふりを装い、告げた。

「見合いして、結婚することになった」

日菜子があのときどんな顔をしたのだったか。

「おじさんが……」

続けて言い訳しようとする僕に、「私」と言いかけた。あのとき何を言いたかったのか。頬を赤く染めた日菜子が哀れで抱きしめずにはいられなくて、手を伸ばすと、さっと身を引いた。屈んで自分の膝に手をやった。見ると、ストッキングが破れ、膝の皮が赤く擦りむけている。

「また、やっちゃった」

泣きべそをかく子どものような顔をしていた。

風に吹き飛ばされそうに頼りない後ろ姿を見せて帰っていった。スニーカーのひもの結びが日菜子はいつでも緩く、解けかけたひもを踏んでは転びそうになる。そのたびに僕が足元にひざまずき、きつく結んでやった。僕はそんな日菜子を本当に可愛く思った。

それから二カ月後に、日菜子は黙って研究所を去った。結婚のハガキが届いたのはそれから二年もしなかった頃だった。

商店街のはずれに来ていた。空き地の隅には黒く汚れた雪が塊となって残っていた。

遅くならないうちに日菜子の家に着かないと、と決意して駅に戻る。

調べておいた三番のバス乗り場に立ち、時刻表を見ると、一時間に四本出ている。時計を見る間もなく目の前にバスが停まった。ためらって横に退くと、高校生二人と老いた女性が、お先にと言ってバスに乗り込む。後ろを見ると誰もいない。慌ててステップに足をかけ、番号札を取る。一番後ろの席に着く。バスが動き出した。

日菜子が研究室で僕を待つ朝、開け放したドアの陰からその横顔を盗み見ていたことがあった。弱気で少し悲し気な、子どもっぽさの残る顔をしていた。廊下を歩く音や階段を上る足音が遠くから聞こえると、ハッと顔を上げ、一重瞼の奥の瞳が輝きを見せた。そわそわし始め、じっと息を呑(の)んで僕を待つ気配があった。足音が遠ざかると、ふうと息を吐き肩を落とした。隠れているのも限界になった僕が顔を出すと、すぐにうれしくてたまらないという笑顔で椅子から跳ねるように立ち上がった。

バスが走り始めて十分もしないうちに田畑の広がる郊外に出た。トンネルを抜け、しばらく行くと緩いカーブを曲がる。バスの電光掲示板の表示が、次は図書館前と変わった。

窓の外をうかがうと、オレンジ色の建物が前方に見える。やがてバスが停まった。胸の鼓動が早くなる。立ち上がり降車口に進む。運転席後ろの老女が前に体を預け眠っている。脱いだ長靴が座席の下に転がっていた。

バスを降りた高校生二人が僕の前を歩いていく。図書館に向かう道を二人の後をついて歩く。語尾の伸びた方言で話している。ところどころが理解できない。日菜子に会う緊張から逃れるように、女子高生の話に耳を傾けて歩く。

「ほやからあ」

「言ったやんかー。そやろー」

「ほや、ほや」

思わず口元が緩む。日菜子もこんな話し方をするのだろうか。二人はすぐ後ろを歩く僕には目もくれず図書館に入っていく。

駐車場の前の道を左に折れると、日菜子の家がある通りに出る。

どの家も塀が長々と続いている。ブロック塀が途切れ、竹藪が見えた。雲の間から日が差し、竹がさわさわと揺れて光るのを眺めた。心を落ち着かせようと息を大きく吸い、ゆっくり吐く。食堂の暖簾が出ている。日菜子の家はそこから三軒目のはずだ。

——人生いよいよ終盤になって、どうしても、あのときのことを謝らなくては気が済まなくなった。それで、とうとうここまで来てしまった。

そう言おう。ストリートビューで見たままの家が、今、目の前にある。

板塀が屋敷を囲んでいる。和風の二階家だ。落ち着いた佇まいだが、周囲の大きな家から比べるとコンパクトに見える。通りにも屋敷の外にも人影はない。足を踏み入れることができない。ここまで来て、と自分を叱るが足が遠のく。

結婚している女の家に男が。初老といえども、男であることに違いない。昔の因縁のありそうな男が妻を訪ねてくる。それを、なんとも思わない夫などいるはずがない。非常識だ。どうして、そんなことをしようと思ったのか。もっと、いい方法があったはずだ。年がいもない。

家を通り過ぎ、うつむいたまま歩き続け、かなり遠くまで来た。足を止め顔を上げると、漢方の幟が立っている。薬局の前だった。店の中から白い上着の男が笑いかけてきた。悪いことを見咎められた気がして慌てて目を逸らす。元来た道を戻る。日菜子の家の塀に沿って歩く。中から声がしないかと耳をそばだてるが、何も聞こえない。足を止め何度目かの深呼吸をした。緩やかなアプローチに足を踏み入れた。雪を薄くかぶった庭に広葉樹が数本白い幹を見せている。

表札が出ていた。二人の名前が並んでいる。飯田拓哉、日菜子とある。

日菜子がここにいる。

ようやく、日菜子に会える。三十五年ぶりの日菜子に。

震える指でチャイムを押した。

中から足音がして、「はい。どちらさまですか」と男の固い声がした。

「すみません。突然、私」

と言いかけると、戸が開いた。痩せた男が立っていた。訪問販売とでも間違えられたのか、「何か」と素っ気ない。

「突然すみません。私、東京からまいりました山本と申しますが」

「えっ、東京？　東京から」

首をかしげている。

「奥さんの、日菜子さんと同じ工学研究所で働いておりました、山本です」

「あっ。……いや、まさか、あの」

男は上がり框（がまち）に慌てて正座すると、僕を見上げた。

「先生、ですか。どうして、ええっ、すみません。気付かなくて、ああ、日菜子、日菜子に会いに」

と言いながら中に入ってしまう。先生と僕を呼んだ飯田という男に心当たりがない。日菜子の夫、飯田拓哉とは誰だったのか。日菜子が僕のことを話したのだろうか。もしかして同じ研究所の職員だったのか。奥で声がする。老眼も年々ひどくなるが、最近は耳も遠くなった。聞き取れない。「日菜ちゃん」と言うだけが聞こえた。話の内容まではわからない。日菜子は留守なのか。携帯を手にして出てきた男の顔を改めて見るが、知った顔ではない。

「あの、もしかして、僕と同じ研究所にいらっしゃったんですか」

玄関の戸を開けたまま内と外で話す。

「ああ。僕のこと、先生、ご記憶にありませんか」

そう言いながら、スリッパを並べ中に入るよう促す。

「突然でご迷惑ではなかったでしょうか」

「いや、ホントに突然で。いえ。ああ、でも、迷惑なんかじゃないですよ。お互いに、ずいぶん年をとりましたよねえ」

そうか、年をとったと見られたか。ずいぶん年をとった、その言葉にうろたえた。

思わず薄くなった頭に手をやる。飯田は白髪交じりだが髪が多く顔に艶があった。僕より十歳くらいは若いだろうか。

玄関左手の廊下を進み、座敷に通される。部屋は暖気がなく、ひんやりしていた。床の間と並んだ立派な仏壇には白い小菊が供えられている。床の間を背に座布団を置き勧められたが、部屋の入り口近くに正座し頭を下げた。飯田に言う言葉は見つからない。訪問するのだから当然、日菜子の夫と顔を合わせることになるのはわかっていたが、少しも言葉を用意していなかった。飯田に無礼な訪問を言葉少なにわびる。

「いえ。それはもう。あの、日菜ちゃん、近くに買い物に出かけてるんですが、すぐ戻ります。先生が来たとは話していません。驚かせてやろうと、思って」

飯田は上座に座るようまた促したが、日菜子さんが見えるまではと言って立ち上がらなかった。

「あの、それで、飯田さんは、日菜子さんと同じ……」

「ああ。まだわかりませんか。やっぱり思い出していただけませんか。あの、先生の所に夜中、日菜ちゃんのことで押し掛けた者です。覚えていらっしゃいませんか?」

あの、男。まさか。あのときの彼と日菜子は結婚したのか。日菜子と似た雰囲気の男だったと覚えているだけで、顔の輪郭さえ浮かばなかった。立ったままの飯田を見て、

「あのときは、すまなかった。僕のせいで研究所を辞めさせてしまって……」

頭を下げた。

「えぇっ。何のことです？　まさか。いくらなんでもそんな。そんな僕、やわじゃないですよ。違います。親父（おやじ）が亡くなったんです。役所に勤めていたんですが、会議中に倒れて、心筋梗塞（こうそく）でした。まだ五十前で。僕の下に高校の弟と中学の妹がいましたから。東京を僕は離れて、家に戻らなきゃいけなかったんです」

「ああ、ああそうでしたか」

僕は肩の荷が一つ下りた気がした。

「そうだ。お茶も出さずに。すみません」

「構わないでください。僕は日菜子さんに、死ぬ前にどうしてもおわびをしないと、そう思って来たんですから」

「死ぬ前って、先生。それに、おわびなんて。日菜ちゃん、結婚した当初は僕に遠慮してか、先生の話題は避けてましたけど、だんだん、女はほら、結婚すると厚かましくなるでしょ。と言っても、僕たち子どももいないから……あまり変わっていませんけど。先生は、私の青春だったって、日菜ちゃん、いつも話してました。先生のこと、ずいぶん感謝してましたよ」

飯田が茶を淹れに立った。

日菜子が僕に感謝している、飯田の言葉をそのままには信じられない。日菜子を日菜ちゃんと呼ぶ飯田にわずかに嫉妬した。僕は妻をそんな風に呼んだことは一度もなかった。

飯田が戻り、越前焼の地味な色合いの茶碗に熱い茶を注いだ。

そのとき、外から自転車を停めサドルを立てる音が聞こえた。玄関の戸が開く音に続いて廊下を小走りに近づいてくる足音。座敷の襖が開いた。

日菜子が立っていた。

クリーム色のセーターにジーパン姿の日菜子は、何も変わっていなかった。いや、明るくなった。年を重ね体に丸みを帯びた。日菜子の今が幸せであるのが、一目でわかった。

立ったまま僕を見ていた日菜子は、ハッとしたように慌てて膝をつき、廊下から部屋の僕を改めてまじまじと見た。

いぶかる目が遠くを引き寄せうつむいた。再び顔を上げた日菜子の目は、足元の小石を蹴って落ちた後の波紋を広げた水たまりのように揺れた。僕は固くなって膝に両手を置き頭を下げた。

「突然で、大変申し訳なかったんですが」

「どうして……」

息を吐くように日菜子の声が漏れた。僕は慌てた。

「いや、どうしても謝りたかったんだ。この歳になって……、もう先が余りない気がしてきて。そう思い出したら、一度謝らなければ気が済まなくなって」

僕は震える両手でズボンを掴み、また頭を下げた。

日菜子から声が返ってこない。頭上で、襖を閉める音がした。

ただ会いたかったのだ。今一度、日菜子にどうしても会いたかったのだ。

せりあがってくるその声を、僕は喉元で押しとどめた。日菜子も会いたがっていると勝手に思い込んでいた。だが、あの目はそうではないことを表していた。迷惑でしかなかった。今さら謝られても、一方的に別れを切り出した僕を許すはずがない。耳を澄ますが、奥は静まったままだ。しばらく、気配をうかがうがひっそりと静まったままだった。

立ち上がり座敷を出た。奥に向かって、声をかけた。

「帰ります」

一際大きな声を出した。飯田が小走りに出てくる。その後ろから、紅(あか)い林檎と果物ナイフを載せた皿を持った日菜子が、三和土(たたき)に立つ僕を見て驚いている。

「日菜子、さんの、無事を確かめることができましたから。気が済みました。僕はこれで」

「待ってください。いや、とにかく」

飯田が僕の手を強く引く。座敷に戻り、僕の背中を押し、上座に無理やり座らせた。

「先生。とにかく、まあ、日菜子の上達ぶりを、見てやってください」

笑いながら、日菜子を促す。僕の向かいに日菜子は静かに座り、林檎をするするとむき始めた。ひとつながりの薄い皮が皿に静かに落ちていく。林檎を見つめる柔らかな眼差しは自信に満ちていた。時折、目線を上げ笑みを見せる。僕の知らない女の顔に見えた。固唾を呑んで見守っていた僕の内に、思い上がりを恥じ入る激しい後悔と、取り残されたような寂しさが広がっていった。飯田に目をやると、愛おしむように日菜子を見つめている。飯田は立ち上がり、日菜子の両肩に手を置いて、「僕は、外すから」と部屋を出ていった。

残された二人の間を気まずい沈黙が降りた。白い手が林檎を皿に置く。

むきたての林檎は、滑らかな曲線を描き、透明な粒子が甘い香りを放っていた。

日菜子が僕を見た。

「こんな簡単なことに、どうして、あの頃、私あんなに怯えたのかしら」

林檎のことだけを言っているのではない。あの頃、僕は日菜子が感じていた引け目のようなものに、無関心を通した。

日菜子は小さく咳をした。日常の続きに戻るように聞いた。

「先生、研究所の方は？　こちらには、何か」

「ああ。もう辞めて三年になるよ。やっと自由の身です。……うん。こっちにね。知り合いがいてね。この後、会うことになっているんだ」

とっさに口から出た嘘の言い訳に、緊張が少し緩んだ。日菜子は膝の辺りに目を落とし、しばらく考え込むようにしていたが、また口を開いた。

「今さら言っても、強がりにしか先生には聞こえないかもしれませんが」

真剣な目をしている。

「先生が謝りたいっておっしゃったから、……今だから、言えるんですけど」

僕を見つめる日菜子にうなずき、先を促す。

「研究室に伯父さまが訪ねてこられました。和彦とは結婚はさせられない、と唐突に。だから、どうしても和彦とは別れてほしい。何のあいさつもなく、一方的に、言われました」

日菜子の声は乾いていた。初めて聞く話だった。だが、あの伯父ならそのくらいはやりかねなかった。伯父は僕に何も言わなかったが、僕と日菜子のことを調べて知っていたのだ。

「先生も伯父さまも、私の気持ちを、一度も聞いてはくださいませんでした」

「それは」と僕は言いかけて口をつぐんだ。七年も付き合ったんだから。日菜子は僕と結婚したいと思っていたはずだ。わざわざ聞くまでもなかった。

「先生。私も先生とは。私、最初から、結婚なんて……先生との結婚を、考えたこと一度もありませんでした」

にわかには信じ難い。あれほど僕を慕ってくれていた日菜子が。

「拓ちゃんに……私から結婚を、私が拓ちゃんにプロポーズしたんです」

「そう……、そうでしたか」

顔を上げることができなかった。日菜子の言葉は強がりには聞こえない正直な気持ちを話す落ち着きがあった。

飯田と日菜子。二人には、共通して、温かな寂しさというようなものが満ちていることを、僕はあの頃から感じていた。

「先生、何も謝っていただくことなんてなかったんです。初めから、何もなかったんです」

初めから、何もなかった。

僕はひどい衝撃を受けた。日菜子は僕をあの頃のように和彦さんとは、一度も呼ばない。

——日菜子の話が真実かもしれない。

縁側に届いていた弱い日差しもいつしか消え、部屋は薄暗くなっていた。皿の上の林檎は、茶色く変色し始めている。

帰る僕に続いて、二人も外に出た。

「半月後だったら、この裏山が、桜でにぎわうんやけどな」

飯田が振り仰いだ先に茶色い山が見えた。雪が解け、桜花舞う春の訪れを待つ日菜子の暮らし。北陸の地で日菜子は飯田と寄り添って生きていた。

「あれ、日菜ちゃん」

飯田が庭の隅を指差した。

「ほら、まだ雪囲い、外してないのがあるよ」

庭の隅の躑躅（つつじ）の低木が、荒縄で巻かれたままだ。

日菜子が、僕を見た。

「また、やっちゃった」

あの顔をした。泣きべそをかく子どものような……。一瞬だった。過去の日菜子に戻った気がした。

日菜子が庭の飛び石をつたって躑躅の前に立つ。縄を素手で外すと、細い枝はゆらりと広がった。

日菜子の背に最後の言葉をかけた。

「お元気で」

日菜子が振り向く前に、家を後にした。

逃げるように来た道に出る。風が竹林を大きく揺らし、もの悲しい音が耳に届いた。

著者：**渡辺 庸子**（わたなべ・ようこ）

1949年　静岡県生まれ。現在、福井市在住。
2012年　福井市・文章教室みちの会（講師：増永迪男氏）入会。
　　　　朝日カルチャーセンターにてエッセイ、創作文芸を学ぶ。
2013年　大阪文学学校入学。

飛べない蛍は月を見ている

2021年9月30日　発行

著　者　　渡辺 庸子
発行者　　伊藤 由彦
発行所　　株式会社 梅田出版
　　　　　〒530-0003　大阪市北区堂島2-1-27
　　　　　電話 06-4796-8611
編集・制作　朝日カルチャーセンター
　　　　　〒530-0005　大阪市北区中之島2-3-18
　　　　　　　　　　　中之島フェスティバルタワー18階
　　　　　電話 06-6222-5023　Fax 06-6222-5221
　　　　　https://www.asahiculture.jp/nakanoshima
印刷所　　尼崎印刷株式会社

ISBN 978-4-905399-67-4　C0092